CHAQUE FIDÉLITÉ

Né en 1981, Marco Missiroli est un romancier italien couronné par de nombreux prix littéraires et traduit dans le monde entier. Son roman *Chaque fidélité* a été récompensé par le prix Strega Giovani en 2019 et est en cours d'adaptation en série par Netflix.

MARCO MISSIROLI

Chaque fidélité

TRADUIT DE L'ITALIEN
PAR NATHALIE CASTAGNÉ

CALMANN-LÉVY

Titre original :

FEDELTÀ
Publié par Giulio Einaudi Editore, Turin, 2019.

ISBN 978-2-253-26215-2 – 1re publication LGF

À Maddalena, encore
À Silvia Missiroli

« C'est même comme ça qu'on sait qu'on est vivant : on se trompe. »

Philip ROTH, *Pastorale américaine*[1]

1. Traduit par Josée Kamoun, Gallimard, 1999.

— Ta femme m'a suivie.

— Ma femme.

— Jusqu'ici.

Sofia le fixa.

— Monsieur le professeur ?

Il regardait l'entrée de la salle de classe.

— Je crois qu'elle est dans la cour.

Carlo Pentecoste alla à la fenêtre et reconnut Margherita au manteau amarante qu'elle portait depuis le deuxième jour du printemps. Elle s'était assise sur le muret et lisait un livre – Némirovsky, encore –, elle avait une jambe croisée haut sur l'autre, et de sa main libre tenait son sac à dos. C'était la fin mars et une brume inattendue flottait sur Milan.

Carlo se tourna vers les étudiants. Sofia était en train de s'installer au deuxième rang et avait sorti son carnet et des amandes. Elle faisait plus jeune que ses vingt-deux ans, effet de la finesse de ses traits, et des mouvements gracieux qui faisaient oublier l'ampleur inattendue de ses hanches. Elle regarda Carlo – il était envahi de la même appréhension que lorsque le recteur l'avait convoqué après qu'une fille de première année les eut surpris dans les toilettes du rez-de-chaussée : lui au-dessus d'elle, ses mains lui caressant le cou, ou quelque chose de ce genre, car à la première version de l'étudiante avait succédé une deuxième, puis de multiples autres ; toutes faites pour alimenter la rumeur selon laquelle le professeur Pentecoste et l'une de ses étudiantes avaient eu une rencontre rapprochée de nature ambiguë.

Il ne commença pas le cours, il mit sa veste et sortit de la salle, monta l'escalier, ralentit dans le hall et se tourna vers les toilettes. Il y était revenu pour clarifier les choses avec un collègue, il y était revenu avec le recteur. Et pour chacun des deux il avait repris le scénario de ce qu'il appelait le « malentendu » : il était entré dans les toilettes pour hommes, avait pissé, était sorti dans l'espace commun, s'était lavé les mains, le visage, séché, avait entendu un bruit sourd provenant des toilettes pour femmes, remarqué que la porte était entrouverte et avait trouvé son étudiante, Sofia Casadei, presque évanouie – qu'entendait-il par « presque » ? Il s'était penché sur elle et l'avait appelée plusieurs fois par son nom, l'avait aidée à s'asseoir et à se relever – il avait indiqué comment au recteur –, en la tenant un instant appuyée contre un coin du mur. Ça n'avait pas duré plus de quelques minutes, puis la jeune fille s'était remise et lui l'avait accompagnée s'asperger le visage ; il ne s'était jamais aperçu de la présence de l'étudiante de première année.

Il s'arrêta avant de se diriger vers sa femme et vérifia son portable : Margherita n'avait pas averti qu'elle passerait. Il continua en direction de la cour, elle était encore en train de lire sur le muret.

— Ton manteau est reconnaissable entre tous, fit-il avec un geste vers la fenêtre de la salle de cours.

— Je repose mon tendon. Je serais montée, autrement.

Elle ferma le livre et se leva.

— Tu as oublié ça.

Elle lui tendit un flacon.

— Tu es là pour un antihistaminique.

— Te voir aller mal la semaine dernière m'a suffi.

— Ça m'ennuie que tu fatigues ta jambe.

— Je suis venue en métro.

Elle lui redressa le col de la veste.

— Si j'étais toi, je ferais cours dehors aujourd'hui, la brume a son charme.

— Dehors, ils ne sont jamais attentifs.

Il posa une main au bas de son dos comme lorsqu'ils avaient fait connaissance, à un dîner chez sa sœur. Le creux entre les reins lui avait fait deviner un corps ciselé.

— Tu veux monter ? Il faut que je commence.

Margherita aimait ses mains, qui n'étaient pas des mains d'enseignant. Elle se fit aider pour mettre son sac à dos, puis l'accompagna vers l'entrée.

— Tu es vraiment venue jusqu'ici pour ça ?

— Je suis venue parce que je suis venue.

Elle lui montra l'heure et l'invita à se dépêcher ; il lui sourit et y alla.

À peine le vit-elle disparaître derrière l'escalier que Margherita s'appuya à la porte de verre et baissa la tête. Pourquoi n'avait-elle pas eu le courage de l'accompagner en classe ? Pourquoi n'avait-elle pas eu le cran, comme disait sa mère, de traverser cette entrée et de se diriger vers *ces* toilettes-là ? Et pourquoi tremblait-elle, à présent ? Elle s'éloigna lentement. Elle avait envie de s'arrêter mais s'obligea à rejoindre la rue, dépassa la grille et boutonna son manteau. Elle fit une pause et ferma les yeux, cherchant en elle-même un point d'appui pour endiguer son désarroi : elle pensa aux cinquante minutes qui n'allaient pas tarder et qui la faisaient se sentir différente. Différente, proie possible d'un vague danger. Elle les notait dans son agenda sous la mention de *Kinésithérapie* qui voulait également dire aventure. C'est ce qu'elle éprouvait, et elle le garda précieusement comme un antidote à son insécurité tandis qu'elle laissait derrière elle l'université et se dirigeait vers la station de taxis. Sa jambe lui faisait mal depuis qu'elle s'était levée. Une douleur qui partait du pubis et descendait au genou, apparue après une course dans la salle de sport trois mois auparavant. Depuis lors, elle pensait à des détails qui l'attristaient : les talons remplacés par des chaussures de gymnastique, l'obligation de renoncer aux visites d'immeubles sans ascenseurs, l'impossibilité de courir derrière un enfant.

Elle sortit son téléphone et vit un message de la propriétaire du corso Concordia : *J'ai signé, chère Margherita. À vous, maintenant*, et un autre de son collègue : l'agence avait reçu les clefs pour commencer la vente. Il y avait un appel de sa mère. Elle l'ignora et resta le portable à la main, réussit à ne pas céder à Facebook. À chaque fois qu'elle ouvrait le profil de Sofia Casadei, d'étranges idées lui venaient : la cafétéria où elle travaillait, le bar où elle prenait son petit déjeuner le matin, le quartier où elle vivait, découvrir ses parages. Elle rejoignit la file de taxis, donna l'adresse du cabinet de kinésithérapie, 6 via Cappuccini, se détendit en s'enfonçant dans le siège et en fermant les yeux. Le chauffeur de taxi proposa de prendre un détour, il y avait des travaux en cours sur le périphérique intérieur, elle acquiesça et ne pensa plus à rien. De temps en temps elle jetait par la fenêtre un coup d'œil sur Milan et les allées et venues des passants sur les trottoirs et les portiers devant les immeubles. Puis elle se souvint de sa mère, la rappela et s'entendit répondre à la première sonnerie :

— Maman.

— J'allais téléphoner au plombier.

— Qu'est-ce qui s'est passé ?

— Cette…

Elle prit son souffle.

— Cette merde de chaudière.

— Bonjour.

— J'ai toujours aimé prononcer ce mot, mais ton père soutenait que rien ne devait salir la bouche d'une femme.

Elle se tut, reprit :

— Mais je t'ai appelée pour te demander ce qu'il en était de l'appartement du corso Concordia.

— Je viens justement de recevoir un message.

— Tu en penses quoi ?

— Il n'y a pas d'ascenseur mais c'est intéressant. Je vais envoyer Carlo le voir avant de l'exposer en agence.

— Et ta jambe ?

— Si tu as un soupçon, tu fais quoi ?

— Elle te fait mal, je le savais.

— Tu fais quoi ?

— Quel genre de soupçon ?

— Un soupçon.

— Un soupçon est une preuve.

— Nous ne sommes pas dans *Enquêtes criminelles*, maman.

— C'est la vie, ma chérie.

Elle hésita.

— Tu peux me dire à quoi tu fais allusion ?

— Je suis arrivée, je dois te laisser.

— Tout ce qui te tracasse…

Elle s'éclaircit la voix.

— Ma fille, tu pourras en avoir le cœur net grâce au rendez-vous de demain.

— Oh, Seigneur.

Sa mère poussa un soupir.

— Tu veux y aller depuis des mois et j'ai eu un mal de chien à te l'obtenir : dix heures et demie, 18 via Vigevano, porte F.

— Rappelle-moi pourquoi je me suis laissé convaincre.

— Parce que Dino Buzzati y allait. Note-le sur ta main.

— Et toi, note l'anniversaire de ma belle-mère.

— Je n'irai pas.

— Oh que si, tu viendras.

— Oh que non. En tout cas, passe me voir bientôt, ou plus tard, mais seulement si tu en as envie.

Sa mère avait enterré son mari et était restée trois jours sans dormir, assise dans le fauteuil où il lisait le journal le dimanche matin. Enfin, elle avait dit « Maintenant, pour qui vais-je faire la cuisine ? » et, depuis ce moment, n'avait plus voulu parler de cet homme qui les avait habituées aux rituels, aux magasins de fanfreluches, à Tex Willer, à un comportement empreint de dignité. Ç'avait été un homme de silences, pour couvrir son adieu sa mère et elle avaient dû inventer une sorte de bourdonnement. Se quereller, se téléphoner, être pimpantes.

Elle paya le taxi et descendit devant le cabinet de kinésithérapie. Elle était échauffée mais savait que c'était de l'impatience. Elle ouvrit son sac à dos : maillot de bain, gel douche, serviette, peigne, il ne manquait rien. Elle se présenta à la réception et passa au vestiaire, mit son maillot sous le short – elle en avait acheté un neuf après avoir compris à quel genre de thérapie elle devrait se soumettre –, s'attacha les cheveux, saisit son portable avec les écouteurs et y alla, en se demandant si l'esthéticienne n'avait pas fait un travail hâtif. Elle prit la bouteille d'eau que le centre offrait aux clients et entra dans la salle de rééducation. Andrea était ponctuel, et le fut aussi ce jour-là. Il lui serra la main et lui demanda ce qu'il en était de la douleur, elle répondait toujours « intermittente » et s'abandonnait au bruit de la cabine fermée d'un coup sec, s'habituant à partager ce coin avec un garçon sérieux de vingt-six ans qui essayait de soulager l'inflammation presque chronique qui l'affectait. Il l'invita à s'étendre, elle effleura l'élastique de son short et le regarda, il fit signe que oui et elle l'enleva. Le garçon prit l'appareil électrique et le posa sur l'intérieur de sa cuisse, remonta vers l'aine, insista sur le pubis avec la pression adéquate. Quand cela arrivait, Margherita se concentrait sur un endroit quelconque de la cabine en s'imposant de respirer lentement. Cet échauffement – comme l'appelait Andrea – durait les dix minutes qu'il lui fallait, à elle, pour vaincre son embarras. Puis elle s'abandonnait avec confiance. La fermeté d'Andrea, la science de ses doigts, ses yeux baissés la convainquaient. Elle aussi regardait ailleurs, sauf quand – comme à présent – il laissait l'appareil et se préparait à repousser un peu plus son maillot : c'était l'instant où Margherita pensait discerner chez lui un début d'excitation, au-delà de la déontologie. Elle essayait de percevoir dans ses doigts une indécision tandis qu'ils appuyaient sur le pubis et cherchaient le tendon. Il pressait du pouce, du médius, parfois de l'index, les enfonçant comme s'il creusait. Pendant la première séance, il lui avait expliqué ce qui se passerait au cours de la kinésithérapie : l'action désinflammatoire des machines, l'effet assouplissant des mains, les exercices qu'elle devrait faire en salle de gymnastique. Il faudrait vingt-cinq séances, en plus des visites de contrôle et des échographies, pour un total de deux mille huit cent vingt euros. Elle ne pouvait pas se le permettre ou difficilement, elle avait tenté avec la Sécurité sociale mais s'était sentie perdue dans les files d'attente exténuantes, et s'était laissée aller au choix que son père aurait appelé « facile ». Il était facile de payer trois mille euros pour un kiné, facile de se faire offrir, adolescente, un voyage en Europe alors qu'on n'était même pas parmi les premiers de la classe, facile de se contenter d'être agent immobilier quand on avait un cerveau d'architecte. Facile, probablement, de confondre une manipulation thérapeutique avec une affaire de sexe.

Et maintenant qu'elle se laissait toucher par son kiné avec une juste intensité sur une zone-frontière, en attendant de lui dire où était le point exact de la douleur, Margherita y repensa : son mari, la porte des toilettes, bâtiment 5 de l'université, toilettes pour femmes. C'était là le *point exact* qui lui faisait mal depuis deux mois. Elle écarta cette pensée, comme elle s'était habituée à le faire dans les dernières semaines, en renversant toutes les situations. Était-elle une fille attentive et disponible ? Elle pouvait l'être infiniment moins. Était-elle un agent immobilier qui n'abusait pas de son temps entre une visite d'appartement et une autre ? Elle pouvait en abuser. Était-elle une patiente qui ne se laisserait jamais séduire par des doigts experts ? Elle le pouvait. Chaque fois que la pensée de ces toilettes se présentait, elle *pouvait* subvertir ce vers quoi elle allait naturellement, se distrayant ainsi de ses soupçons.

Andrea lui demanda si la douleur s'arrêtait exactement là où il était en train de la masser. Il lui aurait suffi de dire « Plus à droite » pour réaliser son fantasme. Andrea aurait glissé plus à droite et l'effet aurait été celui-là : jouir, mon Dieu.

Mais elle dit :

— Plus à gauche.

Il se déplaça.

— La douleur augmente le soir ?

— Ça dépend des jours.
— Vous faites les exercices ?
— Ça dépend des jours…
Elle s'installa mieux sur le petit lit.
— En théorie, je suis une femme qui respecte ses devoirs.
— Toutes les femmes disent ça.
— Toutes ?
— Et puis elles reculent.
— C'est-à-dire ?
— Elles n'affrontent pas vraiment le problème.
Il appuya à peine.
— Ça s'est épaissi dans cette zone, vous le sentez ?
Elle se tut. Elle était *toutes* les femmes qui hantaient ce lieu, avec la tenue achetée pour l'occasion, les perles aux oreilles, et la maison, le mari au comportement discutable, une propension à tout accepter.
— On sent que vous aimez votre travail, Andrea.
Il diminua l'intensité de la pression.
— Je veux dire, vous êtes un bon kiné. On vous le dit, que vous êtes un bon kiné ?
— C'est arrivé.
Il s'écarta d'elle et tourna autour du lit, frictionna de ses doigts la partie basse de la jambe et remonta doucement.

Margherita le sentit approcher de l'aine sans hâte, harponnant le tendon centimètre après centimètre. Elle se permit d'imaginer comment il serait au lit. Brutal, peut-être, inexpert probablement. Un bref instant, elle considéra les deux immeubles vides où elle aurait pu l'emmener ; 3 viale Sabotino, l'appartement qu'elle n'arrivait pas à louer à cause des charges excessives de copropriété, et 18 via Bazzini, le trois-pièces avec un petit Jacuzzi.

— Plus à droite, murmura-t-elle brusquement, s'étonnant elle-même.

Il ralentit.

— Plus à droite ?

— Un peu plus.

Il savait qu'il ne fallait pas aller plus à droite. Il avait le tendon au bout des doigts, entre ses doigts, au point exact où il faisait mal, et était déjà en train de le pincer au mieux. Plus à droite, c'était quelque chose de risqué, sauf dans le cas d'un mouvement minimal : abaisser le petit doigt pour éprouver la chaleur, l'humidité, la consistance différente, enfin le relever, sans avoir jamais interrompu le travail. Il ne l'avait jamais fait, mais ses collègues lui avaient montré l'exécution de ce geste en gardant bien soigneusement une expression professionnelle. À chaque fois que se présentait un cas de tendinite des adducteurs et que la patiente était *intéressante*, ils jouaient des coudes pour qu'on la leur attribue. Il avait hérité de Margherita à cause de son apparence peu spectaculaire. Une femme mignonne, quasi insignifiante. Et qui s'était finalement révélée surprenante : non tant du fait de sa musculature harmonieuse, ou de ses jambes sinueuses et fortes, ou de ses hanches bien modelées ; c'était une révélation grâce à la manière dont elle prédisposait son tendon et ses articulations et elle-même tout entière à ces cinquante minutes de soins exigeants. Il aimait le mutisme de cette femme qui lui permettait de travailler avec concentration. Margherita donnait l'impression de n'avoir pas de pensées puis d'en avoir brusquement. Aussi ne la regardait-il jamais, comme effrayé à l'idée de la surprendre dans ces soudains jaillissements d'idées. Il la humait, plutôt : il émanait d'elle une fragrance qu'il n'avait jamais sentie – presque de lait –, elle lui restait jusqu'à ce qu'il se jette sous la douche.

Il contrôla l'heure, il avait encore cinq minutes. Il l'aida à plier la jambe, lui demanda où s'intensifiait la douleur dans cette position, et comprit qu'il lui fallait dénouer une petite contracture au niveau ischio-crural. Il plaça sa cheville sur son épaule et insista sur l'arrière de la cuisse en pinçant le faisceau musculaire ; quand il sentit le nœud, il y alla plus fort. Il l'entendit gémir comme lors des premières séances, c'était un geignement et pas un cri. « C'est bientôt fini », lui dit-il, et il appuya une seconde fois pour réentendre ce gémissement d'une nouvelle nature. Il était comme ses collègues, alors ? Il se fit rapide et léger jusqu'à ce que son bras s'engourdisse. Il reposa la jambe de Margherita sur la table de massage

— Maintenant vous allez faire un peu d'elliptique, puis Alice contrôlera vos exercices.

— Alice ?

— Je m'en vais plus tôt aujourd'hui. Mais il faut que vous reveniez demain. Ça s'est enflammé d'une façon qui ne me plaît pas.

— Déjà demain ?

— Si vous pouvez, oui.

Elle réfléchit.

— À neuf heures, ce sera possible.

Elle se redressa et laissa pendre ses jambes dans le vide, demanda :

— Qu'allez-vous faire de beau cet après-midi ?

Il commençait à ouvrir la cabine.

— Mais ce sont vos affaires, pardon.

Elle enfila son short.

— C'est qu'un après-midi libre à Milan, c'est un événement.

— Il ne sera pas si libre que ça.

— Ah bon ?

Margherita fit une grimace embarrassée.

— Pardon, c'est plus fort que moi.

Et elle passa à côté de lui pour aller s'installer sur l'elliptique dans la salle dédiée aux appareils de gymnastique.

Andrea continua à la regarder, puis se dirigea vers le vestiaire. Il se changea rapidement, en sortant du cabinet il ne pensait plus à elle ni à aucun de ses patients. Autrefois, il emportait leurs corps avec lui : comment les réparer, en combien de temps, comment parvenir à optimiser les séances. Puis il avait appris à les oublier, en marchant dans le Milan des rues élégantes autour de la via Cappuccini, le grouillement soudain du corso Buenos Aires, la circulation furieuse du périphérique, Milan la compliquée. « Compliqué » était l'adjectif que ses enseignants et tout le monde lui appliquaient depuis son enfance. Compliqué : il parle peu. Compliqué : il n'écoute pas. Compliqué : il a tapé un camarade. Compliqué : il a abandonné son chien d'un jour à l'autre. Compliqué : il n'a jamais eu de petite amie, puis trop de petites amies inappropriées. Compliqué : Andrea

Manfredi. Et quand sa mère avait dit que son fils était compliqué comme Milan – difficile, rien qu'au premier regard –, il avait su ce que signifiait être compris.

À présent, il avait besoin de cela, « se sentir partie d'un tout », en filant à côté de la Villa Invernizzi et des improbables flamants roses de la fontaine, sous l'étalage des immeubles Liberty noircis par la circulation, repartant dans les rues qui se terminaient à Porta Venezia, avec les pédés et les Africains et les bourgeois les uns à côté des autres, en suivant les rails recouverts d'herbe fraîche du boulevard Piave. Il le longea sur un kilomètre – il avait cette façon de se promener les mains dans les poches et les épaules courbées, pas dépourvue d'élégance –, il arriva piazza del Tricolore et prit le 9 jusqu'à Porta Romana, le faubourg de Milan jusqu'à ce qu'il devienne un quartier à la mode. Il avait grandi là, ses parents possédaient depuis vingt-trois ans le kiosque à journaux en face de l'église Sant'Andrea. Il avait gagné dans ce kiosque de quoi financer ses études de kinésithérapie, en travaillant dès l'aube pendant six étés d'affilée et en y faisant deux hivers entiers. Il savait cocher avec soin la liste des invendus, et avait sa méthode d'exposition : il insérait un intrus parmi les revues, les bandes dessinées de Marvel ou les illustrés sur les animaux ou les albums Panini. Son père le laissait faire, puis réorganisait. Son père réorganisait toujours, ce jour-là aussi il était penché sur un bac et empilait avec précision les *Urania* d'occasion à vendre deux euros.

— Je n'irai pas, dit-il quand il vit arriver Andrea.

— Il est têtu.

Sa mère sortit du kiosque en hochant la tête. Andrea prit son père par le bras et l'aida à se relever, il avait les yeux vitreux, il le garda ainsi près de lui tandis que sa mère lui passait le dossier avec les comptes rendus médicaux.

— Tenez-moi au courant.

Ils traversèrent la rue et passèrent devant l'église, ils se tenaient serrés comme s'ils avaient froid, puis le vieux répéta : « Je n'irai pas. »

— Il a fallu deux mois pour avoir un rendez-vous.

— On dirait ta mère.

— C'est juste un contrôle.

— N'insiste pas.

— Fais comme tu voudras.

Il faisait comme il voulait depuis que les garçons du bar Rock l'avaient trouvé étendu devant le kiosque, se tenant le bras gauche et se plaignant d'une douleur à la poitrine, il était sorti de l'hôpital avec un triple pontage en proclamant que le Vatican – pas le pape, mais les cardinaux – et l'Inter – pas Moratti, mais les joueurs – lui avaient valu ce crève-cœur. Puis il avait dit : « Le kiosque. » Et les médecins lui avaient donné raison, se reposer quatre heures par nuit durant une vie entière lui avait complètement usé le myocarde. C'est ainsi qu'il s'était mis à dormir une heure de plus, avait cessé de brailler devant *Le Dimanche du sport*, de se crever pour rien, d'aspirer trois ou quatre bouffées de la Marlboro de sa femme. Il avait arrêté de subvenir à tout avant que les besoins n'apparaissent. Andrea s'en sortirait. Maria s'en sortirait. Lui n'avait plus que cet impératif : n'en faire qu'à sa tête.

— Arrête ces histoires et va consulter.

— Reprends un chien et ne t'occupe pas de moi.

Andrea le suivait à un demi-pas de distance et continua de le suivre jusqu'au banc à proximité des balançoires. Ils s'assirent, le soleil était faible à cause de la brume et son père ferma son polo jusqu'au dernier bouton. Il nageait dans son jean et ses jambes se balançaient dans un mouvement de pendule.

— Prends-toi un berger allemand et tu seras content, insista-t-il.

Sur le banc d'en face était assise une fille qui tenait contre elle un sac à dos ; elle en extrayait quelque chose et le mangeait. Andrea la regardait, elle lui sembla mélancolique.

— Ou alors un berger des Abruzzes.

Son père redressa le dos, s'attrapa l'épaule.

— Prends-en un toi-même.

— Comme ça tu arrêteras de t'occuper de moi.

Il continuait à se tenir l'épaule.

— Qu'est-ce que tu as ?

— Je suis bloqué. C'est l'escabeau.

Andrea regarda ses mains. Elles étaient grandes et lisses, avec l'annulaire plus long que l'index. Il les mit l'une dans l'autre et les frictionna, il les frictionnait toujours quand il était indécis. Du coin de l'œil, il surveillait son père qui se tenait toujours l'épaule. Il essaya de l'ignorer, regarda la fille mélancolique et se rendit compte qu'elle aussi le regardait ; plus loin, quelques nounous sud-américaines discutaient près des balançoires. Il porta ses mains à son visage. Leurs paumes conservaient l'odeur de Margherita. Il les laissa retomber.

— Où est-ce que tu sens le blocage ?

— Mme Venturi ne prend plus le *Corriere della Sera*, tout ça parce que son mari le lit sur l'ordinateur.

— À l'épaule ?

— Vends le kiosque tout de suite si je ne peux plus m'en occuper.

— L'épaule, c'est tout ?

— Un peu le cou.

— Cale-toi bien et tends les bras le long du corps.

— Vends tout de suite le kiosque, tu as compris ?

— Fais comme je t'ai dit.

Son père ne bougea pas : Andrea contourna le banc, l'aida à s'y adosser confortablement, et à peine eût-il commencé à le masser, sentit qu'il était léger et eut peur de lui faire mal. Ils avaient le même nez, mais c'était leur expression rétive qui laissait percevoir qu'il s'agissait d'un père et de son fils. Sofia arrêta de les regarder et finit de mastiquer son amande, souleva son sac à dos et le mit sur ses épaules. Elle était sortie au milieu du cours de Pentecoste, avait pris le 91 et était descendue dès qu'elle avait aperçu le parc Ravizza de la fenêtre du trolleybus. Depuis qu'elle avait quitté Rimini, elle avait envie d'espaces ouverts. Elle était arrivée à la Gare centrale six mois auparavant, dévorée de désirs et avec le pressentiment merveilleux que sa vie allait changer, et elle se retrouvait au point de départ : une provinciale de vingt-deux ans qui faisait des choses dont elle se repentait.

Elle traversa la pelouse, jeta en arrivant dans la rue un dernier coup d'œil vers le vieux et le garçon qui le massait ; la brume brouillait leurs silhouettes. Elle continua lentement, Porta Romana était un quartier qui la rassurait, avec ses maisons basses et ses boutiques. Quand elle dépassa l'église, elle s'arrêta et admit qu'elle aurait voulu s'excuser auprès de Pentecoste. Qu'elle se soit approchée de son bureau devant ses camarades l'avait exposé à de nouveaux soupçons. Elle aurait voulu lui avouer que sa femme ne l'avait pas suivie et qu'elles s'étaient trouvées par hasard sur le même trajet. Mais qu'aurait-elle pu répondre s'il lui avait demandé pourquoi elle avait menti ? Elle-même ne savait pas pourquoi. Quand elle avait aperçu la femme de Pentecoste dans le métro, elle s'était mélangée aux passagers et avait continué à la guetter en prenant bien garde à maintenir une distance entre elles jusqu'à l'université. Elle l'avait vue s'asseoir dans la cour et, rejoignant la salle de classe, s'était approchée du professeur pour lui dire ce petit mensonge. Et en le lui disant, elle avait éprouvé un sentiment de justice : après le malentendu des toilettes, il l'avait tenue à distance, ne lui avait plus offert la moindre possibilité de dialoguer avec lui, pas même sur le second texte qu'elle lui avait remis presque deux mois auparavant, la laissant avec la critique du premier, qu'il avait jugé inconsistant.

— Inconsistant ?

— Inconsistant.

Voilà pourquoi elle lui avait donné le second, sept pages écrites à la main, où elle racontait ce qui s'était passé avec sa mère dans la Fiat Punto. Elle l'avait intitulé *Comment vont les choses*. Quand elle le lui avait remis, un mercredi matin, il lui avait dit qu'il n'acceptait pas les devoirs dont on inventait le sujet. Elle était restée avec les feuilles à la main, puis les lui avait laissées sur le bureau, sans les lâcher des yeux pendant tout le cours jusqu'à ce qu'il les prenne avec ses livres et son ordinateur, et les mette dans sa sacoche, en évitant de la regarder, comme lorsqu'ils avaient été convoqués par le recteur, et qu'il n'avait même pas daigné se montrer un peu complice avec elle, tout en sachant qu'il était suspendu à ce qu'elle allait dire. Elle s'en était tenue au scénario établi : le malaise dans les toilettes, lui qui venait à son aide et l'aidait à se relever. Le recteur avait répliqué qu'il n'y aurait pas de conséquences, il ne serait même pas allé plus loin si Pentecoste lui-même n'avait pas insisté. Pour arriver à leur version commune, elle avait rejoint son professeur deux jours auparavant dans un bar du quartier chinois. Ils avaient mis au point une chronique minutieuse avec séquences et gestes et timing naturels. Ils l'avaient construite, ils l'avaient répétée, ils avaient passé le reste du temps à parler de choses et d'autres. Quand ils étaient sortis – après qu'il eut payé la note – et s'étaient dit au revoir, elle avait parcouru à pied la rue qui menait au cimetière monumental, avait sorti son téléphone et arrêté l'enregistrement, avait mis ses écouteurs pour l'entendre une fois, deux fois, trois. Avoir enregistré signifiait : les chiens ne font pas des chats. Se protéger, se prémunir, se défendre de la réalité qui porte en son sein d'éternelles persécutions. C'était l'obsession de sa famille. Les chiffres te donneront de quoi vivre, pas les livres : licence en économie du tourisme. Continue la danse, tu pourrais être prise dans une compagnie de renom.

Laisse tomber les garçons plus âgés que toi. Milan te fera perdre ton temps. Garder cinquante et une minutes trente-sept secondes de l'enregistrement était la preuve qu'elle était comme eux. Il y avait cependant un détail qui la ramenait à elle-même : le timbre de la voix de Pentecoste. L'élocution sans à-coups, les *o* à peine ouverts, le rire timide puis enjoué, l'excitaient. Peut-être était-elle en fait différente d'eux : une fille qui prenait du plaisir en s'attardant avec délices sur ce monologue à la vingt et unième minute :

« Vous pouvez nous apporter aussi une petite bouteille d'eau minérale, s'il vous plaît ? Tu prends quelque chose d'autre, Sofia ? OK, alors juste une eau minérale, merci. Je te disais que mes parents m'avaient donné un poussin après mon opération des amygdales, je l'avais trouvé en rentrant à la maison. Je devais avoir quatre ans. Nous l'avions appelé Alfredo, ce poussin. On l'avait mis chez mes grands-parents, à l'étage au-dessous, dans une grande boîte. Il était bien élevé, il piaillait peu et quand j'étais seul je le laissais libre dans la cuisine et je le voyais essayer de bondir, de prendre son élan, et ce qui m'amusait le plus, c'était de le remettre dans sa boîte et aussitôt après de le laisser en liberté. Plus de trente ans plus tard, j'ai compris que c'était ça qui m'intéressait, le passage de la boîte à la cuisine, le moment précis où ses petites pattes acquéraient une capacité de propulsion timide et irrépressible à la fois, mais ça ne signifiait pas que je détestais le voir enfermé dans son carton. C'était sa transformation qui m'attirait. Ce qui m'intéresse, c'est le changement par lequel passe quelqu'un quand il en a la possibilité, tu comprends ce que je veux dire ? »

Elle écoutait le monologue et appuyait sur *stop* quand Pentecoste disait « propulsion », elle revenait en arrière et l'écoutait à nouveau. Le *p* accentué et le *s* timide. Propulsion, le poussin, Milan, le master qu'elle suivait, le travail à la cafétéria vers laquelle elle se dirigeait maintenant, en se faufilant dans l'étroit passage entre la basilique San Nazaro et les jardins Cederna. À la cafétéria, elle alliait à son tempérament pratique les cours de techniques du récit, parfois elle notait des idées sur le bloc-notes des commandes. C'était un endroit accueillant, avec son parquet décapé et quelques propositions véganes au menu – le couscous était leur spécialité –, on lui donnait neuf euros nets par heure. Elle avait trouvé l'annonce sur le panneau d'affichage de l'université, on lui avait offert le poste après deux jours d'essai, en lui recommandant de se perfectionner dans le dessin d'un cœur ou d'un petit motif sur la mousse du cappuccino. En travaillant six fois par semaine, avec quelques extras, et en déduisant l'argent du loyer, elle rendrait une partie des sept mille euros que son père lui avait avancés pour financer le master. Elle allait se mettre en poche quarante-cinq euros ce jour-ci encore, ranger les barres de sésame à la caisse en bavardant avec Khalil sur la Jordanie, embellir d'un encadrement de traits colorés l'ardoise sur laquelle ils marquaient les plats du jour, elle allait essayer d'être tout sourire avec les clients : ainsi parviendrait-elle à ne pas imaginer son avenir dans un lieu comme celui-là.

Quand elle arriva, elle vit cinq personnes assises aux petites tables, mangea en vitesse un toast au saumon et à l'avocat, puis s'habilla dans le cagibi, noua le tablier de façon qu'il ne lui colle pas aux hanches, enleva sa montre et mit un peu de gros sel dans sa poche – sa tante disait que quelques grains suffisaient pour combattre les influx négatifs. Elle rejoignit Khalil et lui enroula mieux sa manche de chemise.

— Rimini continue à me manquer, dit-elle en lui caressant l'épaule.

— Tu es ici depuis trop peu de temps.

— Six mois, ce n'est pas trop peu.

— Pour Milan ?

— C'est moi qui m'occupe de la caisse aujourd'hui, tu veux bien ?

Ils s'installèrent côte à côte, elle à ses reçus et lui à la machine à café. Quand il n'y avait personne, ils restaient silencieux, ou alors Khalil lui demandait de préparer avec lui une liste de choses à faire. Il le lui demanda encore ce jour-là, elle prit un Post-it et commença à écrire *Nettoyer la vitrine*, il y répondit par *Jeter les poubelles*, elle écrivit *Arranger provisions petit déjeuner*, lui *Vérifier la feuille de service*, elle *Découper les fruits*, lui *Prier cinq fois*.

— Mais tu n'es pas un Jordanien chrétien ?

— Grandis avec quatre-vingt-quatorze pour cent de musulmans autour de toi et on verra si tu ne deviens pas compétitive.

Elle sourit.

— Et maintenant, fille de Rimini, écris quelque chose de personnel et termine la liste.

— J'ai déjà écrit quelque chose de personnel.

— Découper les fruits ? Bravo pour la profondeur de ton âme.

Ils entendirent la porte s'ouvrir, elle leva la tête et vit que c'était la femme de Pentecoste. Qui était entrée et main sur la poignée refermait derrière elle. Sofia alla à la machine à café et demanda à Khalil s'il pouvait la remplacer à la caisse, tourna le dos à la salle, humidifia l'éponge et commença à nettoyer le plan de travail. La femme de Pentecoste s'approcha et examina le menu affiché au mur, commanda un smoothie bio.

Khalil demanda si elle le voulait petit, moyen ou grand.

— Un petit serait parfait, merci.

— Nous l'apportons à votre table.

Sofia posa l'éponge et plaça la planche à découper au milieu du plan de travail. Elle prit dans les tiroirs du congélateur pomme, fenouil, basilic, citron vert et gingembre, commença à couper en tranches, puis s'interrompit et se tourna. La femme de Pentecoste était en train de s'asseoir sur l'un des tabourets près de la vitrine. Elle mit les ingrédients dans l'extracteur et mixa sept fois. Elle remplit le verre, referma le couvercle et y glissa la paille, le tendit à Khalil et rejoignit le cagibi. Elle s'appuya contre le mur et croisa les mains, les posa sur ses yeux. Resta immobile jusqu'à ce qu'elle sente qu'il fallait retourner dans la salle. Quand elle reparut, Khalil était en train de changer de station de radio.

— Ça va, Sofi ?

Mais elle regardait la femme de Pentecoste qui sirotait son smoothie en feuilletant une revue. L'air absorbé, la paille au bout des lèvres. Elle avait enlevé son manteau amarante.

Khalil lui fit un petit signe.

— Tout va bien ?

Elle lui dit que oui et jeta les déchets de fruits. C'était la deuxième fois en un jour qu'elle voyait la femme de son professeur, et la troisième en tout, si l'on prenait en compte l'inauguration du master. Elle avait pensé que c'était une femme séduisante, elle se la rappelait bien aujourd'hui encore, avec sa chemise à la coupe masculine et ses escarpins accordés à son pas mesuré. Elle lui trouva le même charme ; une mèche châtain lui couvrait un œil et ses jambes nouées semblaient reposer l'une autour de l'autre. Elle lui rappelait Virna Lisi. Elle aimait tellement les vieux films avec Virna Lisi, qu'elle avait regardés avec sa mère. Elle s'arrêta de la contempler et prit le cahier des commandes, y ajouta les retours qu'avait faits Khalil après les petits déjeuners. Elle se concentra sur les stocks de lait demi-écrémé – il lui fallait en commander un carton en moins par semaine –, puis entendit le tabouret rouler sur le parquet. Elle leva la tête et vit que la femme de Pentecoste approchait. Elle arriva devant elle.

— Je peux vous parler ?

Sofia posa son stylo.

— À moi ?

La femme de Pentecoste fit signe que oui.

Khalil les regardait.

— Vas-y.

Sofia tira nerveusement sur son tablier, puis passa à côté de la caisse et se dirigea vers la porte. La femme de Pentecoste remercia Khalil et la suivit, elles se retrouvèrent dans l'espace pavé, cent mètres plus loin commençaient les murs de la Statale[1].

— Vous êtes Sofia et vous suivez les cours du professeur Pentecoste.

Elle acquiesça.

— Je voulais faire connaissance avec vous.

La femme de Pentecoste posa par terre son petit sac à main et son sac à dos, écarta les cheveux de ses yeux. Sofia comprit que c'était par le regard qu'elle ressemblait à Virna Lisi, ce regard riait même quand il était sérieux.

— Je voulais vous demander votre version.

Deux garçons les frôlèrent en entrant dans la cafétéria.

— Ma version de quoi ?

— Je vous en prie.

— Oh, murmura Sofia, et elle caressa un bout de son tablier. Le professeur a déjà dit que…

— Vous, l'interrompit la femme de Pentecoste. Dites-le-moi, vous.

— Je ne me suis pas sentie bien et il m'a aidée.

— Vraiment ?

— Vraiment.

— Et avant, avant, que s'est-il passé ?

1. Université de Milan. *(Toutes les notes sont de la traductrice.)*

La brume s'était dissoute, mais on avait l'impression qu'elle pouvait descendre sur la ville à nouveau.

— Avant quoi ?

— Avant le jour de ce malaise aux toilettes.

— C'était normal.

— Qu'est-ce que ça veut dire, normal ?

— Les cours, quelquefois il nous emmenait dehors pour les corrections de nos textes.

Un border collie et son maître passèrent à côté d'elles.

— C'est sa méthode.

— La méthode Pentecoste.

Sofia regarda le border collie, il reniflait un couple de chiens près de la plate-bande.

— Le professeur nous emmène dans un lieu significatif et…

— Il fait un petit cours.

— Oui.

— Où vous a-t-il emmenée, vous ?

— Dans un bistrot.

— Celui de Bianciardi à Brera.

Sofia fit signe que oui.

— Et puis ?

— Une fois dans le quartier chinois…

Elle sortit les mains des poches de son tablier et les laissa pendre le long de son corps.

— On dirait un interrogatoire.

— Je vous en prie.

La femme de Pentecoste essaya de sourire.

— Pourquoi vous a-t-il emmenée là-bas ?

Rimini. Son père et la blouse bleue de la quincaillerie. La base du phare jaune à l'extrémité est, repartir.

— Nous étions un petit groupe d'étudiants et il voulait que…

Elle s'éclaircit la voix.

— Il voulait que nous situions un récit dans ce coin-là.

— Vous n'étiez donc pas seule ?

— Non.

Mentir lui faisait baisser la tête, elle regarda par terre.

— Vous avez raison, on dirait un interrogatoire.

— Ça ne fait rien.

— Je m'appelle Margherita, au fait. Enchantée.

Elle se pencha un peu en avant pour lui tendre la main.

Sofia fit pareil, elle trouva ses mains douces.

— J'avais besoin de parler avec vous, je pense que vous me comprenez. Vous comprenez ?

Elle acquiesça, et c'était vrai. D'une façon étrange, elle se sentait proche d'elle, parce que en venant la voir, elle n'avait pas su se retenir, et à cause de ses hanches qui ne correspondaient pas à son corps longiligne.

— Au revoir alors.

Sofia se détournait pour rentrer dans la cafétéria.

— Hé.

La femme de Pentecoste avait remis le sac sur son épaule.

Sofia la regarda.

— … Excusez-moi d'avoir été aussi intrusive.

Margherita se remit en chemin, au bout de trois pas elle se demanda comment lui était venu cet « excusez-moi », puis la confusion l'envahit. Elle avait fait une erreur en prononçant cette dernière phrase. Et puis qu'avait-elle voulu dire ? L'important était de n'avoir pas eu l'air d'une pauvre malheureuse, ces femmes toutes tremblantes, ces femmes sous la coupe d'un homme ou un autre, elle se le répéta en ralentissant devant un restaurant indien, mais pourquoi avait-elle fait ça ? Peut-être parce qu'elle avait été Sofia une douzaine d'années auparavant et peut-être parce qu'à présent elle était pareille à *toutes les femmes*, comme avait dit le kiné. Elle s'arrêta et fut certaine que dans la même situation, elle se serait comportée comme Sofia Casadei devait l'avoir fait : ébranler les défenses d'un homme ébranlable. Elle regarda sa main droite, comment la lui avait-elle serrée ? Avec assez d'assurance ? Sa main était moite, elle la glissa dans sa poche et marcha avec la conviction d'avoir mené quelque chose à son terme. À présent, peut-être, elle cesserait de se projeter la scène des toilettes, Carlo sur la fille qui accueillait sa langue insistante, ou alors elle à genoux et Carlo debout, le pantalon défait. Elle avait évité de jeter tout ça à la figure de son mari, tout à part le fait d'avoir déclenché lui-même un tollé, en réclamant que le recteur sache sa vérité, que sa femme sache sa vérité, que le monde entier sache sa merde de vérité. Carlo avait déversé sa rhétorique sur eux, c'est cela qui la mettait en rage. Elle pressa le pas et son tendon l'élança. Quand elle arriva sur la piazza del Duomo, elle était épuisée.

Elle envoya un message à l'agence pour avertir qu'elle ne repasserait pas, marcha en vacillant le long de la galerie, puis descendit dans le métro et se dirigea vers le seul endroit où elle avait envie de se retrouver. Elle acheta un billet aux distributeurs automatiques et attendit sur le banc, direction nord. Elle sortit Némirovsky et serra le livre contre elle. *Suite française* était un roman qui débordait de vie ; mais il y avait aussi un pressentiment dans ces pages, un dernier chant à la vie, avant qu'Auschwitz n'interrompe les rêves de celle qui était en train de l'écrire. Elle monta dans le métro en se répétant par cœur le télégramme que le mari d'Irène Némirovsky avait écrit à son éditeur, dès que sa femme avait été emmenée par la police : « Irène partie aujourd'hui subitement destination Pithiviers (Loiret) – espère que pourrez intervenir urgence – essaie vainement téléphoner. »

Elle se saisit du livre et s'y plongea jusqu'à sa descente à Pasteur, sortit du métro et traversa le quartier où elle avait grandi. Il avait été purement milanais, maintenant il rassemblait vingt-sept ethnies différentes, et des étudiants, en un va-et-vient qui la mettait de bonne humeur. Elle ralentit en prenant la via delle Leghe avec ses restaurants chinois et ses magasins d'alimentation marocains. Ici elle avait été elle-même avant le temps des passions et quand elle se contentait encore de peu. L'immeuble de sa jeunesse faisait l'angle, au rez-de-chaussée la crémerie était à présent un bar tenu par une famille tunisienne, ils avaient du café Illy et une connexion Internet rapide.

Elle sortit ses clefs mais décida de sonner, deux fois, l'interphone grinça et elle dit :

— C'est moi.

— Moi ?

— Ta fille.

Elle poussa la porte et monta la première rampe d'escalier, sa mère l'attendait sur le palier.

— Il s'est passé quelque chose.

— Le type de la chaudière est venu ?

— Ne change pas de sujet.

— Je ne peux pas avoir envie de voir ma mère ? Dis-moi pour la chaudière.

Sa mère fit une bouche en cul-de-poule.

— C'était une dé-com-pres-sion, fit-elle en détachant bien les syllabes. Le vase d'expansion s'est déchargé.

Elle l'embrassa sur la joue, elle avait une mère qui sentait l'Oil of Olaz. Elle était menue et vous regardait de bas en haut.

— Tu as faim ?

Margherita alla dans le petit salon. Le fauteuil de son père avait été éloigné de la bibliothèque, la télévision était allumée sur Rai Uno, sans le son.

— Ma chérie, dis-moi tout.

— J'avais envie de prendre une heure ici avec toi.

— Comme Churchill prenant un jour de vacances pendant la Seconde Guerre mondiale.

Elle s'assit à côté d'elle. Elle restait silencieuse dès qu'elle comprenait que sa fille avait une peine de cœur. Parfois, quand Margherita était jeune fille, dans les moments de tourmentes, elle lui baisait les cheveux, mais depuis qu'elle était mariée elle cherchait un mode de contact plus circonspect – s'installant près d'elle flanc contre flanc, arrangeant le col de sa chemise, époussetant du dos de la main le manteau qu'elle portait.

Elle lui prit des mains le livre de Némirovsky.

— Tu sais, ma chérie, il faut que je te le dise : je ne lis plus comme avant.

Et elle eut un geste vers la bibliothèque.

— Tu t'ennuyais à ce point avec papa ?

— Au contraire, lire me servait de caisse de résonance.

Elle lui repoussa un peu la frange sur le côté.

— Si tu ne veux pas me dire ce que tu as, c'est moi qui te le dirai.

— Il n'y a rien, je te l'ai dit.

— Si j'ai rêvé de Pannella, c'est qu'il y a quelque chose.

— Maman !

Et elle ne retint pas un sourire.

— Mais pourquoi cette fixation sur la politique ?

— J'ai vécu avec un homme qui a voté Berlusconi. Tu sais ce qu'il m'a répondu quand je lui en ai demandé la raison ?

— Ma foi, non.

— Je vote pour Silvio à cause de *Drive In*.

— Culs et nichons.

— Un peu de légèreté, ma chérie…

Elle s'étendit sur le canapé.

— Et tu comprendras que culs et nichons peuvent être un bon divertissement.

— Laissons tomber.

Sa mère releva les yeux.

— Il s'agit de ton mari, donc.

— Je ne veux pas en parler.

Elle posa le regard sur la porte-fenêtre. Le carrelage du balcon était au niveau du séjour, quand elle était enfant son père lui ouvrait les volets et lui permettait de sortir avec sa bicyclette à petites roues, rentrer et ressortir, tandis que sa mère cousait repliée sur son tabouret. Elle reprisait comme elle lisait, chirurgicale et rapide, rapportant à la maison autant d'argent que son mari cheminot.

— Si tu ne veux pas en parler, d'accord…

Sa mère déposa un baiser sur son épaule.

— Mais sache que ton mari vient ici de temps en temps.

— Mon mari.

— Ne lui dis pas que je te l'ai dit.

Elle alla à la cuisine et revint avec deux tranches de tarte salée.

— Aux épinards. Si tu la veux tiède, dis-le-moi.

Margherita en prit une bouchée.

— Et qu'est-ce qu'il vient faire ici de temps en temps, mon mari ?

— Il se fait préparer quelque chose, fouille dans les rayons de bibliothèque, prend un livre ou un autre. Il vient souvent le jeudi, si jeudi est le jour sur lequel tu as des soupçons.

— Il n'y a pas un jour sur lequel j'aie des soupçons.

— Tout va bien, ma chérie.

— Pourquoi vient-il ici ?

— Je cuisine plutôt bien. Et je pense qu'il vient pour ton père.

— Ne deviens pas prévisible à ton tour.

— Ne deviens pas ingrate.

Elle posa les mains sur les accoudoirs du fauteuil.

— Tu oublies peut-être ce qu'il a fait pour lui.

— Je n'oublie rien, l'interrompit Margherita, mais ça me semble exagéré.

— Tu sous-estimes Carlo.

Elle rit nerveusement.

— Je ne crois vraiment pas.

Elles mangèrent en silence, elles avaient toujours mangé en silence, avec modération, posant de temps en temps une main sur la bouche par pudeur. La nourriture préparée par sa mère, les ingrédients simples et bons et sa façon de les lier avec une sauce légère. Elles finirent sans se presser, en commentant la décoloration du papier peint à un endroit du mur, puis sa mère lui enleva l'assiette des mains et la posa sur la table, la fit se lever et l'embrassa.

— Il s'agit d'une étudiante de vingt-deux ans et ce n'est pas non plus un soupçon, maman.

— Et qu'est-ce que c'est ?

— Une espèce de blues.

Sa mère se pencha pour la regarder.

— Alors, comme dirait Maigret : tu n'as rien en main.

— Mais je ne veux pas n'avoir rien en main.

— Sage décision, ma chérie. Et si tu veux la vérité…

Elle lui tapota le sternum de l'index.

— Ton mari ne sait pas comment s'y prendre, avec ces filles-là.

— Tu crois.

— Comme ton père.

Son père, quand il s'était absenté trois jours pour un stage de remise à niveau à Turin. C'était la première fois qu'il dormait en dehors de la maison, sa mère lui avait avoué qu'elle avait cousu tard dans la nuit jusqu'à ce qu'il revienne – avec deux cadeaux, un petit chapeau d'hiver pour elle et pour Margherita un puzzle de *Blondine au pays de l'arc-en-ciel.* Il était rentré de bonne humeur avec ses cadeaux et une écharpe neuve autour du cou, Margherita s'était retirée dans sa chambre et avait écouté ses parents parler vite vite dans le salon. Et ce qui avait fini par sortir, des années plus tard, c'était quelque chose que sa mère avait liquidé en le désignant comme une « incompréhension ».

Peut-être était-elle la sienne, maintenant, cette « incompréhension ». Elle posa le menton sur la tête de sa mère et lui entoura les épaules de ses bras. Elle lui dit qu'elle devait partir, mais ne la laissa pas, elles parcoururent ensemble le couloir avec les lithographies de Milan et le portemanteau de bois rouge et le tic-tac de l'horloge murale, le sol en granito brillant. Elle enviait sa mère pour cet ameublement dont elle avait prévu l'usure, et la réparation. Elle s'arrêta sur le seuil et l'embrassa, huma ses cheveux laqués.

— Et selon toi, les types de *Drive In*, je saurais comment m'y prendre avec eux ?

— Je n'ai pas l'impression qu'il y ait eu beaucoup de jeunes assistants sexy dans *Drive In*.

Sa mère était sérieuse.

— Mais de toute façon bien sûr que nous saurions nous y prendre avec eux, et comment.

Elle sourit.

— Demain, au rendez-vous avec Buzzati, tu pourras y voir clair dans tes soupçons ou ton blues ou le diable sait quoi.

— Tu crois ?

— Oui. Et tiens-moi aussi au courant pour l'appartement de Concordia.

Elle arrangea son manteau.

— Tu sais que papa a mis un peu d'argent de côté pour toi.

— Vous deviez acheter votre appartement.

— Nous avons toujours été des locataires dans l'âme, nous.

Elle lui envoya un baiser du palier.

Margherita fit de même en descendant l'escalier ; en sortant de l'immeuble elle sentit que son père lui manquait. Elle se dépêcha de quitter la via delle Leghe et le pâté de maisons, prit viale Monza et marcha jusqu'au piazzale Loreto. Son père et ses sourcils broussailleux, la cigarette pendant au coin de la bouche, avec dans les mains les petites pinces avec lesquelles il réparait tout, ou encore pendant qu'il la regardait faire ses devoirs de latin, en faisant semblant de ranger la cuisine. On disait qu'il surveillait la bonne marche des trains en fumant, et parfois il sortait quelque chose sur l'AC Milan ou sur Scirea même si celui-ci jouait à la Juventus, les mérites de Margherita au lycée, et puis son gendre, qui était un *bel fioeu*[1]. À Carlo, il avait dit : « Donne un coup de main aux femmes si tu peux. » C'était le jour où les médecins de l'Humanitas l'avaient informé qu'il avait une tache au poumon. « Une tache comment ? avait demandé cet homme imposant qui mangeait ses mots et qui n'avait pas voulu s'asseoir pendant qu'on lui communiquait le diagnostic. — Nous allons explorer encore », avaient-ils répondu, et il était reparti chez lui et avait commencé à ranger les documents du classeur dans le salon.

Chaque fois qu'elle se sentait orpheline, Margherita cherchait son mari. Elle regarda l'heure et téléphona à l'agence, elle passerait pour retirer les clefs du corso Concordia. Puis elle appela Carlo.

— J'ai les clefs de l'appartement, je veux que tu viennes le voir maintenant avec moi. Je veux que tu viennes tout de suite.

L'insistance était devenue un de ses talents quand elle avait cerné ce qui était nécessaire. C'était une femme pondérée, elle savait équilibrer les comptes avec naturel, elle insufflait aux autres le sens de ce qui était essentiel sans leur donner le sentiment de renoncer. Son mari avait appris à souscrire à de telles urgences. Louer un appartement de soixante-dix mètres carrés avec une salle de bains de deux mètres carrés, un sacrifice qui permettait d'économiser trois cents euros par mois. Réserver les vacances un an à l'avance et surveiller les vols pour saisir les offres de

1. Un « beau gars », en dialecte milanais.

trajets directs à prix raisonnable. Cuisiner avec les restes du réfrigérateur.

Elle parcourut le corso Buenos Aires et le Milan qu'elle détestait, l'enfilade des magasins, tourna via Spontini. Son agence était au milieu. Elle l'avait ouverte trois ans plus tôt et avait pris avec elle Gabriele et Isabella. Après le krach américain de l'année précédente, les choses allaient encore plutôt bien. Elle entra et vit qu'Isabella était sortie pour des visites, Gabriele était au téléphone et lui tendit les clefs, elle lui sourit et sortit tout de suite, poursuivit vers viale Monte Nero, il lui faudrait vingt minutes en marchant d'un bon pas si sa jambe tenait le coup.

Corso Concordia était au dernier étage sans ascenseur, elle l'avait acquis après avoir longuement courtisé la propriétaire. Elles avaient fréquenté pendant huit mois le même cours de pilates et c'est dans les vestiaires qu'avait affleuré la vente potentielle, si la propriétaire, bien sûr, décidait de déménager à Majorque où résidait son compagnon. Quand Margherita avait vu l'appartement – invitée pour une évaluation informelle et une tasse de thé –, elle avait été frappée par la lumière. Les deux grandes chambres, le salon, la cuisine pouvant faire office de salle à manger et les deux petits balcons lui étaient apparus comme des détails. La propriétaire lui avait confié vouloir vendre cinq cent cinquante mille euros ces cent dix-sept mètres carrés, vu le quartier et la valeur intrinsèque de l'appartement. Elle lui avait servi le thé – en réalité, une tisane aux fruits rouges – en l'accompagnant de biscuits norvégiens au beurre, elle avait ajouté qu'à presque cinquante ans toutes les femmes devraient s'accorder un changement de vie – dans son cas, s'installer avec un homme qui avait atténué la douleur de son divorce. Margherita avait acquiescé, bu la tisane à petites gorgées, et soulevé la question de l'ascenseur : quatre étages et une centaine de marches à gravir étaient passablement dissuasifs. Puis elle lui avait parlé de sa salle de bains de deux mètres carrés où elle prenait sa douche chaque jour, et s'était amusée à mimer la difficulté de coordonner jet d'eau et shampoing. Elle avait souri, presque ri, consciente de ce paradoxe avoué, être à la tête d'une agence en plein essor sans posséder un logement correspondant à sa position. Mais cette confidence avait, en fait, émoussé leur timidité, c'est ainsi que s'était amorcée entre elles une certaine intimité : la propriétaire lui avait révélé que son compagnon espagnol était dans une situation inconfortable, et elle ne faisait pas allusion aux contorsions auxquelles contraignait un shampoing dans une douche minuscule. Avec la vente de Concordia, ils pourraient vivre à Majorque en jouissant d'un niveau de vie satisfaisant. Après que Margherita se fut blessée au tendon, elles ne s'étaient plus vues, mais avaient continué à s'envoyer des messages de courtoisie jusqu'à ce que la propriétaire lui annonce qu'elle voulait que ce soit elle qui s'occupe de la vente – elle l'avait choisie parce qu'elle la *sentait* bien.

Maintenant, elle était prête à montrer Concordia à Carlo, bien qu'il ait affirmé que cinq cent cinquante mille euros représentaient une dépense impossible à affronter. Elle avait répondu qu'il y avait des marges de négociation, il suffisait d'avoir une stratégie. Ils en avaient parlé sur un ton presque amusé, puis le malentendu avait fait s'enliser les perspectives, même si Margherita n'avait jamais cessé de rêver. Elle s'était représenté la luminosité du salon, une bibliothèque enfin de grandes dimensions, la possibilité d'inviter plus d'un couple d'amis à la fois, le vin siroté sur le petit balcon, un bain pris dans une baignoire. À peine arrivée à la porte d'entrée du numéro 8, elle fut en ébullition. Elle s'aventura dans le hall et se présenta au gardien, s'assit sur une marche de l'escalier A. Elle se toucha la jambe et se sentit envahie par la pensée d'Andrea, prit le livre de Némirovsky et le posa sur ses genoux. Elle appuya le front dessus, *Chère Irène, tu n'aurais pas cette patience*, et elle sourit parce que lui murmurer ainsi quelque chose la faisait se sentir mieux.

— Ce roman t'épuise.

Margherita détacha le visage du livre et vit son mari s'approcher d'elle, se leva.

— Je t'attendais.

— Je suis venu aussi vite que j'ai pu.

Il l'embrassa.

— Donc, nous y sommes.

Carlo arrangea le col de sa veste, resté à l'intérieur.

— La propriétaire a avancé la remise des clefs.

— Et si l'appartement me plaît ?

— Je ne veux même pas y penser.

Elle lui fit signe de la suivre.

— Alors nous pouvons rester locataires.

— Alors retourne tout de suite au travail.

— Allons, je plaisantais.

Il lui saisit la main. Ils avancèrent dans la cour intérieure.

— Quelle est l'entrée ?

C'était le petit immeuble devant eux, enchâssé dans la cour. Elle batailla avec les clefs, se détacha de son mari et ouvrit le portail de fer. Ils se retrouvèrent en bas de l'escalier. Il y avait une odeur de peinture, ils montèrent l'un derrière l'autre, en s'arrêtant à chaque palier.

— C'est dur sans ascenseur.

Elle s'agrippait à la rampe, sa jambe lui faisait mal quand elle arriva au quatrième étage.

— J'entre la première et je relève les stores.

— Je vais t'aider.

— Attends ici.

Elle y alla et fut de retour peu après.

— Viens, maintenant.

Carlo s'avança, bougeant prudemment son mètre quatre-vingt-dix, l'air d'inspecter comme en flairant – il effleurait le mobilier sans le toucher, et puis le touchait –, l'encadrement du miroir dans une pièce, une tête de lit endommagée, insistant sur la finition d'un abat-jour, continuant à marcher de-ci de-là, avec une façon de se mouvoir qui suggérait une attention maniaque et une brusque distraction. Ils entrèrent dans le séjour, il y avait une table avec huit sièges d'osier, un canapé et, dessus, un tissu décoré de trois éléphants stylisés. Il se tourna vers elle.

— Il y a des problèmes.

— Attends d'avoir fait le tour.
— Il y a des problèmes.
— Tu crois ?
— De gros problèmes.

Il s'appuya à l'une des fenêtres et elle contempla son mari dans cette lumière. Le naturel avec lequel il faisait sien l'instinct de sa femme l'émerveillait. Comme Michel, le mari de Némirovsky, qui l'avait prise et emmenée dans la campagne aux environs de Paris, presque de force, après qu'elle lui eut murmuré un matin : « J'ai rêvé de fleurs des champs bleues et lilas et il n'y avait pas la guerre. »

Margherita fit mine de le rejoindre, s'arrêta, il était encore à la fenêtre. Elle surmonta son hésitation et à peine près de lui, l'enlaça par-derrière. C'était un corps qu'elle avait voulu sien dès le dîner où ils avaient fait connaissance, un corps majestueux et timide, qui lui avait permis de dépasser le mot *pudeur*. Ils avaient fini au lit une semaine plus tard – c'est elle qui l'avait invité à monter, après une glace prise ensemble dans l'après-midi – et il avait été étrange d'assister en elle-même à la rupture d'une digue : entendre gémir sa propre voix, diriger habilement ses muscles, se débrouiller devant des éléments nouveaux d'anatomie. Le gland gonflé, la bouche forcée pour le contenir, ouvrir les jambes et palpiter dans l'attente de la jouissance. Elle avait compris que *ce serait lui* à cause de la façon dont elle s'était donnée. Elle se l'était dit tout de suite. Le sexe, à partir de cet après-midi-là, ils étaient parvenus à le faire survivre à travers les années, tirant parti de lieux insolites, de moments inappropriés, jouant d'une chimie commune. Elle voulait que ça arrive maintenant encore, dans l'éclat lumineux d'un appartement trop cher du corso Concordia. La brutalité pouvait encore réparer les malentendus : se faire baiser les coudes appuyés sur une table, en attendant que l'amorce d'un spasme déclenché par un kinésithérapeute se transforme en un *mari*. Elle l'aurait voulu, se faire prendre, comme elle l'aurait voulu ; mais lui avait peut-être pris Sofia Casadei. C'était une infraction qui la mortifiait, maintenant encore, alors qu'elle gardait les mains sur les côtes de Carlo. Elle ne les laissa pas descendre parce que peut-être la gamine aussi l'avait fait. Elle se détacha de lui et lui dit que ce ne serait pas leur appartement.

Il se tourna.

— Et où trouverons-nous une lumière pareille ?

— Où trouverons-nous cinq cent cinquante mille euros ?

— Tu as dit qu'on pouvait négocier.

— Négocier signifie cinquante mille en moins.

— Nous sommes en 2009 et tout le monde est en crise.

— Ça ne suffit pas.

— Il n'y a pas d'ascenseur.

— Ça ne suffit pas.

— Nous avons une stratégie, non ?

Elle repoussa ses cheveux derrière ses oreilles.

— Cette stratégie-là est le mal.

— Le mal est intéressant.

— Je ne suis pas une de tes étudiantes.

Sa femme l'avait débusqué. *Le mal est intéressant* pouvait être le début d'un de ses cours, sa phrase d'accroche. À chaque fois qu'elle le démasquait, il cherchait une échappatoire : un tic imperceptible des paupières, l'introduction d'un sujet qui désoriente, une réplique amère, un changement de décor : ainsi traversa-t-il le séjour et passa-t-il dans la cuisine ; il y avait dans le réfrigérateur une bouteille d'eau encore fermée, il eut envie d'en boire, referma la porte du frigo et se dirigea vers les chambres, il resta sur le seuil de la première, en même temps qu'il retrouvait le sentiment de ce qu'il était en train de faire. Il avança d'un pas dans le couloir.

— La propriétaire a besoin d'argent, c'est ça ?

Margherita lui fit signe de baisser la voix.

— Son copain a le couteau sous la gorge.

— Nous avons donc la solution.

— L'argent de tes parents n'est pas la solution.

— Ne détourne pas la conversation : ta stratégie du mal est la solution.

C'était elle qui lui avait expliqué que la seule possibilité était d'avoir la propriétaire à l'usure : la tromper sur les visites, en gonflant la difficulté de la vente. Elle pourrait lui faire revoir à la baisse ses prétentions financières, et à ce moment-là, ils s'inséreraient dans les tractations. Il leur faudrait trois à six mois. Le risque était que la vente de l'appartement soit confiée à d'autres, et dans ce cas ils changeraient de tactique. Elle lui en avait parlé avant de dormir – c'était un moment où leur mariage accouchait de desseins excitants.

— Je ne me sens pas de faire ça, Carlo.

« Je ne me sens pas d'ouvrir une agence immobilière. Je ne me sens pas de servir de garde-malade à mon père. Je ne me sens pas de me marier. » « Je ne me sens pas », cinq mots pour dire qu'elle se sentait de le faire, et comment. Dans ces années-là, il avait compris à quel point, pour sa femme, ce « ne pas se sentir » signifiait craindre d'être trop audacieuse. Jusqu'au malentendu. Depuis lors elle avait vraiment cessé de « se sentir » de faire quoi que ce soit. Comme quelques heures auparavant, quand elle n'avait pas voulu monter dans sa classe – quel soulagement – après qu'il l'y eut invitée, restant dans la cour, tête basse. Ou durant les semaines précédentes, quand elle ne lui avait plus demandé s'il continuait à donner des cours en dehors de l'université, avec qui, avec combien d'étudiants. Ou en abandonnant des dévergondages mineurs, comme mettre du mascara ou danser nue le dimanche matin. C'étaient de timides espaces de mutinerie, la nuit également, quand elle cherchait le bord du lit au lieu de s'installer au centre avec un joyeux despotisme. Et au fur et à mesure que le matelas s'affaissait sur les côtés, avant de s'endormir sa femme lui parlait de cet appartement à la somptueuse lumière. C'était ça, leur grande espérance : un acte notarié ? Il avait essayé de ne pas répondre à cette question, comme il avait essayé de ne pas affronter les constatations qui s'accumulaient jour après jour dans son esprit : tu es l'otage d'un roman que tu n'écriras jamais. Tu es professeur six heures par semaine et ton vrai travail est de rédiger des brochures touristiques, avec un subside familial mensuel que tu tentes de ne pas voir. Tu incarnes les stéréotypes masculins dans toute leur splendeur.

Il avait habilement noyé dans le brouillard ces données factuelles, mais maintenant ça n'allait plus. Il le sentait tandis qu'il continuait à prospecter le séjour de Concordia tout en scrutant sa femme du coin de l'œil.

— Cet appartement est ce qu'il nous faut, Marghe.

— Tu le penses vraiment ?

Il fit signe que oui et l'accompagna sur le canapé aux éléphants stylisés, la fit s'étendre, la nuque sur ses jambes. Elle paraissait plus petite ainsi, il lui caressa le visage et elle s'abandonna, les yeux au plafond et un pied touchant terre. À présent, le corps de sa femme était bien le corps de sa femme : avant, quand elle l'avait enlacé par-derrière, il lui avait échappé. Ça arrivait de temps à autre et il ne savait pas si cela aussi venait du malentendu. Il la garda ainsi, encore, et d'une certaine manière il sut que ce matin-là Margherita n'avait jamais suivi Sofia Casadei.

Elle lui prit la main.

— Promets-moi que tu n'en parleras pas à tes parents.

— Promets-moi que tu en parleras à ta mère.

— Tu pourrais le faire toi-même.

Elle prit sa respiration.

— Le jeudi, ce n'est pas chez elle que tu vas te confesser en douce ?

Carlo la regarda, et se sentit aussi mal que lorsqu'il l'avait rejointe au salon, un mardi soir du mois de janvier. Margherita était en train de regarder *Retour vers le futur* et il lui avait dit :

— Il y a un problème à l'université.

— Quel genre de problème ?

— Avec un étudiant…

Le genre masculin lui était venu naturellement.

— Pourquoi est-ce que tu me racontes ça ?

Il était resté silencieux quelques secondes.

— Parce que je n'ai rien à cacher.

— Cacher quoi ?

Il lui avait raconté sa version des faits.

Elle avait croisé les bras.

— On dirait ce roman, tu sais.

— Quel roman ?

— Le Sud-Africain, le Nobel.

— Tu es en train de m'accuser.

— Ou cet autre roman.

Elle l'avait regardé.

— Comment commence-t-il, déjà ? Lumière de ma vie, feu de mes reins[1].

Il s'était assis sur le canapé.

— J'avais foi en ton intelligence.

— Et moi en la tienne.

Il avait vu sa femme se retourner vers le téléviseur, le savant de *Retour vers le futur* expliquait comment la machine à voyager dans le temps fonctionnait au plutonium, les protagonistes se trouvaient

1. C'est le début de *Lolita*, de Vladimir Nabokov. L'autre roman auquel Margherita fait allusion est *Disgrâce*, de John Maxwell Coetzee, histoire d'un professeur qui a une aventure avec une étudiante.

sur un parking en pleine nuit et Marty était sur le point de commencer son premier voyage, destination 1955. Brusquement Margherita avait dit « Mais j'ai confiance en toi » et elle était allée dormir, le laissant au milieu du canapé.

Maintenant aussi il était sur un canapé et en colère contre lui-même : elle l'avait taquiné à propos des jeudis chez sa belle-mère et il sentait de nouveau qu'il n'avait pas réussi à se camoufler. Garder son secret, cacher une petite part d'intimité, il avait appris à le faire adolescent pour échapper à ses parents, comment avait-il pu laisser se perdre cet acquis ?

Il dit qu'il devait retourner au travail – il avait la moitié d'un catalogue sur la Thaïlande à terminer –, mais d'abord il voulait être sûr qu'elle désirait cet appartement.

— Oh.

Margherita se raidit, sur ses gardes.

— Bien sûr que je le désire.

— Tu le veux ?

— Il manque un ascenseur et il coûte trop cher.

— Tu le veux ?

— Je le voudrais si…

— Tu le veux, cet appartement ?

— Je le voudrais.

— Tu veux cet appartement ?

Elle sourit.

— Je le veux, mon Dieu oui que je le veux.

Ils se cherchèrent, ils se tinrent serrés. Carlo la détacha doucement de lui et la regarda. Elle était tellement belle, heureuse. Margherita arrangea le col de sa chemise et lui dit de retourner au travail. Mais ils restèrent ainsi quelques minutes, puis il se leva du canapé et en guise d'au revoir lui donna un baiser. Quand il sortit de l'appartement, il eut la certitude qu'il fuyait. De la maison qui l'ensevelirait sous les dettes, de la tentative de réparation matérielle, de ce qui scellerait une maturité officielle.

Il descendit les quatre-vingt-seize marches en se tenant à la rampe, presque en courant, traversa la cour et, une fois arrivé au corso Concordia, s'arrêta. Il resta appuyé à la façade de l'immeuble, il pensait à Daniele Bucchi, son ami d'enfance avec qui il avait été à l'école élémentaire, au collège, au lycée et qui maintenant travaillait dans la blanchisserie familiale à la Brianza après avoir donné au monde trois enfants et laissé de côté ses chaussures de foot. Il habitait dans un lotissement à Cabiate, sept mille habitants, et lors de leur dernière conversation au téléphone il lui avait déclaré qu'il était content. Content, ses enfants allaient bien et sa femme allait bien et la blanchisserie lui donnait de quoi vivre sans souci. Ils s'étaient perdus de vue après que Daniele avait eu son premier enfant – autrement dit : ils s'appelaient une fois par semaine puis une fois par mois – et, chaque fois qu'ils essayaient de se reparler, leurs voix avaient besoin d'un petit laps de temps d'échauffement.

Il garda Daniele avec lui, bien serré, un Daniele mental avec ses rouflaquettes d'adolescent, alors qu'il se remettait en chemin et décidait que peut-être il n'allait plus passer au travail – il n'avait envie de rien, il avait envie de se vider la tête, d'écrire à Sofia. Il sortit son portable, vit un appel manqué de sa sœur, l'ignora et parcourut la liste de ses contacts jusqu'au S.

Écrire à Sofia, lui téléphoner, ils bavarderaient de choses et d'autres, mais à propos de quoi, il lui demanderait pourquoi ce matin-là elle avait pris ses affaires et était brusquement sortie de la salle de cours, il pourrait lui dire ce qu'il pensait de son second texte qu'il avait si longuement et honteusement ignoré : les pages sur le dernier trajet avec sa mère, dans la Fiat Punto, ce jour de mai sur la route vers Santarcangelo, la chanson d'Ornella Vanoni, l'instant avant que la voiture ne fasse une embardée. Il pouvait lui dire la vérité : c'était un récit émouvant. Après avoir fini de le lire, il s'était attardé sur le titre, *Comment vont les choses*, avait repoussé les feuilles sur la table, pris le carnet sur lequel il n'était jamais parvenu à écrire quoi que ce soit d'accompli, l'avait refermé avec irritation. Maintenant il aurait pu lui téléphoner pour lui dire combien son écriture lui avait plu, sans lui demander pourquoi elle lui avait dit que Margherita l'avait suivie.

Mais il ne le fit pas, il se dirigea vers le Duomo le portable à la main et avant d'arriver à San Babila il rappela sa sœur. Il lui annonça que finalement, peut-être, la mère de Margherita ne viendrait pas à l'anniversaire. « Maman y tient énormément, tu le sais, insista sa sœur, en tout cas, pour le cadeau, je pense à un pendentif en phoque de Swarovski.
— Entendu pour le phoque, Simo, j'essaierai de la convaincre, comment ça va pour le reste ? » Elle lui répondit qu'elle s'en tirait, Mamadou avait eu des entrevues un peu partout, puis elle se mit à lui par-

ler des couches qui relevaient d'une technologie stupéfiante, de plus en plus fines, quasiment des petites culottes futuristes, elles gardent jusqu'à un hectolitre de pipi sans en laisser échapper une goutte, « tu te rends compte ? ». Sa sœur l'apaisait toujours, il l'écouta raconter comment Nico grimpait sur les meubles pour retomber ensuite avec la couche qui amortissait la chute, *pouf*, on n'entend plus que des *pouf* dans tout l'appartement, « si tu avais un enfant aussi gros et entreprenant tu me comprendrais tout de suite, mais toi, que deviens-tu ? Et Marghe ? » Avec sa sœur, il pouvait parler au téléphone et marcher et rester silencieux, il la mit au courant de la visite au corso Concordia, elle lui dit que leur père serait très heureux de les aider. « Ne me sors pas l'argent de papa. — Je ne sors pas l'argent de papa, je dis papa comme j'aurais dit maman comme j'aurais dit nous, à trente-cinq ans tu n'as pas encore accepté le fait que tu étais né dans une famille bourgeoise ? — Toi, Simona, tu ne l'as que trop accepté. — J'ai pu me permettre d'avoir Nico sans un mari pour nous entretenir, quel mal y a-t-il à ça, vous venez dîner ce soir qu'on parle de votre éventuel nouveau logement ? — Je te remercie mais j'ai les textes de mes élèves à corriger » ; il passa à côté de l'église San Babila et lui demanda si elle repensait parfois à ses années d'enfance. « Pourquoi me demandes-tu ça, nous ne sommes tout de même pas décrépits. — Tu y penses ou pas ? » Elle dit : « De temps en temps, j'aimais bien le trajet à pied de l'école quand Valeria Pari et moi nous arrêtions à la crémerie pour acheter des Haribo, des réglisses et des crocos gélifiés ; je n'avais jamais faim au repas et maman se mettait dans des colères noires – elles te manquent, ces années-là, je suppose. » Il lui répondit qu'il aimait également ces années-ci. Et au fond c'était vrai, il demandait seulement d'arriver à en assembler les divers morceaux. Sa sœur et Margherita, Nico et son père, ses parents et Valeria Pari, Daniele Bucchi, Sofia, éléments, tous, d'une immense mosaïque. Ils arrêtèrent de parler et il se retrouva devant la rosace à l'arrière du Duomo – certains soirs on aurait dit une bande dessinée de Bonelli. Il fit le tour de la cathédrale, traversa la place sans se retourner et ralentit. Il pouvait vraiment passer à la Statale, en s'arrêtant à la cafétéria de Sofia, choisissant la dernière table près de la baie vitrée, attendant qu'elle finisse son service ou qu'elle prenne une longue pause.

Il se posa sur une marche du Duomo, l'Arengario était recouvert d'échafaudages, deux garçons avaient actionné une poulie à moteur. Comment avait-il pu poser les mains sur elle, dans ces toilettes ? Il l'avait fait. Il s'était éveillé le matin du malentendu la tête lourde, s'était lavé en vitesse, s'était habillé sans traîner, avait bu un café debout avec Margherita, était sorti de chez lui, passé à la rédaction et avait mis en place le programme de travail de la journée avec le graphiste, avant de se diriger vers l'université. Il avait eu le poste parce qu'un type du conseil d'administration connaissait son père – « il nous faudrait un jeune comme votre fils avec une passion pour la littérature ». Techniques du récit, six heures par semaine. Dès que son père lui avait parlé de cette opportunité, il avait accepté, en évitant les vains discours sur le fait de devenir ou pas un pistonné.

Quand il était arrivé dans la salle le matin du malentendu – en avance d'une demi-heure au moins, comme d'habitude –, il se souvenait de s'être assis sur le bureau et d'avoir attendu les étudiants sans rien faire de particulier. Il voulait demander à Margherita de passer pour déjeuner, il n'avait pris aucune initiative, comme encore possédé par une agitation indéfinie qui ne le quittait pas depuis le réveil. Puis les étudiants avaient commencé à arriver, il avait échangé trois mots avec Gianluca, un garçon de Lecce passionné de littérature russe et de Mickey dont ce jour-là était l'anniversaire : il le fêterait au Plastic, voulait-il être des leurs ? « Je suis trop vieux pour le Plastic, dis-moi plutôt si tu as terminé le récit que tu devais me rendre. » Sofia s'était présentée parmi les derniers, jean clair et bottes. Elle avait choisi le banc du troisième rang et allumé son ordinateur, avait fait tomber par maladresse sa trousse avec les stylos, en tressaillant d'embarras au bruit que ça avait fait. Il l'avait déjà rencontrée deux fois pour les corrections en dehors de l'université, une fois en groupe et l'autre seule pour discuter de son premier texte. Là, tandis qu'il lui montrait pourquoi son écriture était inconsistante, il s'était aperçu que ses cheveux sentaient le shampoing, c'était une odeur inédite et il l'avait respirée avec un peu de gêne. Il lui avait mis une main dans le dos, presque en un geste de consolation, la faisant lentement remonter jusqu'à sa nuque.

— Excuse-moi, lui avait-il dit ensuite en retirant sa main.

— Mais pourquoi donc ? avait-elle répondu.

Il s'était masturbé avec ce « mais pourquoi donc » dans les toilettes de son lieu de travail, et les jours suivants, attendant de comprendre l'impact de ces trois mots sur son mariage. « Mais pourquoi donc » avait acquis dans sa tête une force d'écho non négligeable, qui l'avait rendu plus sensible dès que Margherita prenait la forme qu'il appelait « souterraine » : quand elle disparaissait de sa vue, qu'elle devenait une femme distraite, à débusquer de sa cachette ; comme il fallait l'arracher, lui, à ses délires littéraires – il s'en rendait compte –, débusquer l'autre était leur manœuvre à risque. Depuis le « mais pourquoi donc », quelque chose avait changé et il n'avait rien fait pour le corriger : il observait sa main droite, là où il avait enregistré la chaleur du dos et de la nuque de Sofia Casadei, à la base de ses phalanges. Il avait perçu une température corporelle plus élevée, il avait cherché à en absorber la brûlure dans les secondes où il avait maintenu le contact, la transformant en un souvenir à réutiliser dans les moments de tension au travail – mais pourquoi donc –, en observant Sofia qui l'écoutait pendant son cours – mais pourquoi donc –, ou quand il voulait ressusciter un désir paresseux – mais pourquoi donc –, en excitant ses sens de façon désordonnée. Mais pourquoi donc pourquoi donc pourquoi donc ?

Il avait eu moins peur dès qu'il avait compris que son mariage n'était pas vraiment affecté par ces pensées. La main sur le dos de Sofia n'était pas une interférence, c'était une dimension parallèle, c'était l'aphorisme qui venait frapper de nullité l'adultère imaginaire : « Ça ne signifie rien. » Ou plutôt : « Ça ne signifie pas grand-chose. »

Ça ne signifie rien, professeur Pentecoste ? Il se le demandait en admettant avoir des difficultés en présence de cette fille de vingt-deux ans à la voix douce, qui bougeait joliment et savait rester à sa place. C'était l'art du camouflage d'une gamine qui lui avait fait perdre le contrôle. Le premier signal, il l'avait eu des semaines avant l'épisode des toilettes, quand il s'était rendu compte que pendant les cours il posait les yeux sur les bancs où se trouvaient ses étudiants, s'attardant sur chacun d'entre eux, sauf sur elle. Cela, ça l'avait alerté, d'avoir porté atteinte à la liturgie de l'enseignement : ça ne signifie rien encore, professeur Pentecoste ? Ça ne signifiait toujours rien d'acheter divers shampoings pour comprendre au troisième essai que les cheveux de Sofia, le jour des corrections du texte sur la danse, ne sentaient pas le Pantene ou le Garnier Ultra Doux mais le Head & Shoulders ? Quand il l'avait découvert, il était resté sous la douche, immobile, dégoulinant de mousse. Cela non plus, ça ne signifie rien, professeur Pentecoste ?

Et puis, le matin du malentendu, il avait donné un exercice qui devait durer quarante minutes. Il était resté quelques instants à son bureau, observant la classe aux prises avec l'angoisse d'une épreuve imprévue, sentant combien il aurait aimé être l'un d'eux, écrire le début de quelque chose qui appelle après soi une phrase et un paragraphe et une page et une autre page et un chapitre et un autre chapitre et la fin d'un livre. Alors qu'il n'avait jamais rien en main ; et à chaque fois il se demandait comment cela pouvait se faire, d'être quelqu'un qui fouillait dans la littérature sans avoir jamais essayé d'écrire pour de bon, une histoire, un canevas qui l'aurait rendu légitime, un court récit même, rien. Il avait tenté une ébauche par-ci par-là, avait renoncé, nourrissant comme il le pouvait son estime de soi en écoutant sa propre voix en classe, se convainquant que ce son – l'enseignement – était son roman à lui. Mais il savait que c'était la contradiction qui l'attachait à ses étudiants : eux, qui grâce à un exercice quelconque pouvaient se retrouver plongés dans une histoire à terminer, eux, qui vampirisaient son inspiration. Et plus il prenait place derrière son bureau, plus grande était la menace que l'un de ses jeunes puisse y arriver : publier, avoir du succès, peut-être le citer dans le discours qui suivrait la remise d'un prix important : « Tout cela ne serait pas réalité sans Carlo Pentecoste, merci, monsieur le professeur ! » Chaque fois que son élan personnel entrait en conflit avec l'enseignement, il se retrouvait avec une migraine d'intensité moyenne, une sorte de bourdonnement, comme le matin du malentendu où il était allé souffler un peu dans le couloir après avoir donné la consigne aux étudiants. Il s'était installé sur la chaise près de la machine à café, avait massé ses tempes pour atténuer la douleur. Au bout de dix minutes il avait vu Sofia sortir de la salle. Il s'était levé en l'apercevant en haut de l'escalier, regardant vers le hall, plongée dans ses pensées. Il était allé vers elle, en sachant qu'il lui poserait de nouveau la main au milieu du dos. Il s'était approché et l'avait fait, avec une pression douce, retrouvant la chaleur jamais oubliée.

— Il y a quelque chose qui ne va pas ?

Elle n'avait pas bougé.

— Je ne suis pas faite pour écrire.

— Un seul exercice te l'a fait comprendre ?

— Je le sais depuis toujours.

— Sofia…

Il avait détaché la main de son dos.

— Il suffit de l'accepter.

À partir de ce moment-là, il se souvenait de la façon dont les choses s'étaient passées selon une perspective insolite, comme soulevé de terre : une étudiante qui descend les marches sans hâte, un professeur qui l'observe du haut de ces mêmes marches, se caressant la main qui l'a touchée un instant auparavant. Puis qui décide de la suivre, en la voyant tourner vers les toilettes – la migraine qui s'aggrave, le battement rapide à la base du cou, un haut-le-cœur d'appréhension. Non, ce n'était pas lui, et ça l'était pourtant, cet homme entrant dans les toilettes et trouvant l'étudiante qui le regardait depuis les lavabos.

— Sofia, je te comprends, avait-il dit.

Elle avait fait couler l'eau et s'était lavé le visage, les doigts contre les yeux, ruisselant sans bouger jusqu'à ce qu'il lui tende le papier arraché au distributeur. Après qu'elle eut fini de s'essuyer, il lui avait posé les mains sur les épaules. Il avait un peu serré, et senti la chemisette se froisser entre ses doigts. Il avait fait descendre sa main le long de son dos en lui demandant si ça la dérangeait. Elle avait fait un mouvement imperceptible pour lui indiquer que tout allait bien, et il l'avait saisi dans le reflet du miroir. Alors il était descendu encore avec ses mains, en entourant sa taille mince et la pressant de ses pouces et de ses index. Il s'était appuyé contre elle, doucement, puis plus fort, surprenant sur son visage un plaisir que jusque-là il n'avait fait que tenter d'imaginer. À partir de là il n'était plus en mesure de se raconter clairement ce qui s'était passé. L'entrée dans les toilettes pour femmes – c'était elle qui l'y avait conduit ou c'était lui ? –, l'enlacement maladroit – si maladroit que ça, vraiment ? –, les respirations contenues avec peine, elle qui dit « On ne peut pas » et qui se presse contre lui, et les bouches, encore les bouches, puis son corps à elle qui s'affaisse.

Il l'avait retrouvée à ses pieds, Sofia, il s'était penché et l'avait soutenue, la tête renversée, Sofia, il l'avait secouée, l'avait appuyée au mur en lui caressant une joue, Sofia, oh. Elle était tout de suite revenue à elle, avec un petit sursaut, il l'avait aidée à se relever. Ils étaient restés enlacés contre le mur, échauffés, reprenant leur souffle et prenant le temps. Il l'avait accompagnée dehors et alors seulement il s'était rendu compte qu'ils avaient mal fermé la porte, il avait regardé autour de lui avant de rejoindre le lavabo pour lui mettre de l'eau sur le front. Et il avait été envahi par la colère de *n'y être pas arrivé*. La déshabiller, lui enlever sa petite culotte, défaire son pantalon et s'asseoir sur la cuvette, la faire se baisser sur lui en se sentant entrer, peut-être en lui mettant la main sur la bouche pour contenir son excitation. Ça, ça l'avait blessé. C'était une colère sourde, mêlée à un sentiment semblable à de l'anxiété. Sofia s'était ressaisie, elle avait ébauché un sourire devant le miroir, « Je ne sais pas ce qui s'est passé, avait-elle dit. — Il ne s'est rien passé », avait-il murmuré et il l'avait vue acquiescer, dénouer ses cheveux et les attacher à nouveau, se redressant comme pour se reprendre, pour murmurer ensuite « Retournons dans la salle de cours ».

Il s'efforça de se souvenir d'autres détails encore, alors qu'assis place du Duomo il observait les deux garçons avec la poulie qui grimpait le long de l'Arengario. Il se sentait nerveux. Ce n'était pas seulement la peur d'être découvert par Margherita : c'était l'humiliation d'avoir eu la confirmation qu'il *n'y arrivait pas*. Il n'arrivait pas à baiser une étudiante, à se débrouiller après ça, à faire comme si de rien n'était avec le recteur avec son père avec sa femme avec sa sœur avec tout le monde, éprouvant le besoin de se justifier pour quelque chose qu'il n'avait même pas été capable de terminer. Et qu'il ne serait jamais capable de terminer. Si elle ne s'était pas évanouie, il aurait inventé quelque chose pour se saboter, quelque chose qui lui permette de se dire : je ne suis pas infidèle. Comment le savait-il ? Il le savait. Exactement comme les deux garçons avec la poulie de l'Arengario savaient qu'ils devaient faire tourner le câble d'acier pour éviter qu'il ne se torde pendant la remontée. Ils accrochaient le seau avec le ciment liquide et le soutenaient, doucement, pour le hisser ensuite, conscients que sans ces précautions il se serait mis à tourner en vrille. Il les observa bien, ils pouvaient avoir vingt ans comme cinquante, avec leur peau brûlée par le soleil et un bandana qui se terminait par un nœud gracieux sur la nuque. Ils actionnaient la poulie et attendaient les yeux au ciel, fatigués et amusés, comme des enfants pendant les jeux de bulldozers et de camions. Il repenserait à eux avant de dormir, avec leurs bandanas et leurs peaux brûlées – avant de dormir il pensait à des détails qui le réconfortaient. Daniele Bucchi et sa blanchisserie, sa façon de bien séparer les tissus avant le lavage, sa sœur, pour la manière qu'elle avait de tenir son enfant d'un bras pendant qu'elle faisait la cuisine, son collègue à la maison d'édition, satisfait d'avoir gagné un lot d'assiettes avec les points d'Esselunga. Sofia Casadei, la façon qu'elle avait de se caresser les mains dans ses moments de nervosité, de se tenir à sa place sans vouloir vraiment s'y tenir. À chaque fois qu'il la cherchait avant de s'endormir, il cherchait aussi Margherita : il la regardait repliée dans le lit, silhouette brune et respiration calme, et la reconnaissait. Il aurait voulu être en joie pour Sofia et l'était pour sa femme et en même temps souffrait à cause des horizons qu'il n'atteindrait jamais. Et ce conflit s'apaisait parce que « dans le cœur de chaque homme et de chaque femme subsiste une espèce d'Éden où il n'y a ni mort ni guerres, où les fauves et les biches jouent en paix. Il ne s'agit que de retrouver ce Paradis » : sa belle-mère lui avait laissé le livre de Némirovsky avec un marque-page de tissu à cet endroit-là, les fauves et les biches ensemble, il ne s'agit que de retrouver ce paradis.

Il se leva des marches du Duomo et haussa la tête, la Madonnina était si petite. Une conscience l'avait effleuré : que le monde extérieur – les faits et l'actualité et les changements d'une époque –, tout, soit surclassé par le temps intérieur – obsession, intimité, tous ces machins viscéraux –, comme si en dehors de votre propre écosystème toute chose se dissipait peu à peu. Il se dirigea vers la Statale, il avait besoin de parler à Sofia une dernière fois.

Il mit les mains dans ses poches et marcha vite, fonça presque. Quand il arriva, il se pencha vers la vitrine et vit le garçon qui servait à la caisse, le dos de Sofia à demi caché par la file des clients. Il joua machinalement avec son téléphone, il aurait dû appeler sa mère pour le repas d'anniversaire, informer son collègue de la rédaction pour les mises en pages. Il rangea le téléphone, s'approcha encore, ne bougea plus jusqu'à ce qu'elle s'aperçoive de sa présence.

Il l'attendit là, il y avait un pavé descellé, il essaya de le remettre en place avec le talon et continua à le faire même quand elle le rejoignit.

— Je ne peux pas laisser Khalil tout seul.

— Rien qu'une minute.

Il regarda ses taches de rousseur.

— Je voulais te parler.

— De quoi ?

— Te parler.

Mais c'était comme si elle ne l'écoutait pas, elle tortillait un stylo dans ses mains.

Il s'approcha

— J'ai lu ton récit.

— Pourquoi êtes-vous venu ici ? Pourquoi venez-vous tous ici ?

— Tous ?

— Je n'en ai plus rien à faire de ce texte, monsieur. Mais je vous remercie de l'avoir lu.

— Nous pouvons revenir au tutoiement ?

— Il faut que je retourne à la cafétéria.

— Sofia...

Il fit un pas vers elle.

— J'ai cru chaque ligne de ce que tu as écrit.

— Cru ?

— L'accident, ta mère, ce que tu as éprouvé. Je veux dire, tu as été *vraie*.

— J'ai écrit ce dont je me souvenais.

— Mais en littérature la vérité est ce dont on se souvient.

Une femme d'une soixantaine d'années cherchait quelque chose dans son sac, son portefeuille tomba par terre. Sofia la regarda le ramasser et entrer dans la cafétéria.

— Votre femme ne m'a jamais suivie, monsieur.

Ils restèrent silencieux, le bourdonnement de la Statale les encercla.

— Alors pourquoi m'as-tu dit qu'elle l'avait fait ?

— Je ne sais pas.

Il s'éclaircit la voix.

— Et si ce matin, dans la cour, tu avais parlé à ma femme ?

— La vieille histoire aurait recommencé.

— La vieille histoire ?

— Il faut que j'y aille, monsieur.

Il lui toucha le bras.

— La vieille histoire ?

— Oui, la vieille histoire.

— Il ne s'est rien passé dans ces toilettes.

— Vous croyez ?

— C'est la vérité.

— La vérité est ce dont on se souvient, c'est bien ça ?

— Et de quoi te souviens-tu, toi, dis-moi ?

Elle le regarda.

— Vous savez que le jour de l'accident de voiture ma mère et moi allions à l'église où elle s'était mariée ? C'est une église de pierre à Santarcangelo de Romagne, toute dépouillée. Elle s'appelle la Pieve. Il y a dedans une croix en bois et la lumière lui donne un très beau reflet argenté. Ma mère m'avait dit qu'elle pensait à la Pieve à chaque fois qu'elle se sentait triste. « Alors tu es triste aujourd'hui », je lui avais dit pendant qu'elle conduisait. Elle était restée muette. Elle ne parlait plus avec mon père depuis quelque temps, il dormait à l'étage inférieur, dans un petit appartement qui avait été celui de ma grand-mère, et elle et moi avions tout l'appartement du dessus. Nous l'appelions l'appartement des femmes. Un soir, je suis entrée dans la chambre de ma mère parce que j'avais vu la lumière allumée, et je l'ai trouvée relisant quelque chose que mon père lui avait écrit longtemps auparavant : c'était un petit mot sur un mouchoir du bar Filon, un endroit où ils se rencontraient avant d'aller au travail, quand ils avaient vingt ans. Elle me l'a fait lire, il y avait écrit : *A te dég me che t ci béla !* Ça veut dire « C'est moi qui te le dis que tu es belle ! » Et vous savez ce qui m'a le plus frappée ? Le point d'exclamation. Il n'y a rien de plus éloigné de mon père que les points d'exclamation. C'est comme ça que j'ai compris qu'ils avaient été heureux. Et cet après-midi-là, pendant que nous allions voir l'endroit où ils s'étaient mariés, j'assistais à la dernière tentative de ma mère de se le rappeler. La vérité est ce dont nous nous souvenons, et ma mère était en train de tout oublier. Elle était fatiguée et en conduisant, abandonnée sur son siège, elle s'était mise à fredonner une chanson d'Ornella Vanoni, j'ai compris plus tard que c'était *Rouge à lèvres et chocolat*. C'est la dernière chose sur ma mère dont je veux me rappeler. La voix rauque de maman reprenant la chanson d'Ornella Vanoni. Je ne me souviens pas du reste. Je ne me souviens pas de l'instant où j'ai pensé que peut-être je deviendrais comme elle, du volant, de mon bras qui se tend et tente de rectifier la trajectoire – de corriger sa distraction. Je ne sais pas si elle a volontairement perdu le contrôle de la voiture, si elle a vraiment tourné les poignets pour en finir avec la tristesse. Ce n'est pas mon histoire. Comme n'est pas mon histoire les mains d'un enseignant qui m'ont pressé les fesses.

Il bougea du pied le *sanpietrino* déchaussé, quelques étudiants sortaient de la Statale et venaient vers eux. Il avait envie de s'asseoir, il choisit le muret au bord du trottoir. Il baissa les yeux sur le bout de ses chaussures anglaises.

— Maintenant je dois y aller, monsieur.

Il garda la tête inclinée, et comprit qu'elle s'éloignait à l'écho de ses pas et à la porte de la cafétéria qui se refermait.

Andrea était resté dans le kiosque avec son père pendant tout l'après-midi, sa mère était repartie à la maison avant eux, en métro. À la fin de la journée, il récupéra les clefs de la voiture, qui était garée à côté du kiosque. Quand il démarra, son père frappa à la vitre.

— Sois prudent.

— Dis à maman que tu vas prendre rendez-vous pour une autre consultation.

— Je t'ai dit d'arrêter avec ça.

— Dis-le-lui.

Il tendit la main en signe d'au revoir.

— Je te ramène la voiture ce soir.

Quand il partit, il avait encore au bout des doigts les contractures de son père qu'il était parvenu à dénouer. Il se les frotta, puis il garda une vitesse soutenue ; il fallait vingt-cinq minutes pour parcourir les huit kilomètres qui le séparaient du chien. Il fit le trajet sans penser, en imaginant qu'il filait vers le péage sud de Milan ou jusqu'à Piacenza ou Parme ou la Toscane et au-delà. Il n'était jamais allé plus loin que Florence.

Il arriva sans avoir ralenti ; la brume était si épaisse à certains endroits qu'il avait du mal à voir la ferme. Il se gara sur le côté de la route, poussa la grille et se faufila, frappa trois fois à la porte. La fille lui ouvrit tout en parlant au téléphone, lui fit signe de se taire et de s'asseoir. Il se retrouva dans la cuisine, la télévision était allumée sur une publicité, il flottait une odeur de fumée et de vernis à ongles. Il parcourut le couloir jusqu'à une porte-fenêtre qui donnait sur l'arrière de la maison. Elle était déjà entrouverte, il l'ouvrit toute grande et écouta les aboiements. Le chien forçait sur la chaîne, tirait violemment avec le cou en se dressant sur ses pattes postérieures.

— Eh, César, sage, sois sage.

Mais le chien continuait.

— Sage, je t'ai dit.

— Ça fait depuis ce matin qu'il est nerveux.

La fille l'avait rejoint et fumait sur le pas de la porte ; ses ongles étaient rouges, tout juste vernis.

— C'est ce brouillard.

— Fais-toi reconnaître.

— Pas la peine.

Il s'accroupit les bras tendus, le chien se calma et vint jusqu'à lui. Andrea le caressa.

— Selon moi il a chopé une infection.

La fille rentra dans la maison.

Andrea regarda la patte du dogue, la morsure luisait encore. Un gonflement sur le flanc gauche l'inquiéta. Il l'effleura, le toucha, y posa la paume et pressa doucement.

— Sage, eh, César.

Le chien l'écouta et il put explorer ses muscles et ses os. Il avait appris que les bêtes cachent leurs plaintes mieux que les hommes : chaque fois qu'elles se taisaient, il s'alarmait. Il inspecta mieux les pattes du chien tout en lui racontant sa journée, l'après-midi libre et son père qui avait séché la visite médicale pour se faire emmener au parc, exactement comme lui. « Tu veux aller au parc, César ? Tu veux y aller, hein ? Demain on y va. Maintenant sois sage et laisse-moi sentir » ; il le caressa jusqu'à sa petite queue, une virgule tronquée, descendit sous le ventre et César bondit en avant. Andrea le rappela et recommença à le palper doucement. Il souleva sa jambe blessée, et quand il la reposa sur le sol s'aperçut qu'elle ne soutenait pas bien le poids du corps. Peut-être était-ce la fin et allaient-ils le libérer. Andrea l'ausculta à nouveau ; en relevant la tête, il vit que la brume les avait engloutis.

— N'aie pas peur, viens ici.

Le chien fit un tour sur lui-même, la fille et les autres entraient dans la cour.

— Où est-ce qu'il en est ? demandèrent-ils dès qu'ils furent là.

Andrea ne les regardait pas.

— Il n'est pas prêt, et il ne peut plus combattre.

— Qu'est-ce que ça veut dire, il n'est pas prêt ?

— Le tendon, une inflammation.

— Et ça veut dire quoi, qu'il ne peut plus combattre ?

— Sa patte est fichue.

— Vous avez entendu ce qu'a dit le docteur ?

— Arrête, Giulio.

La fille se tourna vers son frère. C'était un homme de trente ans aux joues rasées et aux cheveux soigneusement plaqués, il portait une chemise à carreaux qui soulignait ses épaules tombantes.

Andrea n'avait pas cessé un instant de caresser le chien.

— Vous aviez dit que vous en ameniez un nouveau ce soir.

— On l'a dans la voiture. C'est un chien-loup mais il a quelque chose qui ne tourne pas rond.

Quelque chose qui ne tourne pas rond signifiait pour eux le signe de la peur. Andrea aussi avait appris à le reconnaître : les pattes mal posées, le regard suppliant, le jappement à la première blessure, le déchaînement de l'animal contre ses maîtres qui le conduisaient vers le ring. C'étaient les bêtes débilitées par un passé trop doux.

— Voyons un peu.

Le frère de la fille entra dans la maison et en sortit avec un bâton, il l'approcha de l'échine du dogue. Le chien le saisit entre ses dents et le lui arracha, la chaîne l'étranglait mais il ne lâchait pas prise.

— Eh, eh, du calme, du calme.

— Bien sûr qu'il est prêt, dirent les autres.

Andrea se releva, il regardait la fille. Il avait découvert les combats clandestins l'année précédente, quand elle avait demandé à son frère la permission de l'amener et qu'il s'était retrouvé à la première rencontre de Chiaravalle une nuit de mai. Un dogue contre un autre dogue, l'un des deux propriétaires avait interrompu le combat parce qu'une morsure à la patte avait diminué son animal, alors ils avaient séparé les chiens et l'homme avait perdu son argent et en avait fait perdre à quelques autres. Sur le ring n'étaient restées que des traînées de sang. Andrea s'était senti mal. Les chairs déchirées, l'écrasement du plus faible : revenu chez lui, il s'était étendu sur son lit sans parvenir à trouver le sommeil.

— Le chien ne va pas combattre. Il lui faut des infiltrations, il guérira plus vite.

Andrea s'était tourné vers la fille.

— Après son combat, dirent les types.

Quand la fille et lui s'étaient rencontrés – au Magnolia, pendant un concert de musique électronique des Prozac+ –, elle avait déjà César. C'est son frère qui le lui avait apporté. Petit, il était docile, tout à coup il ne l'avait plus été, et elle n'avait plus pu le garder chez elle ni le sortir au parc. César l'avait attaquée une seule fois, à cause d'un geste brusque qu'elle avait fait devant son museau, il avait grondé en lui montrant les dents, et la chaîne l'avait arrêté. Il attaquait souvent son frère. Ils l'avaient laissé dans la vieille ferme, ils passaient en alternance pour lui donner à manger, Andrea allait s'occuper de lui dès qu'il le pouvait. Il avait compris que c'étaient les bâtons au-dessus de sa tête et les gestes nerveux qui le faisaient mal réagir. Il se calmait si on lui racontait quelque chose. La fille disait aimer César malgré tout, et disait aimer « malgré tout » Andrea aussi. « Malgré tout » suggérait la présence d'un petit problème.

Andrea s'approcha de César, saisit une extrémité du bâton que le chien tenait encore entre ses dents.

— Allez, lâche-le.

Il le lui enleva.

— Il faut le laisser en paix.

— Laisse-le essayer une dernière fois, dit la fille. La dernière fois, Andre'.

— C'est quoi cette histoire de dernière fois ? demanda son frère.

— Ce sera la dernière fois, répéta-t-elle. S'il n'y arrive plus, tu vas te plaindre qu'il te fait perdre de l'argent.

— OK, dit son frère et il fit signe qu'on détache les chaînes. Il combattra.

Andrea laissa tomber le bâton, s'écarta et attendit que le frère mette sa laisse au chien. Il fit divers essais mais n'y arriva pas. La fille s'accroupit et essaya de calmer César.

— Andrea, dit-elle ensuite. Fais-le, toi.

Mais lui s'éloigna de quelques pas.

— Bouge ton cul, dit le frère. S'il te plaît.

Andrea rentra dans la maison, rejoignit la cuisine et s'assit sur le canapé. Les coussins usés, l'odeur de vieux, le siège informe – c'est là qu'il avait dit à la fille que les caresses lui suffisaient, le reste, il n'arrivait à le donner ni à elle ni à aucune autre. Il enfonça la nuque au coin du dossier.

Elle le trouva les yeux au plafond.

— César pète les plombs, tu peux venir ?

Il secoua la tête et elle resta plantée là. Silhouette filiforme aux cheveux défaits retombant sur l'épaule.

— Mon frère est con mais il t'aime bien.

— Il l'a de nouveau battu, il y a un gonflement qui n'y était pas avant.

— C'est un vieux truc.

— Il l'a de nouveau battu.

Il la regarda, puis ferma les yeux. Il était fatigué.

La fille s'assit et lui caressa la jambe, le pinçota, sourit.

— On se prend l'argent et on s'en va trois jours à la mer. Toi et moi.

— Pourquoi ?

— Parce qu'on aime la mer.

— Pourquoi est-ce que nous continuons ?

Andrea se leva du canapé et repartit dans le couloir, sortit à l'arrière. Il retrouva les autres qui fumaient dans un coin de la cour. Il s'approcha du chien, la chaîne tinta comme un grelot.

— César, viens ici.

Le chien aboya et resta immobile, aboya de nouveau et quand Andrea s'approcha, détourna le museau d'un seul coup.

— Sage, César, c'est moi.

— Il a les boules, dit le frère.

— Viens là, César, c'est moi.

Il s'agenouilla et tendit le bras, attendit que le chien vienne, le laissa le flairer et lui caressa le cou, remonta doucement jusqu'à la tête.

— Eh, *amigo*.

Après ces mots, il retourna la main, le chien y planta les dents. La fille hurla du seuil de la porte-fenêtre, les autres accoururent avec le bâton.

— Andre', Andre'.

— Ce n'est rien.

Andrea baissa les yeux, le chien l'avait mordu entre le pouce et l'index, il y avait au milieu un trou d'où giclait le sang.

— Laissez-le tranquille, ce n'est rien.

Ils traînèrent Andrea au bout de la cour, la fille rentra à l'intérieur et revint avec des bouts de tissu et de l'eau oxygénée.

— Ne bouge pas, fais voir.

Elle lava sa blessure et la tamponna.

— Mon travail, dit-il.

— Bouge pas.

— Pour mon travail, comment est-ce que je fais ?

Il remua son pouce, il remua son index, la douleur était supportable.

— Comment est-ce que je fais ?

— On va t'emmener aux urgences.

Mais il tint le chiffon pressé sur sa main et rentra vite à l'intérieur ; son pull et son pantalon étaient souillés de sang et de terre, il rejoignit le cabinet de toilette et fit couler l'eau froide. Il mit la main sous le jet et vit que les canines avaient troué la chair en deux points, il vérifia, les tendons n'étaient pas touchés et les phalanges non plus, mais ce n'était pas le cas du muscle adducteur du pouce. Il se mit à bouger les doigts, un à la fois puis ensemble, tandis que le sang coulait en une flaque noire.

— Allons aux urgences, dit la fille. Ne fais pas ta tête de mule.

— Écoute-la, dit le frère sur le seuil de la porte. Cet enfoiré de chien, c'était bien le moment.

— Tu l'as battu.

Andrea retira la main du lavabo, alla vivement vers lui.

— Il a un gonflement sur un côté.

— Tu fais le protecteur des animaux mais tu es le premier à…

— Tu l'as battu.

— Mais tu es le premier à prendre ton pied pendant leurs combats. Pas vrai ?

Andrea se fraya un passage et rejoignit le réfrigérateur, ouvrit le congélateur et trouva le bifteck pour César. Il l'enveloppa dans un chiffon et l'appuya sur sa blessure. Il s'assit à la table et dit à la fille :

— Fais-les partir.

— Ils vont t'emmener à San Donato.

— Fais-les partir, s'il te plaît.

Il leva son poignet au-dessus de sa tête, le sang s'arrêta un peu de couler.

— Fais-les partir.

Elle obéit et demanda aux autres de sortir. Le groupe resta silencieux, puis le frère dit qu'ils allaient essayer sur le ring le chien-loup qu'ils avaient dans le coffre. Ils passèrent devant lui, il ne les regarda pas et s'entendit dire « Tu as cassé les couilles comme c'est pas permis ».

Sa main était violacée et sa blessure saignait moins, la fille alla chercher un nouveau bout de tissu et continua à veiller sur lui sans rien dire. Puis il se leva.

— Où tu vas ?

Mais il ne répondit pas.

— Où tu vas ?

Il allait pratiquer un exorcisme.

La cour était un carré sombre, la brume était encore dense et César était couché sous l'appentis. Le chien trotta d'un endroit à l'autre, la chaîne était un serpent où se reflétait le réverbère de la route.

Andrea enleva son pull sali de sang, les lignes de ses muscles se dessinaient sur son dos, ses épaules et son ventre, il avait une peau très blanche. Il se pencha, plaqua sa main blessée contre sa jambe et attendit. Le chien vint. Il soufflait fort, mâchoires fermées, il aboya.

— Viens, *amigo*.

La fille recula, elle avait pris le bâton en main et se préparait.

— Viens, César, *amigo*.

Le dogue titubait sur sa patte mal en point, il dessina un large cercle, s'arrêta au centre. Il approcha et fut soudain à un empan de lui. Andrea se mit à trembler. Puis il tendit sa main valide, César le flaira et Andrea lui dit qu'il ne lui avait fait qu'un tout petit peu mal et que celui qu'il fallait mordre était Giulio, ils devaient se mettre d'accord pour le mordre ensemble, pas vrai, César ? Pas vrai ? « Qu'en dirais-tu si un de ces jours nous nous mettions d'accord toi et moi et allions donner une leçon à Giulio ? » Il le caressa sur le cou et puis sur le dos jusqu'à la queue. Il ne s'interrompit que lorsqu'il se sentit bien. César le regarda, son souffle lui raclait la gorge, il s'assit comme s'il attendait de manger. Andrea lui dit « On se revoit bientôt », et il se leva doucement. Il recula et la brume les sépara.

— Tu es fou, lui dit la fille et ils rentrèrent ensemble dans la maison.

— Il faut que je ramène la voiture à mon père.

— Je t'accompagne.

Elle fit une pause.

— Je resterai chez toi.

Il perdait encore du sang et la douleur s'installait.

— Je veux être seul.

Elle laissa retomber les bras.

— Fais comme tu veux.

Elle s'assit et fixa le regard sur la nappe en plastique.

— Cristina.

— On lui avait fait le vaccin antirabique, dit-elle sans détacher les yeux de la nappe.

— Cristina.

Il remit son pull sale, fit un mouvement vers elle. La fille s'écarta.

— Au moins, garde le téléphone allumé.

Andrea l'embrassa sur la joue et attendit quelque chose qu'il ignorait lui-même, puis sortit.

Ce fut une nuit où elle lui manqua. Pendant qu'il restait étendu, dans son deux-pièces de la via Porpora, s'approchant du second coussin où il avait posé sa main blessée, le serrant contre lui, agrippant la taie d'oreiller, il se figura l'avoir là et se calma. Cristina le déchargeait de ce qu'il ne parvenait pas à être, et pendant un certain temps lui aussi avait été en mesure de l'accompagner là où elle voulait se trouver : loin du divorce de ses parents, dans les magasins de fripes, à la mer, pour nager, à Londres – ils étaient allés au stade de Wembley –, à se raconter des bêtises. Ils avaient, ensemble, trouvé une espèce de paix. Il l'avait compris sur le canapé de la ferme, après qu'elle l'eut déshabillé et qu'il l'eut laissé faire, après qu'ils eurent été ensemble et que Cristina lui eut demandé ce qu'il voulait pour l'avenir. Il avait dit : « Un cabinet de kinésithérapie rien qu'à moi. » Elle l'avait regardé et lui avait reposé la question. Il était resté muet et n'avait plus rien répondu.

— T'es un pédé ou quoi ? lui avaient dit les autres un jour, sans raison.

En kinésithérapie, il avait appris à juguler ses désirs pendant qu'il s'occupait des pectoraux et des quadriceps, des dos larges et des épaules puissantes. « T'es un pédé. » Cristina le distrayait de la vérité. C'est pour cette raison qu'il ne lui avait pas permis de l'accompagner cette nuit-là, elle lui aurait évité de penser à quel point la morsure de César compromettait son travail. Dès que le matin arriva, il enleva la bande de sa main et contrôla la blessure : les tissus avaient gonflé et les plaies étaient fraîches, elles suintaient au premier mouvement. Il les pansa et serra bien la gaze sur son poignet. Il mit le double du temps habituel pour se raser, mangea un yaourt et prit un antidouleur, l'avala avec un jus d'orange bu à la bouteille. Il avait des frissons et sa tête bourdonnait, ses os lui faisaient mal. Il s'habilla lentement, pliant dans son sac à dos son short et son tee-shirt de travail. Il descendit les trois étages de l'immeuble et le froid l'envahit, il entra dans le métro en se demandant si son père avait trouvé les clefs de la voiture dans la boîte aux lettres, il contrôla son téléphone et fut rassuré parce qu'il n'y avait pas d'appel de sa part. Il écrivit à Cristina, *Je vais mieux et je vais au travail.*

Il poursuivit son chemin en pensant à ce qu'il dirait au cabinet de kinésithérapie. Il pourrait de toute façon s'occuper des traitements avec les appareils, en renvoyant à plus tard les séances complètes, ou travailler dans la salle de gymnastique. Il entra 6, via Cappuccini, les filles de la réception s'alarmèrent et il dit que ç'avait été un accident domestique. Il traversa la salle d'attente, se dirigeant vers le vestiaire, et s'entendit appeler, il se tourna vers les fauteuils et vit Margherita.

Elle se leva tout de suite.

— Quelle ponctualité, vous avez vu ?

Il resta immobile, puis leva sa main bandée.

— Oh, mon Dieu, qu'est-il arrivé ?

— Je découpais, le couteau a glissé.

— Vous avez vu un médecin ?

Il fit signe que oui, il avait aux yeux des cernes noirs.

— Vous ne devriez pas être ici.

— Je ne devrais pas.

Andrea baissa la tête et il sembla à Margherita qu'il venait de s'ouvrir un peu à elle. Enfin, elle le voyait. Était-ce un gamin à ses yeux ? Il ne l'avait jamais été. Un garçon plus mûr que son âge, fragile, cette fois-ci. Elle s'était éveillée intransigeante envers ses propres doutes, désireuse de s'imposer. C'était un droit qu'elle avait, ayant passé la soirée à mettre en place des stratégies pour l'acquisition d'un appartement que son mari et elle-même ne pouvaient se permettre. Puis elle était allée au lit, tôt, elle était restée éveillée – quand son mari l'avait rejointe elle lui avait demandé s'il était heureux. Ils avaient déjà éteint la lumière et s'étaient habitués à l'obscurité, elle avait perçu la silhouette de Carlo posant la nuque sur la tête de lit et l'avait entendu répondre « Je crois que oui ».

Et ce « je crois » était juste. Elle l'aimait pour ce « je crois », parce que pour elle aussi c'était ça.

Être indécis ensemble, être dans un lit qui naviguait là où il devait naviguer – un mariage, un appartement dans un immeuble haut de gamme pour l'avenir, des professions honorables – et qui prenait l'eau, l'eau des temps qu'ils vivaient –, combien de corps, hein, Carlo ? Combien de possibilités. Combien d'étudiantes et de kinésithérapeutes passés sans qu'on les retienne, combien de livres rêvés et interrompus, combien ? Ils étaient restés ainsi et s'étaient endormis ; une seconde avant de s'endormir elle pensait à son père – lui, il était impossible de le dire.

Dès qu'Andrea sortit du vestiaire, elle le suivit du regard, ils se firent un petit signe, puis il rejoignit l'accueil et bavarda avec les filles qui s'y trouvaient ; il entra dans le cabinet du médecin où Margherita était également allée lors de sa première visite. Au bout d'un quart d'heure, il n'avait pas reparu et elle était déjà en retard de quarante minutes par rapport à son planning. Elle le signala aux filles de l'accueil et dit qu'elle allait attendre dehors, elle passa au crible les rendez-vous du jour, appuyée à un mur de la cour intérieure. Il lui fallait remettre à plus tard Buzzati, elle avertirait sa mère. Elle feuilleta son agenda et établit le calendrier des appels à la propriétaire de Concordia. Elle allait lui téléphoner selon un rythme régulier, en la tenant au courant des visites prometteuses qui n'aboutiraient à rien en raison du prix excessif. Elle l'aurait à l'usure, en provoquant chez elle de brusques désillusions, sans jamais l'amener à un découragement effectif, et tout en essayant de renforcer une intimité amicale. Elle commença à marquer les visites imaginaires dans son agenda, puis elle vit Andrea venir vers elle. Il la rejoignit et s'excusa, il lui dit qu'un autre kiné allait s'occuper d'elle.

— Et vous ?

Il leva la main, elle était à présent bandée n'importe comment, le visage d'Andrea aussi avait changé. Creusé, après avoir été blême.

— Que vous a dit le médecin ?

Il eut un sourire forcé, cependant qu'une des filles de l'accueil déclenchait la porte automatique.

— Andrea, le docteur veut te voir.

— Dis-lui que j'ai compris.

Le médecin sortit lui aussi et salua Margherita, il effleura Andrea qui s'écarta d'un mouvement délicat.

— Il faut que tu consultes, et je ne plaisante pas.

— J'ai compris.

— Grazi ou Cappelli va t'accompagner.

— J'y vais seul.

— Mais bien sûr.

Le médecin rentra dans son cabinet avec la fille de l'accueil, Andrea se retourna vers Margherita.

— Voyez avec la secrétaire pour les prochaines séances, elle va vous trouver un nouveau rendez-vous.

— Ne vous en faites pas.

Elle lui posa une main sur le front.

— Vous êtes brûlant.

Il parut perdre l'équilibre. S'écarta – « Pardon » – et se dirigea vers la sortie.

Margherita le suivit, en se tenant à distance jusqu'à ce qu'ils arrivent au corso Venezia, elle attendit qu'il franchisse les bastioni[1] et le rejoignit devant la grille des jardins de la via Palestro.

— Si vous ne ralentissez pas, vous aurez à vous occuper de moi pendant encore dix ans.

Elle avait le souffle court.

Il se retourna.

— Je rentre chez moi.

Il s'appuya au muret du métro, il était en sueur et tremblait.

— Attendez.

Margherita fouilla dans son sac et lui tendit un mouchoir.

— Où habitez-vous ?

— Quartier Loreto.

— Ma mère aussi. Où ?

— Via Porpora.

— Je vous appelle un taxi.

— Qu'est-ce que vous voulez ?

Margherita écarta sa frange de ses yeux.

— Je veux vous accompagner et je promets qu'ensuite je m'en vais.

Elle lui indiqua la station de taxis au coin de la rue.

— Je vais prendre le métro.

— Après je continue, je vais à mon agence via Spontini.

— C'est avant.

— Grand problème en effet.

Ils rejoignirent les taxis et montèrent, tout le long du corso Buenos Aires il resta les yeux tournés vers la

1. Il s'agit d'une rue surélevée, passant sur d'anciens remparts (d'où *bastioni*).

vitre, sa main bandée sur le ventre, la tête ballottant aux vibrations de la voiture. Au milieu du trajet il lui dit qu'il y avait une infection possible, le médecin du cabinet de kinésithérapie lui avait prescrit des antibiotiques.

— Pourquoi voulait-il que vous alliez aux urgences ?

— Paranoïa.

Il avait la tempe appuyée sur la vitre et la peau luisante, il semblait sonné, elle dut le réveiller quand le chauffeur de taxi prit la via Porpora et demanda le numéro.

— Le 130, dit-il.

Le taxi se gara, Margherita paya et descendit, alla de l'autre côté et ouvrit la portière, aida Andrea à se lever et à s'extraire de la voiture. Elle avait pris de sa mère : accompagner les gens, leur faire faire ce qui était le mieux pour eux, en favorisant aussi ses intentions propres. Carlo appelait ça de la manipulation, pour elle c'était de l'empathie ou quelque chose sur quoi elle ne voulait pas faire la lumière. Elle fit asseoir Andrea sur la marche de la porte d'entrée et lui demanda l'ordonnance, repéra de l'autre côté de la rue une pharmacie où elle acheta une boîte d'amoxicilline. Elle revint sur ses pas et le trouva comme elle l'avait laissé, se fit donner les clefs de la maison. Ils entrèrent, l'immeuble sentait la poussière, ils prirent l'ascenseur et montèrent au troisième, il lui enleva les clefs des mains et actionna la serrure, elle le vit se glisser dans la pièce adjacente au couloir.

— Les médicaments.

Margherita demanda si elle pouvait entrer et le suivit. Il s'était jeté sur le lit.

— Il faut que vous preniez les médicaments.

Elle regarda autour d'elle, puis alla dans la cuisine et fouilla dans l'évier, il était plein d'assiettes, elle trouva un verre et le lava, le remplit d'eau du robinet et le lui porta. Elle ouvrit la boîte d'antibiotiques et lui tendit un comprimé, attendit qu'il l'avale et qu'il s'étende à nouveau.

— Dites-moi qui je peux appeler.

Mais la respiration d'Andrea était déjà celle du sommeil. Ce n'est qu'à cet instant qu'elle prit conscience de l'endroit où elle était.

Le tic-tac de l'horloge murale, la respiration encombrée du jeune homme, le coin de matelas dur sur lequel elle était assise. Elle regardait le corps puissant et malade, les coussins rapprochés, dont l'un était taché de sang. Elle avait envie de lui enlever ses chaussures, de le couvrir jusqu'au cou. Il n'y avait rien aux murs sinon une lithographie de haïkus à côté de deux étagères surchargées : volumes d'anatomie et bandes dessinées de Marvel, dont la première avait en couverture la Torche humaine. Les vêtements étaient empilés sur une chaise, la porte de l'armoire dévoilait deux cintres solitaires. Elle sentait son cœur battre fort et elle savait que ce battement, elle aurait pu l'appeler jeunesse.

Elle se leva et lui enleva ses chaussures, le couvrit, il bougea et revint à la même position. Elle alla chercher son sac et prit son portable, le mit dans sa poche et sortit dans le couloir, entra dans la cuisine. Il y avait un canapé à deux places et un coffre en bois avec dessus une télévision minuscule, un chien en peluche sur le réfrigérateur. C'était un berger allemand au poil brillant, il avait comme collier un ruban rouge avec une étiquette : *Au muet qui fait raconter des histoires, C.* Elle lui caressa le dos, il était doux, elle le posa de façon qu'il veille sur la maison. Elle alla à l'évier et lava les tasses et les verres et les assiettes, les rangea sur le plan de travail. Quand elle eut fini, elle s'essuya les mains avec le torchon suspendu à la poignée de la fenêtre, chercha dans son répertoire *Domenico Pentecoste* – les consultations médicales étaient une bonne occasion de contacter son beau-père –, renonça, essaya de joindre sa mère, renonça. Elle resta plantée là : devant la fenêtre se détachaient deux immeubles, sur un des balcons on avait fixé une guirlande colorée. Elle prit ses mains l'une dans l'autre, les porta à sa bouche et se dit qu'elle pouvait le faire. Elle repartit sur la pointe des pieds, rejoignit la partie du lit vide et s'assit doucement. Puis s'étendit.

Elle garda les yeux au plafond, puis se tourna et le regarda. Sa musculature, son visage enclos dans le sommeil. C'était donc ça. Un autre homme à côté d'elle. Le matelas déséquilibré par un poids nouveau, l'odeur plus âcre, peu de temps pour en profiter. Elle en serait capable ? Elle approcha la tête de la sienne. Elle resta là, écouta le garçon dormir et aligna sa respiration sur la sienne. Puis elle se releva, et sortit de la chambre. Elle en serait capable. Elle s'enferma dans la salle de bains, longue anse aux carreaux crème avec un rideau de plastique autour du bac de douche, s'appuya au mur et appela sa mère.

Quand le téléphone sonna, Anna était sur le balcon, à secouer le tapis persan.

— Ma chérie, ne me dis pas que tu vas laisser tomber le rendez-vous de Buzzati.

Elle posa l'aspirateur sur la chaise.

— Qu'est-ce que ça veut dire, un problème ? Tu sais combien de temps j'ai mis pour décrocher ce rendez-vous ? C'est ton avenir, bon Dieu.

Elle se tut d'un coup.

— Quel genre de problème ? Non non non, tu me le dis maintenant, on n'appelle pas sa mère en lançant comme ça le mot problème puis en s'arrêtant là.

Elle se tut de nouveau.

— Ça va, ça va, dis-moi alors, je me débrouillerai avec Buzzati et compagnie, mais tu me promets que tu vas bien, tu me le promets ?

Elle s'était agrippée à un rideau et le froissait nerveusement. Elle dit au revoir à sa fille et resta le téléphone à l'oreille, puis le posa sur la table.

— Ben voyons, murmura-t-elle.

Elle retourna sur le balcon et tira le tapis à l'intérieur, le laissa à côté du canapé et courut dans la salle de bains. Elle remit du mascara, se repoudra les joues et attacha deux perles à ses lobes. Elle ressemblait à Jessica Fletcher et en était contente – Franco le lui avait dit un soir qu'ils regardaient *Arabesque.* Elle choisit une chemise d'homme et un pantalon commode, glissa dans son sac un vieux débardeur de Margherita. Le trajet jusqu'au métro, elle l'employa à comprendre ce qu'elle avait à faire. L'adresse était aux Navigli[1], il lui faudrait vingt minutes pour y arriver ; elle allait être en retard d'un quart d'heure au rendez-vous – « Franco, ta fille m'a mise dans de beaux draps. » Son mari et elle avaient toujours été ponctuels. Un employé des chemins de fer au tempérament suisse et une couturière qui remettait ses travaux avec au moins un jour d'avance. Ils avaient eu la petite à trente-six ans, c'était l'unique retard de leurs années de mariage.

Elle sortit de chez elle d'un pas alerte, s'engouffra dans la station Pasteur entourée de maisons avec des peintures murales et des pressings tenus par des Chinois. Elle sortit le livre en empruntant l'escalier roulant, commença à le lire à peine montée dans le wagon. C'était un recueil de nouvelles conseillé par une émission de radio. L'écrivain s'appelait Andre Dubus et avait perdu ses jambes en se portant au secours de deux frères dont la voiture s'était arrêtée au bord de la route : il avait été renversé par une autre automobile. Après quoi sa femme l'avait quitté, après quoi il avait cessé de voir ses enfants et d'autres écrivains avaient fait une collecte pour subvenir à ses besoins. Elle avait acheté ce livre à la Libreria del Corso. Andre Dubus : un nom français pour un corps américain en fauteuil roulant ; il écrivait des nouvelles sans coups de théâtre. Qui a dit qu'il y a besoin de coups de théâtre ? Elle en avait discuté avec sa fille, mais sa fille s'ennuyait pour un

1. Canaux artificiels navigables conçus pour relier la ville aux lacs et à la mer, qui sillonnent une partie de Milan. Certains segments ont été comblés et bétonnés.

rien – une mère, au fond, sait toujours quand elle met au monde un enfant manquant de patience.

Quand elle sortit du métro, la gare de Porta Genova était déserte. Elle parcourut le début de la via Vigevano, ignora non sans peine le petit magasin de bagues en argent frappé et pressa le pas ; l'immeuble donnait sur un parking qui avait été un hangar à bateaux. Des années avant, une femme de l'atelier avec lequel elle collaborait lui avait donné cette adresse, elle avait noté le nom de *Landi* et le numéro de téléphone dans son agenda mais n'en avait rien fait jusqu'à la mort de Franco. Deux mois après l'enterrement, elle avait pris rendez-vous : il fallait compter au moins trois semaines pour être reçue. Quand enfin elle y était allée, on lui avait demandé si elle voulait savoir ce que devenait son mari là-bas, de l'autre côté. Mais ce n'était pas ce qu'elle voulait savoir. Elle voulait connaître son avenir, que diable. Et à chaque fois qu'elle appuyait sur la sonnette – elle y était déjà allée une douzaine de fois –, elle était tout électrisée.

Elle avait insisté auprès de sa fille parce que lors de leur dernier rendez-vous, Mme Landi l'avait expressément réclamée : elle devait lui communiquer des intuitions. Pour convaincre son enfant, après avoir été taxée des mois durant de crédulité ridicule, elle lui avait raconté cette histoire de Dino Buzzati : il allait tout le temps voir Mme Landi quand elle était une jeune voyante. « Et que demandait-il aux cartes, Buzzati ? — Je ne sais pas, ma fille, selon moi ce qu'il allait advenir de ses amours. Et imagine quand on lui a prédit qu'il épouserait Almerina. — Vraiment, ça lui a été prédit ? — Parfaitement. » Mais ça, c'était un mensonge – pour elle les petits mensonges engendraient les heureux destins, elle en avait toujours dit y compris à son mari.

Elle prit l'ascenseur et monta au cinquième, la porte était entrouverte et cette fois la secrétaire la retint sur le seuil.

— Ma fille a eu un contretemps, je suis désolée mais nous ne l'avons su qu'au dernier moment.

Elle tordait son sac dans ses mains.

— Je suis venue à sa place, je m'excuse pour le retard.

Elle fut invitée à s'asseoir dans le salon au papier peint à fleurs, trois dessins de Milan à l'encre de Chine y étaient suspendus – les cours intérieures et la Conca del Naviglio[1] – ainsi qu'un puzzle encadré de *La Belle et le Clochard*. Dans le coin, trônait une radio des années quarante, avec son bouton en ronce de noyer et les finitions d'or, elle s'imaginait toujours Luigi Tenco en train de chanter. Elle attendit debout, quand on l'appela elle avait à peine eu le temps d'essayer de téléphoner de nouveau à Margherita. Elle suivit la secrétaire dans le couloir et la petite cuisine : sa patronne fumait au coin de la table, son verre de chinotto posé à côté du cendrier et de la soucoupe avec les centimes. Son foulard l'enveloppait jusqu'au menton.

---

1. « Conca » pour « chiusa », écluse. Il s'agit d'une ancienne écluse du XVe siècle, la Conca di Viarenna, aux vestiges desquels s'ajoutent ceux d'un amphithéâtre romain.

— Ma fille a été retenue à son travail. Merci d'avoir bien voulu me recevoir.

Le réfrigérateur ronflait et il y avait des aimants éparpillés sur toute sa porte.

— Alors je vous fais une vue d'ensemble ?

— On se concentre sur ma fille, s'il vous plaît.

Elle sortit le débardeur de son sac et le lui tendit.

Mme Landi l'étendit sur la table et posa un coude dessus, elle mélangea le jeu de cartes.

— Je pourrais avoir un prénom ?

Elle continua à mélanger les cartes en tenant sa cigarette, la laissa sur le cendrier.

— Elle s'appelle Margherita.

— Le vôtre, pas celui de la petite.

— Je m'appelle Anna.

— On le lit aussi bien dans un sens que dans l'autre.

Elle le dit les yeux mi-clos.

— C'est un nom commode.

— Oui.

Il lui vint une grimace embarrassée.

— Comment vont vos mains ?

— Comme ci, comme ça.

Elle se les caressa, les laissa retomber sur ses genoux.

Mme Landi la regarda, puis lui tendit le jeu. Anna coupa de la main gauche et s'approcha des cartes, la voyante se mit à les étaler en pyramide, douze plus la dernière au sommet. Cette fois-ci c'est le valet de deniers qui sortit.

— Ça veut dire de l'argent ?

La voyante lui fit signe de se taire.

Anna se mordit la langue et écouta le bourdonnement du réfrigérateur, ça lui rappelait ce jour de l'année précédente où Mme Landi avait sorti un quatre de pique et lui avait dit qu'elle voyait de la tristesse. « Pouvez-vous m'expliquer ? » avait-elle demandé la gorge nouée. La voyante avait raconté que sa vie était allée comme elle le devait, mais qu'elle-même ne s'était pas réalisée parce que quelque chose l'en avait empêchée. Anna n'avait pas pu retenir ses larmes. Elle savait que ce « quelque chose » était la prise en charge de tout le monde, l'escabeau et le coin de la cuisine, les tissus taillés comme des impulsions auxquelles donner une forme, les manifestations de mauvaise humeur masculines. C'était ça, quand en fait « quelque chose d'autre » insistait en elle pour se jeter hors de la via delle Leghe, se présenter à la section du Parti radical et s'inscrire, sans que Franco lui fasse du chantage d'une façon ou d'une autre. Et arrêter avec la couture à la maison – comme elle aurait voulu un petit magasin avec son nom sur la vitrine. Et Saint-Pétersbourg, ne serait-ce que marcher dans le berceau de la révolution et des amours interdites, et Milan, dans les bistrots de Brera, à chanter et à boire un verre de vin. C'était de l'idéalisme ? Peut-être. C'était quoi sinon ?

Mme Landi s'éclaircit la gorge :

— Margherita va bien, mais je vois quelque chose qui va changer.

Elle effleurait les treize cartes une à une.

— Un lieu. Peut-être le bureau.

— Ils sont en train de chercher un appartement. Ils en ont vu un beau.

— C'est celui qu'il leur faut.

Elle reprit la cigarette et tira une longue bouffée.

— Il va bien, cet appartement.

— Et la santé va bien ?

— La santé comprend cette chose qu'est de devenir grand-mère ?

— Cette chose-là ne m'importe pas.

— Elle importe à toutes les mères qui ont une fille.

— Ce qui m'importe, c'est qu'elle soit heureuse.

— Elle l'est.

— Alors ça va.

Elle prit sa respiration.

— Et sa jambe ? Vous vous souvenez, je vous avais dit qu'elle s'était fait mal.

— Rien qu'un petit ennui.

La voyante isola l'as de coupes et le laissa au centre de la table, mélangea de nouveau le jeu, étala douze cartes autour de l'as.

— Une dernière chose sur Margherita, Anna : si elle a des animaux, qu'elle s'en débarrasse. Chats, chiens, perruches.

— Elle n'a pas d'animaux.

— Vraiment ?

— Pas que je sache. Pourquoi ?

— Des accidents, disons-le ainsi.

— Oh, mon Dieu. Des accidents en quel sens ?

— Dites-lui de ne pas en prendre et tout ira bien.

Elle acquiesça.

— Et mon gendre ?

Mme Landi éteignit sa cigarette et observa mieux, désigna l'as de pique.

— Il va bien. Ce n'est pas lui qui me préoccupe.

— Qu'est-ce qui vous préoccupe ?

— Ils doivent fonder une famille, c'est un couple qui a besoin de ça, vous voyez ?

Et avec le coin du deux de bâtons elle souleva le valet de pique.

Anna s'appuya contre le dossier.

— C'est eux qui décideront.

La voyante la regarda, elle effleurait les cartes comme des touches de piano.

— Vous priez, Anna ?

— Non, je ne prie pas.

— Une prière de temps en temps ne fait pas de mal.

— Je ferai ce que je pourrai.

Elle chercha dans son sac et sortit son portefeuille, prit cinquante euros et un centime. Le centime, elle le mit dans la soucoupe.

— Excusez-moi encore pour mon retard.

Elle se leva, allait partir, puis s'immobilisa.

— Madame Landi…

Elle prit sa respiration une seconde fois.

— L'histoire de Buzzati, c'est vrai ? Dino Buzzati qui venait vous voir.

La voyante inclina la tête.

— Et comment était-il ?

Elle attrapa sa cigarette.

— *Un bel'om* qui aimait le roi de coupes.

— Le roi de coupes ?

— L'improvisation.

Anna recula sans se retourner, quitta la petite cuisine, se fit raccompagner par la secrétaire et sortit de l'appartement en jetant un dernier regard sur la vieille radio. Pendant qu'elle attendait l'ascenseur lui revint à l'esprit la scène du *Voleur de bicyclette* où le protagoniste est tellement désespéré qu'il va voir une cartomancienne pour se faire prédire l'avenir. L'homme dépassant la file des femmes qui attendent, la diseuse de bonne aventure qui invoque Dieu, le désespoir de l'homme qui n'obtient pas une réponse claire. Elle sortit son portable de son sac et rappela sa fille. Elle entendit qu'on lui répondait en arrivant au rez-de-chaussée, elle dit : « Ta mère est une crétine et voulait t'en faire part. Allô ? Allô, ma chérie ? Tu m'entends ? Mais où es-tu ? » Elle sortit de l'ascenseur. « Comment, au Fatebenefratelli ? L'hôpital ? » Elle s'arrêta au milieu du hall, « Tu vas bien ? » Elle alla dans la rue. « Je viens, non non non je viens même si ça concerne un ami, dis-moi le service, non non, je te dirai plus tard, je suis une crétine et voilà tout, j'arrive. »

Elle rangea le portable, elle se souvenait d'une station de taxis sous le chêne de la place du 24-Mai, s'y dirigea avec des palpitations qui remontaient jusque dans son cou. *Le roi de coupes et l'improvisation. Margherita et Carlo doivent fonder une famille. Pas d'animaux domestiques. Buzzati était un bel homme. Il faut que je prie. Ma fille est au Fatebenefratelli.* Les pensées l'assaillaient, elle avait énormément cogité à sa table de couture, maintenant, ses cogitations, elle les endiguait toujours avec la même image frivole : les étendues de mignardises de la pâtisserie Cova. La brillance du glaçage, la consistance de la pâte d'amande, les gelées qui pour elle étaient des joyaux : en famille, ils en mangeaient pour les fêtes, avec Franco qui accaparait les tartelettes aux fruits et Margherita les choux à la crème. Il lui restait les diplomates – comme elle avait appris à aimer les diplomates. Une fois par semaine, quand elle sortait pour faire des courses dans le centre, elle allait via Monte Napoleone et s'engouffrait chez Cova avec les dames en manteaux de fourrure, commandait un café et une de ces mignardises avec une double couche d'alkermès. Le comptoir embaumait le sucre, elle se mettait dans un petit coin et alternait : une bouchée, une gorgée, payait avec un billet de banque et faisait tomber la monnaie dans son sac.

Elle se repentit d'avoir appelé Margherita, et maintenant elle accourait tout en sachant que ce n'était pas sa fille qui allait mal : elle avait encore une fois fait passer « quelque chose » avant ses désirs personnels. Alors, tandis que le taxi l'emmenait au Fatebenefratelli, elle s'avoua ses rêves du jour *à elle*, trois comme d'habitude, en ordre croissant d'agrément. Troisième place, une petite causerie avec Carlo. Deuxième place, éviter l'anniversaire de la mère de son gendre. Toujours à la première place : jeter les vieilles affaires de son mari. S'y confronter avait été difficile. Ils l'avaient enterré depuis un jour et elle avait ouvert les armoires et tout déballé, Margherita et Carlo avaient essayé de l'en détourner, puis l'avaient laissée faire jusqu'au milieu de la nuit. Elle était allée dormir avec l'appartement sens dessus dessous et quand elle s'était éveillée, trois heures plus tard, se rendant compte qu'à côté d'elle le matelas anti-escarres était vide, elle s'était habillée et avait tout porté à la cave. Les chandails et les pulls et le manteau et les chaussures, les albums Panini, tout sauf les Tex, les disques et sa pipe et sa montre. Elle avait fait neuf allers-retours, empilant la plus grande partie des choses sur la table de travail, avait rangé la sacoche à outils et était tombée sur un cageot de fruits enroulé dans un drap. En l'ouvrant, elle avait trouvé de vieilles bandes dessinées, *Diabolik* surtout et *Captain Miki*, et entre les pages d'un *Captain Miki* elle avait découvert vingt et une cartes postales envoyées à l'adresse professionnelle de son mari. Milano Marittima, Viareggio, les Alpes, et aussi Madrid, et Budapest, avec une phrase toujours différente – elle se souvenait de toutes mais se répétait seulement *Comme tu aurais aimé les chalets qui embaument le pin, ta Clara.* Elle était timbrée du 8 août 1976, elle arrivait de Bormio, Margherita avait deux ans. Chaque carte postale portait la même signature, la dernière était du 7 juillet 1986. Après les avoir lues, elle était restée dans la cave quarante minutes, assise par terre. Puis elle avait tout remis en place et était remontée, parvenant à ignorer que cinq mètres plus bas il y avait un cageot de fruits à jeter. Elle avait remis ça d'un jour, puis d'un jour encore et peu à peu avait appris à cohabiter avec ces planches de bois qui contenaient vingt et un secrets. Elle avait été tentée de savoir, en demandant au plus ancien collègue de son mari, ou en téléphonant à l'hôtel Doge de Milano Marittima représenté sur la carte du 6 juillet 1979. Mais à quoi servait de savoir ? Elle avait aussi essayé de fouiller dans sa mémoire : à part pour le stage de mise à niveau à Turin, Franco n'avait jamais quitté la maison. Et le téléphone ? Les factures étaient régulières, toujours modérées, sauf quand Margherita, à l'époque où elle était collégienne, passait des heures à pouffer, une main sur le combiné. Quoi d'autre ? Franco était un homme peu expansif ; pour les cadeaux, il avait toujours évité les excès. Le dimanche il allait au stade, quelquefois se balader à bicyclette. Il passait tout au plus deux heures par semaine en dehors de chez lui, étaient-elles pour sa Clara ? Anna n'avait pas beaucoup pleuré quand il était mort. Et alors que tout le monde croyait qu'allaient arriver les larmes désespérées – mais bien sûr qu'elles arriveraient –, personne ne pouvait deviner à quel point la découverte des cartes postales avait aidé à les retarder. Dans l'idée de trouver autre chose, elle n'avait pas relâché sa vigilance, ouvrant les tiroirs, vidant totalement les armoires et ratissant l'appartement, tentant de visualiser les personnes présentes à l'enterrement : pas même l'ombre de femmes inconnues. Elle avait épousé un homme bon, et « bon » était un adjectif qui l'apaisait. Elle se le répétait. Cette Clara avait été une évasion, si elle avait été quelque chose. Comme l'était peut-être l'étudiante pour son gendre, ou comme l'était peut-être quelqu'un pour sa fille, ou peut-être quelqu'un pour n'importe qui ; elle n'en avait jamais eu l'occasion. Et les années de mariage, le fait d'avoir mis un enfant au monde, les vêtements impeccablement confectionnés, les plats servis à table avec joyeux élan, la politique réprimée mais suivie avec une passion vigilante ; tout compte fait, elle avait des antidotes suffisants au regret.

Elle franchit les portes du Fatebenefratelli, demanda où était l'unité d'observation.

— Anna.

Elle se retourna, Carlo était à la machine à café, le téléphone à la main.

— Mais pourquoi es-tu venue ?

— Et toi ?

— Je ne comprenais pas ce qui se passait.

Il alla vers elle et l'embrassa.

Elle aimait quand son gendre la serrait dans ses bras, elle s'y préparait en se penchant un peu de côté.

— Où est Margherita ?

— Viens.

Il la prit par le bras et se dirigea vers l'ascenseur.

— C'est son kiné. Morsure de chien, infection et je n'ai pas compris quoi encore. C'est elle qui l'a pris en charge.

Anna porta une main à sa bouche.

— Morsure de chien. Mais vous fréquentez des animaux ?

— C'est-à-dire ?

— Arrêtez d'en fréquenter.

Elle sortit de l'ascenseur et suivit son gendre dans le service, puis dans la deuxième chambre à gauche. Il y avait six lits, Margherita était assise à côté de celui qui était le plus proche de la fenêtre, un garçon à la main bandée dormait sous le drap.

— Tu es vraiment venue.

Margherita lui sourit.

Anna haussa les épaules.

— Je regrette pour le rendez-vous, maman.

Anna lui effleura le bras d'une caresse, y laissant s'attarder sa main. Puis elle se tapit derrière tout le monde, le dos contre la fenêtre – elle regardait son gendre qui tapotait sur son portable et sa fille qui fixait ce garçon inconnu. Elle lui demanda ce qui s'était passé, Margherita dit qu'elle lui raconterait tout dehors, la petite amie du garçon allait arriver d'un moment à l'autre.

— Et ses parents ?

— Il n'a pas voulu les avertir.

Anna s'approcha du garçon, il avait relevé les paupières et ses yeux étaient pleins de désespoir, en même temps c'étaient des yeux d'enfant, qui se posèrent sur elle et sur Carlo, avant de se refermer.

Carlo le regardait aussi, se détourna par timidité. Il reprit son portable, finit d'écrire *Si ça te va* et envoya le message. Puis il se leva et dit : « Je dois y aller, mon père m'a demandé de le tenir au courant. » Et après avoir embrassé Margherita et sa belle-mère, il descendit en hâte : son désir pour Sofia devenait une fièvre que le foyer l'empêchait de vivre, comme si une moitié de lui-même faisait obstacle à l'autre moitié. Il voulait savoir jusqu'où il pouvait aller. Qu'était cette obsession ? Son cul. Et puis ? Sa voix, entendre sa voix dans la jouissance. Et puis ? Les pilules contraceptives, il en avait vu le blister dans sa trousse : l'idée de se libérer en elle le déconcertait. Et puis ? Disposer d'un corps nouveau, un corps capable de l'accueillir. Savoir si cette fois il serait en mesure de le faire. La terreur d'être découvert s'était dissoute, comme si agir ainsi était devenu un droit qu'il avait. Il pouvait s'accorder un jeu de vases communicants, l'accomplissement avec sa femme et l'accomplissement avec une maîtresse. Quel mot absurde, maîtresse. Quel mot absurde, trahison. Par rapport à quoi aurait-il *trahi* ? Qu'enlevait le fait de jouir avec une autre fille, en s'offrant une joie momentanée et offrant, si possible, une joie momentanée ? Se lever, se rhabiller, sans instaurer de rituels romantiques ou sentimentaux, en préservant la liturgie qu'il avait consolidée avec sa femme à travers les années et qu'il ne remettrait jamais en discussion. Respect de leur pacte, construction du rapport, dévotion : lexique qui en littérature était signe de naïveté mais qui l'obligeait à passer par l'épreuve des faits. Il avait le soupçon d'avoir été retenu à la frontière, même lui, par le sentiment de culpabilité. Que de fois il s'était imaginé rentrant à la maison, trois ou quatre heures après s'être donné à une autre femme, après avoir mis K-O les corpuscules de Krause de son gland, réveillés par la nouveauté et encore sous le choc de ce coït inédit – ouvrant la porte du foyer, puis embrassant Margherita et gagnant quelques minutes pour se réhabituer à l'idée de son mariage.

Se réhabituer, c'était là le mot qui le jetait dans le doute. Celui qui se réhabitue a été de l'autre côté, subvertissant un équilibre. Subvertir, équilibre : legs d'une éducation solide – les Pentecoste, l'école catholique, l'ouverture des cadeaux le 24 décembre avec les bougies allumées par une mère en tailleur. Il était un homme qui cherchait des alibis familiaux, alors que sa sœur, oui, sa sœur lui avait dit que trahir avait été pour elle une occasion de se retrouver. « Ce qui signifie que tu t'étais perdue ? — Ce qui signifie que je voulais en profiter, de l'occasion. » Mais elle avait fait un enfant avec le premier venu et bivouaquait allègrement grâce aux fonds des Pentecoste. Lui aussi, maintenant, réclamait sa part.

Aussi, ce matin-là, devant le garçon mordu par le chien, avait-il écrit trois fois à Sofia. Elle ne répondait pas, il avait insisté. Il lui avait proposé de lui parler de son texte, ça n'allait pas de laisser les choses faites à moitié. Dans le deuxième message il l'avait invitée à boire une bière et à bavarder un peu. Dans le troisième message il avait usé du *si ça te va*, ajoutant une ligne sur le fait qu'il était dans une chambre d'hôpital en train de veiller sur un garçon qu'il n'avait jamais vu. Plus elle lui répondait par le silence, moins il arrivait à se refréner. Le postérieur de Sofia Casadei libéré de son jean, blanc et majestueux, son ventre plat jusqu'au pubis, comme son sexe devait être petit et comme il devait être accueillant. C'est vrai, il était tous les hommes des romans qu'il aimait, si prévisibles, Margherita avait raison. Il laissa derrière lui le Fatebenefratelli, contrôla sa montre et s'aperçut qu'il avait dix minutes pour retourner au bureau, il sentit son portable vibrer dans sa poche, le sortit et lut : *J'arrête le master. Merci pour tout. Je suis dans le train pour Rimini.*

Après avoir envoyé son SMS, Sofia appuya la tête contre la fenêtre du Frecciabianca. Milan et le master et l'écriture et l'idée qu'au Nord étaient venues s'échouer ses trajectoires : un message sur un portable scellait tout cela. Elle avait vécu une aventure, se l'était expliquée ainsi, en s'éclaircissant les idées : elle était une fille dépourvue de talent qui avait dit comment vont les choses dans un petit récit. Elle était un temple en construction, ainsi que le lui avait suggéré Khalil, en lui disant au revoir à la cafétéria quand elle lui avait annoncé qu'elle avait pris une décision à chaud. Il avait essayé de la raisonner, elle lui avait avoué que son père lui manquait. Khalil s'était tu et s'était mis à la machine à café, il avait fait s'échapper la vapeur du petit bec de la machine et l'avait nettoyé. Puis il était revenu vers elle et l'avait serrée dans ses bras. À la fin du service, elle avait enlevé son tablier, avait téléphoné au responsable, en disant la vérité : elle voulait retourner à Rimini. Elle était rentrée chez elle, consciente que c'était la dernière fois ; Milan l'avait accompagnée. Les bâtiments de la piazza Missori, les gargouilles pointant entre les flèches, les trams ferreux sur leurs rails en direction du Duomo, les gens pressés, la possibilité de se cacher dans une rue quelconque, allaient lui manquer. Elle s'en était rendu compte plus tard en préparant sa valise dans sa chambre de l'Isola, entassant ses quelques habits, son ordinateur, essayant d'y faire entrer aussi les livres accumulés ces derniers mois. Elle avait fini par les laisser, elle viendrait les prendre avant l'échéance du dernier loyer. Elle s'était assise sur le lit. Cette chambre sans charme : maintenant qu'elle la quittait, elle était sûre de le faire pour ne pas céder. Commencer à aimer la grande ville, oublier d'un matin à l'autre l'Adriatique et le bruit des pantoufles de son père. Être vulnérable au charme d'un professeur, s'autorisant à succomber à ce cliché. Et puis toutes ces complications : le voir débarquer à la cafétéria après avoir vu débarquer sa femme à la cafétéria, comment avait-elle pu se trouver, *elle*, dans une pareille histoire ?

Elle avait son récit, cependant. Avoir écrit ce qui s'était passé cet après-midi-là dans la Fiat Punto avec sa mère, avec les mots les plus précis qu'elle ait pu trouver : c'était là ce qui compensait tout le reste, s'était-elle dit alors qu'elle avait du mal à s'endormir le dernier soir dans son cher Milan, alors qu'elle repliait les sept pages de *Comment vont les choses* dans son carnet, qu'elle traînait sa valise jusqu'au métro, qu'elle achetait le billet pour le Frecciabianca de dix heures trente-cinq, qu'assise côté fenêtre elle répondait à un dernier message de son professeur. Qu'elle réécoutait l'enregistrement de leur rencontre, là où Pentecoste lui caressait le cou et elle lui offrait sa nuque. Sa main se refermant à la racine de ses cheveux, l'inclinaison des muscles cervicaux. Elle aurait voulu lui faire entendre ces cinquante et une minutes trente-sept secondes, la preuve qu'elles avaient été quelque chose.

Elle cessa de ressasser après Bologne, dans la partie de campagne émilienne avec les fermes et leurs cours bien ordonnées. À Faenza, elle reçut un nouveau message : *C'est une plaisanterie ?* Et aussitôt un autre : *J'essaie de t'appeler, réponds-moi s'il te plaît.* Le portable se mit à vibrer, elle le posa plus loin. Elle l'entendit vibrer encore. Elle le fourra dans la poche de son sac à dos et s'assoupit ; dans le demi-sommeil ses os lui firent mal, elle se toucha les bras et les jambes, ils étaient un peu lourds et elle peinait à les bouger. Elle se redressa sur son siège et regarda par la fenêtre, reconnut la Romagne. Après Imola, le style des champs changeait, le paysage était plus doux, les cultures formaient des découpages et avaient un rythme différent, se fondant presque les unes dans les autres, comme si les gens voulaient être proches tandis qu'ils semaient ou faisaient les récoltes. Puis le Frecciabianca passa au-dessus du môle de Rimini et elle retint son souffle ; rentrer était difficile, quand même.

Elle se fit aider pour la valise ; quand elle descendit du wagon elle sut qu'elle s'était enfuie de Milan. Le calme qui la traversait la blessa, en lui révélant à quel point elle s'était sentie harcelée. Elle prit le passage souterrain et sortit de la gare, contrôla son téléphone et trouva trois appels manqués et quatre messages de Pentecoste, l'un disait : *Appelle-moi dès que tu peux, même une minute. Merci.* Elle alla à l'arrêt d'autobus et attendit celui qui l'amènerait jusqu'à l'Ina Casa. C'était un quartier construit pour les familles dans les années cinquante et soixante, l'architecture intelligente bon marché, avec les grands-parents et les enfants et les petits-enfants sur les places étroites entre les crémeries et les bars, et les parties de cartes sur les petites tables improvisées, près de l'école Lambruschini et de la crèche. À présent les grands-parents mouraient et étaient remplacés par des étrangers ; la douceur du quartier n'en était pas pour autant perdue. À chaque fois Sofia arrivait avec la terreur de ne pas la retrouver, et la retrouvait toujours. L'autobus suivit les remparts, pénétra dans la proche banlieue, et au fur et à mesure qu'il approchait, l'impatience et la nervosité qu'elle ressentait dans son cœur augmentaient.

La quincaillerie était ouverte, ça lui était désagréable de passer devant depuis qu'ils l'avaient confiée à un gérant. Elle prolongea le trajet et descendit à l'arrêt devant le bar Z, remonta les rues pavées de l'école, rejoignit la petite place et l'immeuble où elle habitait depuis toujours, et s'aperçut qu'il y avait des fleurs sur son balcon. Elle recula et vit qu'elles étaient jaunes. Elle prit les clefs et s'approcha de la porte d'entrée, monta l'escalier en traînant son bagage sur les marches, ouvrit la porte, alla vite dans la cuisine, ouvrit toute grande la porte-fenêtre et comprit que dans les trois vases on avait planté des pensées.

— Sofia.

— Qui les a mises ?

Elle ne se détacha pas du balcon.

— Moi. Je les ai achetées là en face.

Elle se tourna et vit son père. C'était un papa en tee-shirt, bermuda et pantoufles, qui fumait – il tenait la cigarette verticalement pour ne pas faire tomber la cendre.

— Je serais venu te chercher.

— C'est une surprise.

Son père avait des poches sous les yeux et les cheveux coupés depuis peu, ils étaient blancs et sans éclat. Il secoua la cigarette dans l'évier et porta sa valise dans la chambre.

— Il s'est passé quelque chose ?

Sofia n'avait plus vu de fleurs sur le balcon depuis les dernières tulipes de sa mère. Elle s'assit, le calendrier de Frate Indovino[1] était resté au mois de mars, elle tourna la page pour le mettre sur avril. Elle regarda autour d'elle. Le placard était de nouveau droit, les carreaux avaient été nettoyés du mastic qui avait coulé des interstices et les radiateurs repeints. Le caisson au-dessus de la porte-fenêtre avait été remplacé. À côté du réfrigérateur, il y avait toujours le cochon en porcelaine avec la cuillère en bois.

Elle se releva, sortit de nouveau sur le balcon. Il y avait sept pensées par pot et certaines avaient été plantées trop près les unes des autres. Elle posa la main sur la terre et sentit qu'elle était trempée, elle embaumait le bois ; elle baissa la tête et vit que dans le coin il y avait le seau avec les outils de sa mère. Le râteau miniature, la truelle, les sécateurs et les gants.

— Je les ai remontés de la cave.

Son père sourit.

Elle inclina la tête.

— Il s'est passé quelque chose à Milan ?

Sofia fixait les outils dans le seau. « Il ne s'est rien passé », elle le répéta doucement, et en même temps elle s'approchait de son père et quand elle fut face à lui elle fit un mouvement pour l'éviter, hésita, lui posa une main sur l'épaule et resta ainsi, telle une petite fille qui ne savait pas comment tenir son papa,

1. Almanach religieux rédigé par des capucins, avec prévisions météo, conseils pratiques, etc., en plus des fêtes, très répandu dans les maisons italiennes depuis son lancement en 1946.

et lui qui n'était pas capable d'embrasser répondit comme il le pouvait, il caressa le haut du dos de sa fille et sa nuque.

— Allez, je t'emmène là-bas, murmura-t-il et il perçut que sa fille pleurait.

Il ne la lâcha pas.

— Je t'emmène là-bas.

— La voir ? Je ne veux pas y aller.

— Je t'emmène au phare jaune.

Il l'écarta de lui pour la regarder.

— Ça me fait du bien aux poumons. Je vais me changer, je suis trop moche comme ça.

Elle se retrouva seule, et alors qu'elle s'essuyait les yeux sur les manches de son sweat-shirt, elle se rendit compte soudain qu'elle était revenue. Elle pensa au temps où ils étaient encore trois et où il y avait la quincaillerie et son père s'offrait comme main-d'œuvre comprise dans le prix, avec sa mère qui restait derrière le comptoir et notait sur un cahier jaune ce qu'avait à faire son mari pour les nouveaux achats. *Miroir pour Mme Assunta, à monter dans les deux jours. Perceuse et mastic pour Ceschi, changer position du tableau.* Il était toujours dehors et le magasin faisait de bonnes affaires, même quand, via Maracchiese, avait ouvert l'Obi qui proposait plus d'articles qu'eux. Comme son père avait été heureux dans la quincaillerie. Et sa mère, comme elle y avait été cachée, dans cette vie-là.

Sofia alla dans sa chambre, ouvrit la valise et chercha parmi les vêtements. Elle trouva les feuilles du récit pliées en deux, le titre *Comment vont les choses* avait été réécrit avec soin en haut à gauche. Elle rejoignit son père dans la salle de bains et le trouva en chemise beige et jean, il arrangeait ses cheveux en effleurant avec le peigne les épis qui dépassaient. Il s'aperçut de sa présence.

— Allons-y.

Elle lui tendit les feuilles.

— Qu'est-ce que c'est ?

— Pour toi.

Andrea signa son bon de sortie de l'hôpital et demanda à Cristina de le raccompagner chez lui. Sa main l'élançait et sa fièvre était tombée, les médecins avaient dit qu'il aurait mieux valu rester une nuit de plus. Il avait une infection, les os n'étaient pas touchés, il y avait un problème aux tendons. Mais ça, il le savait déjà. Il s'en était allé du Fatebenefratelli après avoir rempli le formulaire où il reconstituait les faits : le chien errant l'avait attaqué près du parc Sempione – couleur claire – sans provocations ou contact précédent.

Il attendit que Cristina prenne sa voiture, c'était la tombée du jour et il lui sembla entendre les hirondelles, elle arriva et il monta, attacha sa ceinture et continua à examiner le ciel, tourné vers la vitre. Puis il dit : « Merci », et la regarda.

— Tu aurais pu m'appeler tout de suite.

— Ce n'était pas grave.

— Je veux dire, tu avais autour de toi tous ces gens qui n'avaient rien à faire là.

Il se retint, ces derniers temps il se retenait aussi avec elle. Il avait une réponse à lui donner et y renonçait, rendant les choses plus difficiles entre eux. Cette fois, il aurait voulu lui répliquer : « Ces gens qui n'avaient rien à faire là m'ont fait plaisir. » Se réveiller dans un lit d'hôpital entouré par la famille de Margherita l'avait réconforté. Margherita, sa mère toute fringante, ces deux présences à son chevet avaient transformé quelque chose qui aurait pu paraître envahissant en une veille toute naturelle. Et son mari aussi, il avait, un instant, saisi en lui quelque chose – sa façon de se tenir ou sa beauté lasse ou il ne savait quoi – qui lui faisait penser qu'il méritait sa femme.

Ils arrivèrent à Porta Romana et passèrent à côté de l'arc, on avait planté des jacinthes dans le parterre ; elle allait prendre la via Crema mais il dit :

— Allons d'abord voir César.

— Comment ?

— Je veux passer voir le chien.

Cristina se gara.

— Ça n'a pas de sens.

— Je veux le voir.

— Il réagit mal.

— Je veux le voir.

— Il fait nuit.

Andrea se tut, il avait baissé la vitre pour faire entrer l'air frais, il l'avait respiré en sortant de l'hôpital et s'était senti mieux.

— Je veux le voir même s'il fait nuit.

Elle mit les feux de détresse et resta les yeux fixés sur le volant. Puis elle lâcha :

— Ils l'ont emmené.

Elle se tourna vers lui.

— Ils ont dit qu'il pouvait combattre, ils ont attendu aujourd'hui parce qu'il y a les Latinos avec l'argent.

Andrea tenait sa main contre lui, c'était un baluchon qu'il avait appris à protéger, il lui fit signe d'y aller quand même.

— Andre'.

— Vas-y.

— Ne fais pas de conneries.

Il cessa de la regarder jusqu'à ce qu'ils arrivent à San Donato ; l'une des voitures du groupe était garée au bord de la route, les garçons étaient partis avec les deux autres. Andrea entra du côté de la grille, se fit ouvrir la porte par Cristina et traversa la ferme jusqu'à la cour, la chaîne de César jonchait le sol. Il inspecta le sable que le chien avait gratté et il lui sembla qu'il n'y avait pas de traces de sang.

— Il ne l'a pas battu, dit la fille.

— Comment le sais-tu ?

— J'étais là tout le temps.

Andrea ne trouva pas le bâton, il n'y avait pas non plus le gourdin avec les clous.

Ils remontèrent dans la voiture et rejoignirent l'échangeur en dix minutes, il était à cinq cents mètres d'une zone de travaux avec des trous creusés dans la terre et des pylônes de ciment arrêtés à mi-construction. Ils se garèrent dans un renfoncement et poursuivirent à pied. Avant d'y aller, il se couvrit bien, ses jambes le portaient correctement et il parvint à ne pas ralentir. Il approcha et passa tout près du groupe, deux Équatoriens lui firent signe, il leur en fit un en retour et se posta devant une fente pour regarder à l'intérieur. Le ring était vide, les propriétaires des chiens étaient en train de les préparer dans les deux coins et les compresseurs avaient été allumés et branchés à l'installation électrique. Pour délimiter le ring, on avait planté des tôles dans la terre et on les avait renforcées de l'extérieur avec des briques. Il s'approcha, deux types jetaient de la terre sur les marques du combat qui venait de se terminer, le carré était sali à un endroit.

L'un des deux Équatoriens ne le quittait pas du regard.

Il y avait quelques nouveaux et les Italiens se tenaient dans un coin et misaient de l'argent. Ils observaient les chiens qu'on réchauffait, l'un des propriétaires passait sa chaîne sur le dos d'un rottweiler, en la faisant tinter. Le rottweiler tira violemment vers l'avant, on le retint par le cou, il se dressa sur ses pattes postérieures, l'autre chien se cabra aussi, c'était un american bully. On les conduisit sur le ring et Andrea les vit mieux. Le rottweiler avait le poil sale et sur un flanc deux cicatrices qui le striaient de blanc. L'american bully était bien soigné, d'un gris inhabituel, les oreilles coupées à ras et les yeux larmoyants à cause d'un début d'infection.

— Mon frère ne répond pas au téléphone.

Cristina venue derrière lui le secoua, Andrea continua à fixer le ring – la vérité était qu'il ne parvenait pas à s'en détacher. On enferma l'argent des paris dans une boîte qui fut portée dehors, laissée dans un trou au milieu des mauvaises herbes pour la protéger en cas de descente de police. L'un des deux Équatoriens répéta les règles de la rencontre : un animal retiré du combat avant le moment prévu égale paiement d'un tiers de la cote par le propriétaire, un animal vainqueur un tiers de la cote plus trois cents euros au propriétaire, un animal mort paiement de la totalité par le propriétaire.

Quand les chiens furent lancés, le rottweiler resta silencieux et ne se dressa pas, et l'american bully le prit d'assaut, puis aussitôt se retrouva écrasé à terre et sa gorge commença à gargouiller. Sous eux, les traces de sang anciennes affleuraient comme les branches noires d'un fleuve. Andrea les fixait, il se dégagea de la cohue et alla vers l'Équatorien, qui restait derrière le ring et n'avait pas cessé de le regarder. Dès qu'il fut près de lui, l'Équatorien inclina la tête, indiquant la sortie de l'échangeur la plus éloignée.

Andrea se mit en chemin, rejoint par Cristina et poursuivi par les râles de l'american bully vaincu. Il s'était déjà préparé à la mort de César quatre mois plus tôt, quand ils l'avaient sauvé en payant un tiers de la cote, après qu'un molosse l'eut à moitié égorgé. Il aurait voulu le libérer, et ne l'avait pas fait parce qu'il aimait le voir dans l'arène. Il y avait eu un combat où César avait arraché un morceau de cou à un pitbull et l'avait bloqué à terre, quinze secondes après le début de la rencontre.

Andrea tint son bras bandé et ne pressa pas le pas, il était comme allégé par sa fièvre passée et il lui sembla ne plus sentir son cœur.

— Il t'a dit où il est ?

Elle le talonnait.

Il continuait à marcher vers la direction que l'Équatorien lui avait indiquée, il alluma la lampe de son portable pour y voir.

— Il t'a dit où il est ?

Ils le trouvèrent dans la petite décharge, quelques mètres après le canal d'écoulement. Il était dans un affaissement de terrain et son corps était mal dissimulé par la terre et quelques sacs plastique. Andrea s'agenouilla et de sa main valide commença à creuser, elle l'aida et se mit à pleurer. Ils le libérèrent et le tirèrent dehors, le traînant quelques mètres plus loin. Andrea lui nettoya le museau, en le caressant doucement, et s'aperçut qu'il avait été mordu au flanc et au dos et à un muscle fémoral. César avait les yeux ouverts et sa langue pendait d'un côté. Andrea la lui rentra et posa la main sur son tronçon de queue.

Il demanda à Cristina d'aller prendre la voiture ; une fois seul avec son chien, il se pelotonna tout contre lui, César était encore tiède. Elle arriva et il le prit dans ses bras et le disposa avec peine dans le coffre. Le sang avait sali son pansement, son pantalon et son pull.

— Je veux le mettre dans le champ, dit-il.

Elle inclina la tête et s'essuya les yeux, ils montèrent dans la voiture et allèrent jusqu'à la ferme. Puis il voulut s'occuper de tout. Il planta bien les pieds sur le sol et souleva César, commença à le porter vers le champ et ses jambes flageolèrent au point qu'il dut s'arrêter. Cristina le rejoignit avec les pelles et l'aida à soutenir la tête du chien, ils continuèrent le chemin jusqu'à un noyer et un canal d'irrigation à sec. La nuit n'était pas très noire, les réverbères et la lune dessinaient le profil des choses. Il leur fallut plus d'une heure pour arriver à la profondeur voulue, il creusait maladroitement avec son bras qu'il enfonçait un peu de travers. Il déposa César et ensemble ils firent en sorte que sa tête regarde vers la ferme. Elle le caressait, lui le caressa aussi, et le pressa de ses doigts là où il avait été blessé. Il le recouvrit avec soin. Ils aplatirent la terre avec l'envers des pelles et il retourna tout de suite dans la ferme. Elle le rejoignit dans la cour, Andrea avait déjà décroché la chaîne, l'avait reposée dans la niche, avait jeté les récipients pour la nourriture et pour l'eau, avait effacé la forme de César dans la terre sous l'appentis. Il se laissa embrasser et dit :

— Ramène-moi à la maison.

— Reste.

— Je ne veux pas les voir.

— Allons chez toi alors.

Ils allèrent chez lui et se lavèrent ensemble, elle l'aida à enlever son bandage mais seulement après la douche. La blessure s'était rouverte en deux endroits et la compresse antibactérienne avait séché. Andrea l'enleva et demanda à Cristina de ne pas regarder tant qu'il restait la main découverte. Elle sortit de la salle de bains, mais d'abord lui donna le médicament qu'il aurait dû prendre des heures plus tôt.

Dès qu'il fut seul, il étendit le bras sous la lumière, ouvrit et ferma le poing et vit que du liquide sortait encore de la morsure. Il souffla dessus et finit de se soigner, se banda la main et alla vers la chambre, trouva Cristina étendue dans l'obscurité. Il s'allongea à côté d'elle.

— Mon frère ne répond pas. Demain laisse-moi faire, avec lui.

Andrea avait déjà laissé partir la voix de Cristina et fit aussi s'en aller César, il savait que ce serait différent le lendemain matin. Mais pour l'instant il avait besoin d'une image qui l'apaisât et il s'étonna que ce fût celle de Margherita. Elle à l'hôpital, le veillant. Il l'invoqua, Margherita fit de même.

À peine fut-elle au lit, elle chercha Andrea, ses épaules puissantes qui affleuraient du drap de l'hôpital. Et sa façon de dormir, comme s'il avait peur de déranger. Après être sortie du Fatebenefratelli, à peine arrivée à l'agence, elle avait noté sur son agenda le numéro de téléphone qu'elle lui avait réclamé avant de le laisser, recopiant le 3 et les 8 tout en décidant de mettre à exécution le petit numéro de l'achat-vente de Concordia. Mais au lieu d'appeler la propriétaire elle était restée à son bureau sans rien faire. Qu'aurait dit son père ? Il aurait utilisé ce mot, « *Scharfenberg* », qui désignait un crochet de traction léger pour les trains – *léger*, pas solide selon lui comme ceux d'ancienne facture – grâce auquel un wagon reste accroché à l'autre. Elle était Mlle Scharfenberg, son père l'appelait ainsi quand il la voyait la tête dans les nuages devant le poster d'Andrea Giani ou quand elle perdait du temps au lieu d'étudier. C'était grâce à son père qu'elle se rendait compte qu'elle traînait un wagon avec *légèreté*. Elle se reprenait, laissant de côté les distractions – cette fois le terme venait de sa mère – et s'accrochait aux choses concrètes. Payer la quittance de chauffage, les courses du supermarché, l'achat d'une maison pour sa famille. C'est ainsi qu'elle avait appelé la propriétaire de Concordia et avait été brillante et obstinément naturelle. Elle réclamait ça de ses collaborateurs, la spontanéité, et peu importait qu'elle vînt d'un entraînement. Elle lui avait dit qu'ils avaient commencé les visites, il y avait déjà onze rendez-vous sur son agenda, deux clients seulement avaient renoncé quand ils avaient eu connaissance du prix non négociable.

— Et pourquoi cela, Margherita ?

C'était à cause de l'ascenseur, quatre-vingt-six marches n'étaient pas rien. L'expression « n'être pas rien » lui avait plu, elle était élégante et sans ambiguïté. Et puis elle avait ajouté : « Mais faites-moi confiance. » Comment s'était-elle sentie après ça ? Elle s'était sentie accrochée avec force au wagon suivant, autrement dit son projet familial. Cet après-midi à Séville où elle avait accepté la proposition de mariage de Carlo : après qu'il la lui eut faite, elle s'était assise sur le muret du patio de Santa Cruz et lui avait demandé si c'était vrai, en admirant la bague en argent qu'il lui passait au doigt. En cette circonstance elle était une femme *comme toutes les autres* et ça ne lui déplaisait pas du tout. Puis il s'était passé quelque chose, dès qu'ils l'avaient annoncé à leurs familles : un agacement l'avait prise envers les Pentecoste qui avaient commencé avec leurs suggestions sur la cérémonie. Il lui aurait suffi de se marier dans une petite église, avec dix invités et la robe à fleurs achetée chez TwinSet l'année d'avant, et puis d'aller manger un faisan sur le lac de Côme ou dans un petit restaurant de campagne. Elle l'avait avoué à sa mère, un soir où elle était venue dîner, et tout de suite l'avait entendue dire qu'elle voulait contribuer au mariage comme elle pouvait, par exemple en confectionnant une étole et un nœud papillon. Margherita avait écarté son assiette en renversant le risotto sur la table, « Ah non, tu t'y mets toi aussi ! » Elle avait éclaté en sanglots et sa mère s'était approchée, en traînant la chaise vers elle. Puis elle lui avait murmuré : « Moi, j'ai eu un érythème, j'ai guéri un mois après la cérémonie, mais en fin de compte on ne guérit jamais. »

Elle chassa Andrea de son esprit et s'abandonna à la chambre plongée dans la nuit, avec son haut plafond, New York aux murs, le remue-ménage du voisin insomniaque, la lune qui pénétrait à travers les stores. Elle fit glisser sa main sous le drap et caressa son mari sur le flanc, elle savait toujours quand il ne dormait pas. Il lui prit la main. Carlo devenait impétueux dès qu'il flairait la possibilité de l'avoir. Elle aussi devenait impétueuse dès qu'elle décidait de l'avoir. À chaque fois qu'elle le prenait dans sa bouche – ça arrivait toujours avant qu'ils ne fassent l'amour –, elle voulait le sentir battre contre sa gorge, avec la conviction absolue qu'il grossirait jusqu'à lui ôter le souffle. Elle suçait jusqu'à ce qu'elle le sente frémir, elle s'arrêtait sans lui permettre de jouir, elle le laissait se consacrer à elle. C'est quand elle avait la tête de son mari entre les jambes qu'elle se laissait aller à l'imagination. L'imagination, c'est le nom qu'elle lui donnait. Elle prenait la forme d'hommes imposants qu'elle se figurait avoir sur elle et autour d'elle, ensemble ou séparés, un cercle qui la protégeait et abusait d'elle. Dont certains hommes de son passé : comment ils l'avaient touchée, comment ils l'avaient embrassée, comment ils savaient bouger en elle – c'étaient des traces dans lesquelles elle puisait avec une surprenante immédiateté. Être sur son mari à la fin de cette journée à l'hôpital avec Andrea : cela remettait les choses à leur place. Le voir gémir sous elle, après qu'elle en eut désiré un autre, dévoilait leur complicité. Il lui ordonna de raconter ses fantasmes. Dans ces instants qui précédaient l'orgasme, Carlo lui demandait ce qu'il n'aurait jamais voulu lui demander et elle lui racontait des choses qu'elle n'aurait jamais pensé lui raconter.

Elle ralentit, il insista. Margherita reprit, il lui enserra les hanches.

Alors elle dit :

— Le kiné.

Tandis qu'elle prononçait ce mot, Margherita tenta de deviner son mari dans l'obscurité, les contours de son corps, sa respiration précipitée, la préhension brutale de ses mains, le spasme érotique et le désagrément engendré par cette révélation. Elle continua à bouger.

— Le kiné, répéta-t-elle, et elle le chevaucha avec force, ils jouirent – elle resta sur lui jusqu'à ce qu'ils s'apaisent.

Après quoi ils gardaient de la réserve sur ce qu'ils venaient de se dire, comme si ç'avait été la frénésie sensuelle qui avait mis sur leurs lèvres des mots qui ne répondaient pas du tout à leur pensée. Comprendre qu'elle avait ce pouvoir sur lui l'excitait infiniment. De ce risque pris étaient nées des alliances, et une certaine idée que leur relation était particulière. Mais depuis le malentendu, tout était devenu difficile.

Elle se détacha de lui, sans se repentir de lui avoir parlé d'Andrea. Elle le regarda et s'aperçut qu'il était en train de l'observer.

— Qu'y a-t-il ? lui demanda-t-elle en allant dans la salle de bains.

Quand elle revint, il était dans la même position.

— Tu sais quel est le moment où s'est achevée ta jeunesse ?

Carlo se couvrit du drap.

— Le moment exact, j'entends.

— Ça alors, comment de telles questions peuvent-elles te venir après avoir baisé ?

Elle se couvrit elle aussi et chercha les jambes de son mari.

— À la fin du lycée ?

— Non non non, le moment précis.

Elle ferma et rouvrit les yeux, la réponse pouvait être : « quand on a dit à mon père qu'il allait mourir ». Mais elle dit :

— Le jour où j'ai ouvert l'agence, je crois.

— Donc il y a trois ans et demi.

— Il n'y avait que les bureaux, tu avais apporté quelques cartons et j'ai commencé à les vider. J'ai choisi l'endroit où je me tiendrais et j'y ai mis la tortue en plastique au cou articulé. Tu te souviens ?

— Tu étais effrayée.

— Un peu.

Il s'installa mieux sur le coussin.

— J'étais à bicyclette, j'allais au travail en revenant de la piscine Mincio. Exactement sur l'échangeur de Ripamonti qui descend vers Porta Romana. Le dernier jour de septembre d'il y a cinq ans.

Ils se turent, et peu après il l'entendit s'endormir. Il resta éveillé et se rappela l'instant où il pédalait et avait eu cette sensation d'enchantement. Sur cette bicyclette, essoufflé à cause de la montée de la bretelle, il n'avait pas encore un travail définitif – il croyait que celui de rédacteur serait transitoire –, il avait l'ambition d'écrire et n'y avait pas encore renoncé, il vivait avec Margherita sans être marié, il n'était pas encore un enseignant recommandé par son père. Il n'était pas *encore*. Il pouvait devenir n'importe quoi. En se dressant sur ces pédales comme à quelques mètres de la ligne d'arrivée, la poitrine soulevée, il s'était senti envahi par la joie. Il avait parcouru la descente avec la certitude que c'était là le sommet et l'adieu d'une saison de son existence, et qu'il allait entrer d'ici peu dans sa nouvelle vie d'homme. Il s'endormit étreint de la même mélancolie, à moins que – peut-être – ce ne fût du contentement.

À son réveil, la première image qui lui vint fut celle de Margherita et du kinésithérapeute. Elle, étendue sur un lit étroit, les jambes disjointes, le garçon qui lui massait l'intérieur de la cuisse. Son plaisir étouffé, le garçon qui ne parvenait pas à se retenir – comment l'aurait-il pu ? – en l'effleurant un peu là où il n'était pas permis de l'effleurer, son érection sourde, explosant peut-être dans le vestiaire tout de suite après. Il se glissa hors de la chambre et alla dans la salle de bains, se lava en vitesse, rejoignit la kitchenette et prépara le café pour Margherita. Il le laissa de côté et mordit dans une biscotte complète, il mâchait calmement en observant le coin de la table, les dernières factures payées à ranger dans le classeur, les lunettes de lecture et le flacon d'antihistaminique, une petite plante grasse, le portable de sa femme en charge. Le portable de sa femme. Il essaya de se distraire en se fixant une possible course au supermarché, en mettant dans son sac à dos les épreuves corrigées des pages sur le Maroc, puis il sortit de la maison : comment aurait-il réagi s'il avait lu sur le téléphone de sa femme les mêmes messages que ceux qu'il avait adressés à Sofia ? Il marcha lentement le long de la via Montevideo, longea le parc Solari avec des chiens euphoriques après une nuit passée dans leur niche, suivis par leurs maîtres ensommeillés, il scruta la joie chez ces animaux sans laisse et fidèles malgré tout.

Comment aurait-il réagi s'il avait su que Margherita avait un autre homme dans sa vie ? Il quitta le parc et écarta cette question, il se laissa aller à la certitude que la crise liée à Sofia était en train de prendre une forme différente. Son retour à Rimini, ne plus la trouver à la fac dans trois jours, représentaient une défaite qu'il pouvait maintenant digérer. À condition de ne pas se réfugier en Margherita. Il avait étendu le désir au-delà du territoire de son mariage, s'il avait essayé de le remettre à l'intérieur de ses frontières il aurait fini par voir sa femme comme un pis-aller. Margherita était le bonheur, il le sentait avec certitude. Mais maintenant il percevait aussi en lui une zone franche qui s'était délimitée de façon solide, capricieuse, irréfutable : cette partie de son esprit dégageait de l'énergie à chaque fois qu'y affleurait la pensée de Sofia. Sofia aujourd'hui, qui sait quelle autre dans l'avenir ? L'autre bonheur. Il s'était demandé si le facteur déclencheur était une lassitude de son mariage, il était arrivé à la conclusion de vouloir en finir avec cette histoire de compensation affective. Sa femme lui donnait de la joie, une joie magnifique, Sofia lui donnait de la joie, une joie magnifique.

Quand il arriva au Naviglio, il sortit son téléphone et écrivit : *Dis-moi au moins si tu reviendras à Milan*. Il mit les mains dans ses poches et remonta le corso San Gottardo, la rédaction se trouvait dans le petit bâtiment ivoire qui faisait l'angle avec la via Lagrange. Il fit un petit signe à la secrétaire, Manuela sourit en agitant ses cheveux bruns coupés au carré, il la laissa et se dirigea vers le fond du couloir. Carlo travaillait là depuis six ans et avait le même siège avec accoudoirs que lorsqu'il avait signé son contrat d'intérim : mille quatre cents euros nets par mois, et sans avoir à se soumettre à quelque pointage que ce soit. C'était le second emploi qu'il avait trouvé après sa licence en lettres, le premier, c'était dans une agence publicitaire. Il l'avait abandonné parce qu'il y était inapte et parce que ça le bloquait pour écrire. Tout le bloquait pour écrire. C'est ainsi que son père s'était *bougé – à présent c'est moi qui me bouge* –, en lui offrant de diriger le personnel dans sa clinique privée. Il avait refusé et ils ne s'étaient plus parlé pendant un été. Si maintenant on demandait à Domenico Pentecoste quel travail faisait son fils, il répondait : « Il enseigne la littérature. » Quelquefois, il revenait à ce soir où son père lui avait demandé : « Et ce fameux roman, tu l'écriras un jour ? »

Carlo prit une bouteille sous la table, en but une gorgée et attendit que l'ordinateur s'allume. Il partageait depuis toujours le bureau avec Michele Lattuada, un graphiste de quarante ans peu loquace, qui habitait dans la région de Bergame et arrivait tous les matins à six heures à la gare, une heure au moins avant l'arrivée du train : les places réservées aux voitures étaient rares et les agents distribuaient scrupuleusement les contraventions. Il se garait, inclinait le siège, mettait le réveil et s'assoupissait. Pendant des mois, Carlo avait pensé écrire un roman sur ce collègue et son siège inclinable, sa collection de bons de l'Esselunga, sa boîte en plastique avec le déjeuner et l'affection qu'il avait pour lui. Michele Lattuada lui avait appris à se contenter d'un siège aux accoudoirs commodes, des bouteilles d'eau sous la table, d'une femme, peut-être d'un enfant.

Il rapprocha de lui le clavier de l'ordinateur et regarda Michele à la dérobée : il travaillait sur le Japon, arrangeait ses lunettes et cliquait sur la souris, de temps à autre il faisait une grimace de concentration. Ils se penchèrent sur le mont Fuji, consacrèrent une double page aux *onsen*, les bains thermaux de l'île de Hokkaido, ils entamèrent une recherche sur l'okonomiyaki, puis le téléphone vibra. Michele s'en aperçut et se détourna, Carlo sortit son portable et lut : *Je reviens demain pour prendre mes dernières affaires, ai-je suivi suffisamment de cours pour demander une attestation de master ? Merci. S.*

Il se leva du bureau et alla à la fenêtre, les trams de San Gottardo faisaient un bruit de ferraille en changeant de quai. Il serra fort son portable. Relut le message et attendit que son soulagement se répande jusqu'à ses omoplates. Quand il releva la tête, il vit que Michele le regardait. Il retourna à son poste de travail, répondit à Sofia : il la rassura sur l'attestation et demanda encore à la voir. Il posa le téléphone sur le bureau et se mit à travailler sur la double page de l'okonomiyaki.

J'ai peu de temps monsieur, je regrette.

Il essaya de compléter la partie sur Osaka, gardant le dernier encart pour les hôtels design sur le fleuve Yodo.

Rien qu'un café, qu'en dis-tu ?

Peut-être demain si j'ai fini d'expédier mes livres mais je ne vous promets rien.

Il commença à s'occuper de Nara, avec les cerfs et le festival des lanternes.

Essayons, Sofia. Tu me fais savoir ?

Appelons-nous demain, monsieur. Bonne journée.

Ça lui plut qu'elle ait conclu son message par un « bonne journée ». Il annonça à Michele qu'il avait fini et qu'il reviendrait vite, il sortit pour manger, il savait qu'il allait revenir tard. Ce n'était pas jeudi et il n'aimait pas surprendre sa belle-mère, il monta pourtant dans le tram pour Porta Venezia, prit le métro jusqu'à Pasteur et entra dans la pâtisserie Scaringi. Il acheta un diplomate et un baba, il le faisait tous les jeudis. Avant de sonner via delle Leghe, il contrôla si les stores étaient levés. Il appuya sur la sonnette et attendit plus que d'ordinaire. Il allait renoncer, quand il entendit Anna répondre.

— C'est moi.

— Moi ?

— Carlo.

Sa belle-mère l'attendit sur le palier, les mains serrées l'une dans l'autre.

— Que se passe-t-il ?

— J'étais dans les parages.

Il l'embrassa, il posait toujours une joue contre sa joue et humait l'odeur de rose qui se dégageait d'elle. Il s'aperçut qu'elle n'était pas maquillée et que sa robe était froissée.

— Tu m'as fait peur.

— Aucun chien errant ne m'a mordu.

Il lui donna les petits gâteaux.

— Tu as mangé ?

Il secoua la tête et la suivit dans l'appartement. La télévision était éteinte et il y avait une couverture sur le canapé.

— Tu étais en train de dormir.

Elle était déjà au réfrigérateur et s'affairait autour d'une assiette.

— Une belle-mère a toujours du *vitello tonnato* en réserve.

— Ma mère aussi a toujours du *vitello tonnato* dans son frigo.

— À propos de ça…

— Ne viens pas.

— Ta mère va mal le prendre.

Elle sourit.

— Mais je ne sais pas que lui offrir.

— Tu participes déjà au phoque Swarovski.

Il s'assit sur son tabouret tandis qu'elle préparait son assiette. Elle lui servit le veau en sauce et un verre de vin rouge.

Il prit une fourchetée.

— Si j'étais toi, je m'abstiendrais.

— Les Alliés le disaient aussi avant le débarquement en Normandie.

Elle sourit et mordit dans un coin du diplomate.

Puis ils restèrent silencieux, lui savoura le plat en gardant les yeux sur son assiette. Il mâcha soigneusement et but une gorgée de vin. Puis parla de Concordia.

— Ça m'embête qu'il n'y ait pas d'ascenseur.

— Nous sommes jeunes.

— Mais la jambe de Margherita…

— Ce n'est qu'une inflammation.

Carlo tenta d'aller avec son assiette à l'évier, elle la lui arracha et commença à la laver en même temps qu'une tasse et que les couverts.

— Tu sais que je n'ai toujours pas commencé à lire Dubus ? C'est un auteur qui me fait penser aux filles taciturnes qui viennent voir leur mère, aux gendres qui viennent voir leur belle-mère, et aux belles-mères qui lavent les assiettes parce qu'elles sont aussi bien du côté de leurs filles que du côté de leurs gendres.

— Tu devrais être du côté des filles.

— On croirait un prêtre.

— Je traverse une période compliquée, Anna.

— Ce n'est pas la peine de me le dire.

Il se leva et alla à la porte-fenêtre, le tapis était étendu sur la balustrade à côté de la mangeoire à oiseaux. La brume était descendue sur la via delle Leghe.

— Qu'est-ce que tu veux me dire, allez ?

— Que je suis devenu un idiot.

— Tous les hommes le deviennent à un moment donné.

Anna s'assit sur l'escabeau et se concentra sur le diplomate.

— J'aurais tellement voulu naître garçon moi aussi.

Il la regarda.

Elle mangeait à petites bouchées, lissa de la main les plis de sa robe.

— Petite, Margherita n'a jamais cru au père Noël, tu le savais ? Une fois elle est allée voir son père, elle devait avoir cinq ou six ans, elle lui a demandé si elle pouvait avoir son cadeau avant le 24 décembre.

— Elle a tout compris.

— Elle a compris qu'il fallait que tu en passes par là.

— C'est une erreur.

— Le mot « erreur » a bien des sens cachés.

Elle eut envie de mettre un disque. Elle alla à l'étagère où ils étaient rangés et en choisit un au hasard, l'enleva de sa pochette, alluma l'appareil et fit trois tentatives pour mettre le saphir sur le vinyle, puis autorisa Carlo à l'aider.

— Modugno, annonça-t-elle.

Le jeudi, ils mettaient des disques de temps en temps, et même si ce jour-là n'était pas un jeudi et s'ils avaient parlé de tracas, ils pouvaient s'offrir cette liberté. Modugno ou Aretha Franklin ou les Camaleonti, la musique résonnait et eux traînaillaient là, parfois son gendre fouillait dans la bibliothèque ou se mettait à travailler sur la table ronde, elle lisait ou préparait quelque chose à la cuisine, ou encore repassait. Souvent, elle fermait à moitié les paupières, perchée sur le tabouret, et s'imaginait que la silhouette sur le canapé n'était pas celle de Carlo mais d'un mari. Comment était-il ? Plus petit ? Ou très grand ? Un homme riche ou un artiste ? Français, peut-être, ou de Piacenza – les natifs de Piacenza mangent de la viande de cheval et sont forts et gentils. Il lui arrivait d'imaginer un homme tout juste rencontré, elle aurait aimé être une femme en peignoir avec un inconnu dans le salon. Ces rêvasseries l'effrayaient, elle gardait toujours Franco dans son cœur. Avec la tombée du jour, plus possible d'échapper au manque. Le lit vide, se trouver sur le canapé et dans la pénombre identifier la forme défaite du fauteuil où son mari se détendait. De l'autre côté du mur, il y avait les Soldati, père, mère et deux adolescents qui grandissaient et se disputaient et se vouaient une immense affection – elle les écoutait en s'appuyant au mur de la salle de bains. Fabio, le fils aîné, venait d'avoir son permis et toute la famille avait trinqué avec un prosecco tiède – le père avait oublié de le mettre au réfrigérateur. Une fois, elle prenait son bain et avait entendu la femme pleurer pour quelque chose de grave, c'étaient des sanglots désespérés ; elle s'était levée de la baignoire le cœur battant à tout rompre parce qu'elle s'était reconnue dans ces larmes. Qui ne s'y serait pas reconnu ? Les mariages peuvent être peu sympathiques.

Elle jeta un coup d'œil sur son gendre, il pianotait sur les touches de son téléphone tandis que Modugno chantait *Come stai*. Carlo était un garçon qui ne savait pas mener la danse. En soixante-dix ans, elle avait appris à les reconnaître, les hommes insoupçonnables qui y arrivent et les hommes insoupçonnables qui n'y arrivent pas. Il était dans les seconds, il rougissait s'il était ému et il y avait si peu d'effronterie dans son allure… Ça la préoccupait, qu'il se débrouille mal avec sa Margherita et lui-même. Ça la blessait de le voir devant son père, les oreilles basses et la voix faible, comme lors de ce Noël où Domenico Pentecoste l'avait pris à partie à table, au moment du dessert, en un interrogatoire sur ses projets – qu'avait-il en tête pour résoudre la quadrature du cercle ? « En quel sens résoudre la quadrature du cercle ? » avait demandé Carlo. Alors Pentecoste s'était tourné vers elle et avait demandé : « Selon toi, Anna, que pourrait faire ton gendre pour se valoriser ? » Elle avait dit, « Ce qu'il fait déjà. — C'est-à-dire ? — C'est-à-dire être un homme fiable. » Elle s'était mordu la langue : homme fiable signifiait petit homme ennuyeux. Elle n'avait jamais été douée pour les adjectifs.

— Que dirais-tu de prendre un des livres que j'ai ici ? lui dit-elle dès qu'elle le vit se détacher du portable.

— Je n'ai pas envie de lire.

Elle alla à la bibliothèque et retira de la troisième étagère le Tex sous cellophane.

— Ça te videra la tête.

— Franco ne sera pas content.

— Franco est sous terre. Et les cow-boys donnent toujours de bons conseils.

Ils se dirigèrent vers la porte, elle adorait son gendre pour cela aussi : il s'en allait avant de devenir un élément de décor. Elle le vit descendre l'escalier la bande dessinée sous le bras, son mari et elle avaient trouvé cet album à Bergame, sur un étal de marché en plein air. C'était une de leurs balades, de faire les petits marchés – quand Franco l'avait déniché, il était resté interdit, il l'avait tourné et retourné dans ses mains et avait demandé son prix au marchand ambulant, avait débattu avec elle, fallait-il dépenser soixante-dix mille lires pour un numéro qui en valait cent trente mille ? Elle n'avait pas été habituée à le voir enfant, les yeux brillants, un volume de bande dessinée serré dans ses mains.

Elle prit la couverture sur le divan et la replia, poussa les tabourets et nettoya les miettes et les restes du repas, éteignit le tourne-disque avec Modugno qui chantait *Musetto* et ouvrit le meuble du salon où elle gardait sa trousse de couture. Elle la déroula et contempla ses aiguilles et les bobines et les canettes de fils précieux, le bleu et le vermillon satinés, les trois paires de ciseaux de couture, les échantillons de tissus, ses instruments de chirurgien. Même si elle ne travaillait presque plus et si les articulations de ses mains lui faisaient mal, elle sentait que l'inventivité et la rapidité d'exécution lui étaient restées : manier la peau de renne et le jersey, la soie – ne jamais la plier en deux –, risquer des incrustations sur la toile de jean, et l'organza, et le brocart – les plus difficiles pour ses doigts minuscules –, elle avait su tout mettre en œuvre pour satisfaire les caprices de ses clientes. Ces dames avaient aussi fréquenté la via delle Leghe pour bavarder un peu avec elle, lui demandant conseil pour un achat via Monte Napoleone, elles lui avaient parlé de leurs enfants, de crimes et de châtiments. Elles, oui, elles avaient été ses romans.

Elle sortit l'aiguille au chas large, choisit la bobine bleue, coupa le fil avec les dents – ne jamais le faire devant quelqu'un –, alluma la lumière de la hotte au-dessus des brûleurs de la cuisinière. Elle ferma un œil et passa l'aiguille dans le chas du premier coup, elle levait toujours un coin de la bouche en faisant ça. Elle alla à l'armoire de la chambre à coucher, prit le velours et la dentelle rebrodée qu'elle n'avait pas utilisés, s'assit au bord du matelas, fixa les bords qu'elle allait faire coïncider et déplaça les yeux sur la photographie posée sur la table de chevet. Elle cousit sans baisser la tête, les bouts de doigt harponnés aux tissus cependant qu'elle observait les visages des premiers temps de son mariage : Franco un peu hagard devant l'appareil photo, elle le tenant par le bras avec une grimace amusée. Elle remit le tissu à l'endroit, sans quitter du regard ce garçon et cette fille de vingt ans, au lac de Côme, qui s'aimaient. Elle pencha la tête et regarda la couture : les deux étoffes étaient une seule étoffe et elle une couturière encore capable. Elle se leva lentement, poussa un soupir et alla au bout du couloir, s'arrêta devant le secrétaire qu'ils utilisaient comme vide-poches. Il avait trois petits tiroirs, elle tira le dernier et fouilla jusqu'à trouver les clefs à l'anneau dépoli.

Elle ouvrit la porte de l'appartement, descendit au rez-de-chaussée et alla jusqu'aux caves. La leur était l'avant-dernière sur la droite, il lui fallut, dans la pénombre, recommencer deux fois pour arriver à mettre la clef dans le trou de la serrure. La violente odeur d'humidité lui piqua les narines, elle se mit une main sur le visage et arriva à l'interrupteur, sous les étagères avec les bocaux à conserves. Elle alluma la lumière et s'arrêta ; c'était une pièce sens dessus dessous dans laquelle elle n'était pas entrée depuis un an et demi. On voyait à grand-peine les étagères du fond et elle se souvint qu'elles contenaient des pots en verre pleins de boutons rangés par couleur et des classeurs avec les vieux modes d'emploi des appareils ménagers. Elle avança, et au fur et à mesure qu'elle s'approchait elle était de plus en plus sûre de vouloir le faire : prendre le cageot de fruits, enlever le drap, le traîner au milieu de la cave, juste là sous la lumière, se pencher et feuilleter la première bande dessinée de la pile, *Captain Miki* n° 217, tomber sur la carte postale de Bormio de 1976 cachée à l'intérieur de la page de titre, *Comme tu aurais aimé les chalets qui embaument le pin, ta Clara.*

Elle se retrouva devant, la relut, et sut qu'elle pouvait continuer. Elle prit la deuxième et la troisième et toutes les vingt et une cartes postales et fut de nouveau en rage – en rage parce qu'il n'avait pas pensé à s'en débarrasser. Elle les regroupa, se remit debout et les tint serrées contre elle tandis qu'elle repartait en éteignant la lumière. Elle sortit de la cave, remonta l'escalier et rentra dans l'appartement. Elle les posa sur le secrétaire, c'était étrange, et elle s'émut : c'était cela, donc, la liberté ?

Sofia regardait son père qui lisait ce qu'elle avait écrit, incliné sur la table de la cuisine, avec la fumée de la cigarette qui montait du cendrier. La brume arrivait du nord et avait envahi Rimini. Il finit de lire, replia les sept feuillets et les porta dans sa chambre. La fumée continuait à s'échapper de la cigarette restée sur la table et on aurait dit que son sillage s'unissait à la suie de l'autre côté de la fenêtre.

Son père revint et dit :

— Allons à la mer.

Ils sortirent dans la rue, l'Ina Casa était engloutie par le blanc. Sofia resta tout près de lui, ils arrivèrent à la voiture, ils avaient encore la Renault Scénic dans laquelle ils avaient chargé la marchandise de la quincaillerie lors du dernier déménagement avant de la confier à un gérant. C'était arrivé juste après la mort de sa mère.

Ils roulèrent lentement jusqu'au centre historique, longèrent les remparts où, le samedi matin, ils faisaient le marché et passèrent à côté du pont de Tibère. Ils traversèrent le passage souterrain de la gare, prirent l'avenue avec les villas et les jardins cachés et rejoignirent le bord de mer à la hauteur de la porte d'accès n° 9. Ils se garèrent devant la plage publique.

Ils descendirent et se mirent en chemin sur la langue de ciment de Rimini, deux bateaux de pêche y étaient amarrés et un homme en lavait la proue. Les pas de son père étaient légers et il lui sembla marcher seule ; elle resta à deux pas de lui – dès qu'ils arrivèrent à la jetée, ils entendirent l'Adriatique qui battait contre les rochers. Ils s'assirent sur le piédestal du phare jaune. Son père lui toucha le menton et regarda la mer.

Elle aussi regardait la mer. Puis elle lui demanda comment il avait trouvé son récit.

Il portait une écharpe de coton sur son blouson en jean, il ferma deux boutons.

— Vraiment, ta mère chantait une chanson d'Ornella Vanoni ce jour-là en voiture ?

Elle inclina la tête.

Il sourit.

— Pourquoi ris-tu ?

— En 1987, Ornella Vanoni a donné un concert piazza Cavour. Nous y étions avec ton oncle, et ta mère nous a obligés à enjamber les barrières de sécurité.

— Toi, enjamber des barrières de sécurité ?

— Tu savais qu'elle avait choisi sa blouse de travail après ce concert ?

Sofia secoua la tête.

— Avant elle en avait une noire. Mais ce soir-là, Ornella Vanoni, sur scène, avait un imperméable bleu qui ressemblait comme deux gouttes d'eau à une blouse.

Elle le regardait.

Il desserra son écharpe.

— Ta maman a aussi été heureuse, Sofia.

— Et avec moi ?

— Surtout avec toi.

Elle fut tentée de s'asseoir plus près de lui et de le prendre par le bras, elle le faisait autrefois et maintenant avait oublié comment y parvenir. Elle l'écouta respirer, le souffle long et caverneux et l'odeur de l'après-rasage qui imprégnait le brouillard, elle le huma comme à la quincaillerie. Elle devait avoir sept ou huit ans et sentait le parfum de son papa qui grimpait sur l'échelle et lui disait : « Tu t'occuperas du magasin quand je serai vieux ? »

Andrea répondait : « Mais toi, papa, tu ne seras jamais vieux », puis il continuait à colorier l'album de Musclor en mangeant la *focaccia* qui lui restait de la récréation. À présent encore, à chaque fois qu'il s'asseyait sur l'escabeau du kiosque, son père jeune lui venait à l'esprit.

Il l'observa tandis qu'il remettait en place les bimensuels dans la vitrine derrière eux, les gestes précis – il disposait les illustrés de façon qu'on puisse en lire les titres pendant que sa mère bavardait près de la porte.

Andrea serra contre lui sa main bandée et de son bras libre servit un client. Il était sorti de chez lui à l'aube.

— Où vas-tu ? avait demandé Cristina du lit, il lui avait répondu qu'elle ne devait pas s'inquiéter. Je m'en chargerai, moi, de mon frère, avait-elle dit.

Il était resté muet.

— Andrea, promets-moi que tu n'iras pas.

Il avait incliné la tête, puis était allé dans la salle de bains et s'était lavé les ongles jusqu'à s'écorcher, pour en enlever toute trace de terre. Il avait pris les antibiotiques et changé son pansement avec soin, avait rassemblé ses vêtements salis de sang dans un sac, les avait jetés dans la benne en sortant de l'immeuble et s'était mis en chemin, sans jamais cesser de penser à César.

Il aida ses parents jusqu'au déjeuner, puis ils allèrent tour à tour manger au bar Rock ; lui y alla avec sa mère, il la fit s'installer sur la banquette et s'assit face à elle, il eut peur qu'elle ne devine, elle devinait toujours tout. Sa mère, avec ses joues rouges de montagnarde bien qu'elle fût de Vigevano, son inquiétude pour le cœur de son mari – « comme ton père est têtu, et tu es pareil » –, lui demanda comment il se faisait qu'il ne les ait pas appelés de l'hôpital.

Il lui dit qu'il y avait Cristina.

— Il me suffit de savoir que tu vas bien. Tu vas bien ? demanda-t-elle en mettant son sandwich dans l'assiette.

Il fit de même. Comme il désirait lui acheter une robe de soirée et la voir belle et lui dire qu'elle le méritait. Il se leva et contourna la table, s'assit à côté d'elle sur la banquette.

— Je vais bien, dit-il, et il se laissa embrasser.

Il aurait voulu lui demander la voiture et partir tout de suite, mais après qu'ils eurent fini de manger, il retourna au kiosque et déplaça les bandes dessinées, les mettant près des revues automobiles, remit en place les caisses avec les livres d'occasion, sa main l'élançait d'une douleur sourde, il servit les clients et aida son père pour les retours des invendus. Il lui demanda s'il pouvait prendre la voiture. Son père lui dit qu'il avait mis de l'essence la veille, l'interrogea sur la manière dont il pourrait passer les vitesses avec son bandage, il répondit qu'il n'y avait pas de problème et prit les clefs dans la boîte à gants.

Il roula jusqu'à Corvetto en changeant de vitesse à grand-peine. Aux feux, il ouvrait la main et la fermait pour s'habituer à la douleur, il cessa quand il prit le périphérique. Il sortit à San Donato, ralentit et vit que le terrain de foot était désert. Il continua et arriva à la ferme, là non plus il n'y avait pas une seule de leurs voitures. Il appela Cristina, lui dit qu'il était chez le médecin pour faire contrôler sa blessure, même si elle lui faisait moins mal, et qu'il irait ensuite dîner chez ses parents.

— Qu'est-ce que tu leur as raconté ?

— Que c'était un accident domestique.

— Et ils y ont cru ?

— Je n'en sais rien, peut-être pas.

— Mon frère ne répond pas.

— J'entre chez le médecin.

— Je lui parle d'ici à ce soir.

Ils se dirent au revoir, il descendit de voiture et alla rapidement vers la ferme, enjamba le grillage là où il était affaissé et rejoignit la cour intérieure. C'était un carré de poussière, il y avait les pelles dont ils s'étaient servis pour enterrer César et quelques seaux. Il regarda à l'intérieur de la niche et trouva la chaîne enroulée en spirale. En réalité, il s'agissait de deux chaînes attachées l'une à l'autre par un mousqueton d'alpinisme, il le décrocha et prit la chaîne la plus courte. Il la traîna dehors et l'enroula autour de sa main valide. Il retourna sur la route et rentra dans la voiture, démarra et fit demi-tour, la gara avant le virage. Puis il alluma la radio et attendit, il ne savait pas si le frère de Cristina allait arriver. Il passait souvent du temps chez son père : il était vieux et ils restaient tour à tour auprès de lui. Il se donna jusqu'au crépuscule et commença à écouter les informations à la radio, puis une chanson de Carboni – il aimait bien Carboni depuis le concert d'Assago. Il relut le message de Margherita, ils s'étaient écrit, puis elle l'avait appelé et de but en blanc l'avait invité à prendre un café avec elle samedi ou dimanche – il éteignit la radio et inclina un peu son siège.

Quand plus tard il aperçut la Ford Fiesta, il s'était quasiment assoupi et sa main l'élançait, il avait sur son portable deux appels en absence de Cristina. Il attendit que la Fiesta soit garée et que le garçon sorte de l'habitacle, le vit entrer dans la ferme. Puis il sortit de la voiture, la chaîne pendant le long de sa jambe.

Il frappa trois fois avec le pied et dès que la porte s'ouvrit il lui bondit dessus. Il savait comment faire, il l'avait déjà fait, la vérité, c'était que son corps tout entier lui soufflait qu'il était le plus fort. Ses muscles résistants, la rapidité des articulations, les réflexes précis, tout cela constituait un ensemble propice à sa cruauté.

Il donna une poussée violente et l'autre tomba dans l'entrée de la cuisine, il le laissa se relever, l'entendit dire « Mais merde qu'est-ce que… » et le frappa avec la chaîne sur un côté. Dès qu'il retomba, il lui cingla les jambes. Il vit de l'écume sortir de sa bouche, il le vit se tourner, prendre appui sur ses bras et s'affaisser. Il le frappa net sur le tibia et resta à le regarder, ce garçon de son âge qui bougeait à grand-peine et étouffait un hurlement, qui tentait de se toucher un genou en relevant la tête pour contrôler ses os cassés. Il le frappa de nouveau, s'appuya sur la table.

Le bandage était intact et sa main valide le brûlait à force de serrer la chaîne. L'autre gémissait en tenant son tibia brisé. Avant Cristina, il y avait eu quelque chose entre eux : se retrouver à un concert au Magnolia, dealer de la cocaïne pour récupérer trois sous les jours suivants, boire des bières en dénichant sur Internet les combats d'arts martiaux mixtes, partager les gains des paris, s'habituer aux blessures des bêtes.

— Tu m'as cassé la jambe.

L'autre avait réussi à redresser son dos et s'était adossé au mur, il souffla.

Andrea posa la chaîne par terre et jeta un coup d'œil sur le canapé, il y avait sur l'accoudoir des mégots de cigarette et un cendrier vide, sur le coussin un jeu de cartes et un paquet froissé de biscuits.

— Tu m'as cassé la jambe.

La lumière lui assombrissait les orbites. Il se traîna jusqu'au buffet et s'agrippa au rebord, d'abord avec les doigts, puis avec l'avant-bras, se hissa, l'une de ses deux jambes le portait.

— T'as tué le clébard autant que moi.

Andrea ne le regardait pas.

L'autre se tenait agrippé au buffet, sur un pied comme un flamant, se laissa glisser dans un râle.

— Tu l'as tué autant que moi.

Andrea passa à côté de lui et sortit. Cristina était assise sur la première marche. Elle avait les yeux fixés sur la route et les cheveux attachés de côté, elle leva la tête mais ne le regarda pas, elle fixait la porte restée ouverte. Il ne dit rien, continua jusqu'à la grille. Il était fatigué, avant d'arriver à la route il la chercha, elle entrait voir son frère et il eut peur, comme à chaque fois qu'il disait adieu à quelque chose.

Alors qu'elle était sur le point d'entrer dans l'agence, Margherita mesura ce qu'elle perdrait en perdant son mari. Elle était certaine que si elle avait continué avec Andrea elle aurait exposé son mariage à la fracture. Ivresse, aurait dit Némirovsky. Elle ouvrit la porte, désactiva l'alarme et alla dans le cabinet de toilette. Elle l'énonça devant le miroir :

— Tu es une corruptrice de jeunes gens de vingt-six ans.

Elle se sentit différente, plus solide, et sut que sa peur réelle était de perdre peu à peu Carlo à l'intérieur d'elle-même. Voilà pourquoi elle lui avait parlé d'Andrea avant l'orgasme, elle espérait que cette confidence remette en communication ce qui était devenu étanche en chacun d'eux. Du reste, qu'aurait enlevé à son mariage un corps nouveau ? Aussi bien, il ne lui aurait même pas plu. Aussi bien, il aurait fait jaillir une nouvelle lymphe miraculeuse pour leur sentiment à eux. Comme elle détestait la psychologie de comptoir : lier la trahison au malheur. Elle aurait trahi pour les larges épaules d'Andrea. Pour son cul. Parce qu'il était jeune. Parce qu'il était timide et qu'elle pouvait lui faire découvrir quelque chose de lui-même. Et surtout : à cause du désir que le garçon avait d'elle. Se voir désirée de façon primaire, comme avant les fiançailles et l'autel et les appartements achetés grâce aux emprunts. Sa faiblesse n'était pas d'admettre l'excitation, elle était en train de le reconnaître, mais plutôt de ne pas accepter le compromis : il fallait qu'elle puisse toucher le kiné mais que son mari ne puisse pas toucher les autres femmes. Elle s'était révélée despotique et n'avait strictement aucune intention de faire un pas en arrière. Elle avait réussi à rendre moins aiguë la contrariété née du malentendu des toilettes, elle était bien loin de l'avoir mise de côté. Andrea était la compensation ? Andrea était une envie.

Elle lui avait écrit et il lui avait répondu de façon réservée, excepté les points de suspension qui terminaient la phrase où il lui disait qu'ils se verraient le lundi pour la séance de kinésithérapie. Une fois,

Carlo lui avait dit que les points de suspension étaient un signe de faiblesse : les écrivains les emploient quand ils n'arrivent pas à mener à bien une phrase. Puis elle avait lu *Tours et détours de la vilaine fille*, et s'était rendu compte que les points de suspension voulaient dire bien autre chose. Les personnages de Vargas Llosa les utilisent comme préliminaires de révolutions. Trois points de suspension pour une entente amoureuse. Trois points de suspension pour un soulèvement politique. Trois points de suspension pour se séduire. Et elle avait appelé Andrea. Ils avaient parlé de la blessure à la main et de sa jambe, elle l'avait invité à prendre un café avec elle samedi ou dimanche. Il lui avait répondu qu'il était d'accord…

Elle ouvrit son bloc-notes, arracha une feuille et fit la liste des priorités de la journée. Numéro 1 : Concordia. Numéro 2 : coordonner trois visites (attention au trois-pièces de la via Morgagni). Numéro 3 : songer à l'anniversaire de sa belle-mère, le lendemain. Elle se repassa les rendez-vous qu'elle avait notés le soir précédent pour Concordia : c'était une tromperie sans conséquences avantageuse pour tout le monde. Elle l'avait exposée à Carlo et il avait été réconfortant de se découvrir audacieuse et qu'il l'ait soutenue sans songer à lui faire la morale. Elle chercha dans ses contacts le nom de la propriétaire, s'assit au bord d'une chaise ; on lui répondit à la troisième sonnerie, elle dit bonjour avec chaleur et devina une froideur dans la voix de son interlocutrice. Elle changea de stratégie – au lieu de lui énumérer les visites fictives qui n'avaient pas atteint leur objectif, elle mentit en disant qu'elle avait de bonnes nouvelles : un couple était intéressé, et même enthousiaste.

— Oh, quelle merveilleuse nouvelle, Margherita, j'avais un mauvais pressentiment.

— Parce que vous n'avez pas confiance en nous ?

— J'ai confiance en vous.

Elle marqua un arrêt.

— C'est que plus tôt nous aurons conclu, mieux ce sera. Qui est ce couple qui semble intéressé ?

Margherita lui expliqua que c'était un couple sans enfants, lui avocat et elle institutrice – comment lui était venue l'idée de l'institutrice, mystère –, et qu'ils avaient exprimé les réserves habituelles sur l'absence d'ascenseur et sur le fait qu'il y ait un toit en terrasse – ils craignaient que l'isolation thermique ne soit pas suffisante –, mais la lumière de l'appartement les avait laissés sous le charme. Au milieu de la visite, l'institutrice avait dit : « C'est pour moi, c'est l'appartement de mes rêves. » En formulant cette réplique, elle craignit d'avoir exagéré. La propriétaire laissa échapper un gémissement de plaisir.

— Mais je ne vous assure rien, surtout pour le prix.

— Je ne descends pas à moins de cinq cent trente mille.

— Je ferai mon possible, mais pensez-y bien.

— J'y ai déjà pensé.

Avant de prendre congé, Margherita risqua un commentaire sur Majorque, n'y avait-il pas aussi sur l'île une brume étrange ? Pas de brume, rien qu'un vent qui balaie les côtes d'est en ouest.

Elle raccrocha, se pressa le front de la main et décida de se débarrasser aussi de l'autre corvée. Elle chercha le numéro de sa belle-mère. À la première sonnerie, elle se remit au bord de la chaise.

— Marghe, entendit-elle à l'autre bout du fil.

Elle l'appelait Marghe depuis leur première rencontre – qui l'aurait attendu d'une dame habillée de cachemire avec un quart de sang anglais dans les veines ? Sa belle-mère pouvait converser d'huîtres bretonnes et de rénovations de bâtiments, de la tendresse que lui inspiraient les dames qui retirent un chariot au supermarché et s'aperçoivent qu'une de ses roues ne tourne pas bien : c'était là un brio qu'elle trouvait suspect. Elle n'avait jamais pu dissiper sa défiance vis-à-vis d'elle.

— Nous sommes prêts à vous fêter, comment vous sentez-vous, Loretta ?

— J'ai appris pour ta mère.

Margherita se tut.

— Je viens d'avoir Carlo et il m'en a parlé. Mais je n'ai pas bien compris, elle dit qu'elle ne « sait pas » si elle viendra, qu'est-ce que cela signifie ?

Margherita étendit la jambe sous le bureau, elle la picotait par intermittence.

— Elle ne va pas très bien.

— Que lui arrive-t-il ?

— Une sorte de grippe et, je crois, un peu de déprime.

— Ça lui ferait du bien de se retrouver avec nous tous.

— Je vais voir ce que je peux faire.

— Je vais l'appeler.

— Mieux vaut que ce soit moi qui le fasse, Loretta. Les mères écoutent encore leurs filles.

Sa belle-mère rit.

— Regarde ma Simona, comme elle m'a écoutée avec ce type.

— Mamadou est un gentil garçon.

— Dis-moi comment tu vas, toi, ma chérie. J'ai appris pour l'appartement à Concordia.

Margherita s'excusa et lui dit qu'elle devait raccrocher, quelqu'un était entré dans l'agence. Elle lui promit d'être à l'heure le lendemain pour la fête – même si elle était sûre de ne pas l'être –, lui assura qu'elle la rappellerait dans l'après-midi – même si elle était sûre qu'elle ne la rappellerait pas. À plus forte raison maintenant, après avoir découvert que Carlo continuait à l'informer de choses dont elle n'avait pas à être informée. L'incapacité de se retenir dont faisait preuve son mari vis-à-vis de sa mère était l'incapacité de se retenir dont il avait fait preuve dans les toilettes de l'université et c'était la même incapacité de se retenir qui l'avait conduite à tomber amoureuse de lui : un homme fait de glissements de terrain et changements de cap. Les contradictions de Carlo : les contradictions lui avaient toujours inspiré confiance. Après la mort de son père, elle avait vu aussi ce mouvement chez sa mère : elle avait mis de côté la Singer et était descendue de son tabouret de cuisine, inaugurant une saison de gentilles petites révoltes, apprenant à dire non, à soupirer hautement, à mettre les pieds sur la table basse du salon. Le tenter elle aussi, à trente-cinq ans : c'était une bonne façon d'investir sur la vieillesse.

Quand ses collègues arrivèrent à l'agence, ils se réunirent tous dans la petite salle pour s'organiser, puis Gabriele sortit pour deux rendez-vous et Isabella s'enferma pour rappeler des clients, et elle revint à l'ordinateur tête baissée. Elle commença à rédiger les descriptions de deux propriétés qu'ils avaient prises en charge, elle ouvrit Facebook et jeta un coup d'œil çà et là – elle n'y allait pas souvent et y avait un profil sans photo –, avec Carlo ils avaient décidé de donner peu d'importance à ce monde. Elle alla sur la page de Sofia Casadei. Son dernier post était une photo des toits de Milan publié une semaine plus tôt, elle avait totalisé vingt-sept *likes*. Margherita ferma tout et fit les cent pas, cela soulageait sa jambe. Elle se rassit, paramétra les annonces en ligne et étudia les détails pour la visite à Morgagni. C'était un grand trois-pièces, quatre-vingt-dix mètres carrés, s'il était comme sur les photos on pourrait le vendre à trois cent soixante mille euros, au jugé, douze mille bruts pour l'agence. Si 2009 continuait selon les prévisions, l'année lui garantirait un salaire net de deux mille cent euros par mois. Carlo ramenait à la maison mille quatre cents euros, plus les quelques sous que les Pentecoste lui versaient en cachette et qu'elle se refusait de prendre en compte dans le revenu familial. Pour Concordia, ils pourraient contracter un prêt de huit ou neuf cents euros, en donnant à l'avance les trente-deux mille qu'ils avaient de côté.

Elle mangea un sandwich à son bureau et au début de l'après-midi se prépara pour la visite, elle garda son manteau sous le bras, elle avait envie de sentir l'air d'avril et de laisser de côté l'économie familiale, elle dit au revoir à Isabella et sortit via Spontini. Elle pénétra dans les jardins Morgagni et longea le terrain de pétanque et ses joueurs. Elle s'arrêta pour les regarder, ils la mettaient de bonne humeur. Elle s'appuya au tronc d'un acacia et exposa sa gorge au soleil, « Comment vas-tu, Margherita ? », elle se le demandait dans les moments où le chemin pouvait être dévié, comme un changement d'aiguillage réglé par son père qui décidait de la direction prise par un train. Son père qui lui recommandait : « Fais le changement d'aiguillage qui sera bon pour toi. » Le bon changement d'aiguillage pour elle avait toujours été la direction prise par les autres.

Le joueur lança la boule et elle repartit, en traversant les jardins. Puis elle aperçut le propriétaire de Morgagni qui l'attendait à la porte du numéro 9. Elle était capable d'établir des alliances immobilières à la première rencontre, en laissant toute latitude au propriétaire de l'appartement, lui permettant de la guider sur tous les fronts, n'intervenant que s'il fallait lui garantir qu'il était entre de bonnes mains. Au moment où ils conviendraient de la somme à réclamer, elle démonterait les illusions, en reformulant la cotation réelle puis la marge de tractation possible et ajoutant « Faites-moi confiance ». L'important était le ton de la voix : calme, spontané, jamais excessif, sans exclamations. Elle mit une demi-heure à compléter l'inspection des lieux – l'appartement valait bien trois cent soixante mille euros et le propriétaire était un homme posé de soixante-dix ans. Il lui confia qu'avec cet argent il comptait partir s'installer en Ligurie et donner à son petit-fils une aide pour ses études à l'université. Ils s'entendirent pour la rencontre formelle à l'agence, elle lui dit au revoir, elle lui ferait avoir la Ligurie et l'université pour son petit-fils, elle présageait des succès sans trop craindre de se tromper. Avoir en mains une bonne affaire éclairait sa journée, elle n'avait plus de rendez-vous pour ce jour-là, elle appela pour vérifier qu'il y avait quelqu'un à l'agence, puis elle déambula le long des jardins avec un fourmillement qui partait de son cœur et montait jusqu'à sa tête. À un autre moment, elle l'aurait appelé inconscience.

Elle mit son manteau, remonta jusqu'au piazzale Bacone, dépassa la piscine où elle avait nagé avant d'aller à la salle de sport, prit le corso Buenos Aires avec les vitrines qui lui rappelaient les samedis après-midi de son adolescence avec ses amies. Qu'étaient-elles devenues, ses amies ? Elle les rencontrait rarement, comme englouties par les fiançailles et les mariages, toutes autant qu'elles étaient. Elle s'arrêta au bar de la piazza Argentina et prit un café, acheta des chewing-gums, puis continua vers les immeubles du piazzale Loreto avec leurs horloges de néon rouge, tourna via Porpora. Ce fut le moment où elle comprit qu'elle était en train d'aller chez lui.

Aller chez lui, aller chez lui, avec cette haleine de café et de menthe, elle ralentit, pas à cause de sa jambe, ni par peur, elle observa les coursiers qui entraient dans les maisons pour livrer les derniers paquets de la journée, les halls d'immeuble qui commençaient à s'éclairer, les restaurateurs sur le seuil de leurs établissements, tout ce grouillement de Milan : ces gens tout empressés à suivre la norme quand elle allait y contrevenir. Elle s'étonna d'avoir le cœur aussi calme et de l'impatience qui s'éveillait dans son estomac.

Elle arriva à la porte d'entrée, regarda l'endroit où il s'était assis pendant qu'elle allait acheter l'antibiotique. Elle se rencogna et attendit : le rencontrer à un moment où il rentrait aurait tout rendu plus naturel, mais il ne vint pas dans les dix minutes qui suivirent, et pas davantage dans les vingt. Elle aurait dû se décourager, elle aurait dû l'appeler, mais elle resta sans bouger, les jambes jointes et la nuque appuyée à la porte, elle tenait ses mains l'une dans l'autre en faisant tourner sa bague de fiançailles et son alliance, puis elle se leva. Elle chercha le nom sur la sonnette, certains étaient accompagnés de numéros, un seul était signé AM écrit au stylo sur un bout de papier collé sous la lamelle de verre.

Elle sonna et resta sur la pointe des pieds, la joue contre le panneau grillagé des sonnettes, personne ne répondait. Elle reposa les talons au sol, une voix lui parvint et elle se rapprocha avec un petit sursaut.

— C'est Andrea ?

— Qui êtes-vous ?

— Margherita.

— Margherita, répéta-t-il.

— La fille de la tendinite à la jambe, de l'hôpital, du café samedi ou dimanche qu'elle a décidé d'avancer sans prévenir.

Elle parlait sans précipitation.

— Cette fille-là. Vous voyez ?

L'interphone bourdonnait et il y avait la circulation de la via Porpora, Andrea pressa le bouton pour ouvrir. Il retourna dans sa chambre et enfila un sweat-shirt et un jean, ramassa les affaires en vrac de l'autre après-midi et les jeta dans la machine à laver. Sa tête était lourde, il regarda son bandage et s'aperçut qu'une auréole y était apparue. Son autre main avait la marque de la chaîne sur le poignet. La ferme s'était évaporée et le frère de Cristina et Cristina étaient des ombres, il ouvrit la porte et se pencha, attendit sur le palier : Margherita apparut sur les marches de l'étage d'en dessous, elle était essoufflée et avait son manteau plié sur le bras.

— Salut, lui dit-elle.

Il lui fit signe d'entrer et se dirigea vers la cuisine, enleva les tasses de l'évier, les rinça et commença à préparer du café. Il la sentit derrière lui, une chaise fut déplacée tandis qu'il remplissait la cafetière et la mettait sur le feu. Il se tourna, elle s'était assise avec son sac posé par terre et son manteau sur une jambe, sa frange lui voilait un œil. Elle regardait son bandage, et son visage, et Andrea eut l'impression qu'ils étaient aussi embarrassés l'un que l'autre.

Puis elle se leva et s'approcha, lui caressa le poignet marqué par la chaîne, et la bouche, il souleva le bras et l'attira à lui et l'espace d'un instant eut le sentiment que Margherita était la fille qu'il attendait.

Quand Carlo se glissa sous les couvertures, sa femme avait déjà la respiration du sommeil. Au dîner, il l'avait trouvée taciturne, il l'avait été lui aussi, devoir aller le lendemain chez les Pentecoste les éteignait comme s'ils devaient engranger les forces nécessaires.

Il attendit que ses yeux s'habituent à l'obscurité, la silhouette de Margherita était toute petite et ramassée en boule, il aurait voulu lui dire qu'il avait parlé de Concordia le matin avec sa mère, il aurait voulu lui parler de la visite de l'après-midi à Anna ; il avait pris maintenant l'habitude de cacher beaucoup de choses. Même la bande dessinée de Franco, dissimulée entre deux albums photo sur la table de chevet. Il se tourna comme pour la prendre, son portable était là à côté et il l'imagina s'allumant, il imagina que c'était enfin Sofia, *Retrouvons-nous demain à telle heure à tel endroit*. Il se serait alors endormi dans un sentiment d'accomplissement, en se préparant à des petites variations dans le planning du lendemain : prendre une douche plus longue, choisir ses vêtements avec soin, s'inventer une excuse qui lui permît de se retrouver dehors deux ou trois heures.

Dès qu'il s'éveilla, vers huit heures, il vit qu'il n'avait reçu aucun message. Il resta au lit, à traîner. Il voulait écrire à Sofia, y renonça, alla à la cuisine et téléphona à sa sœur pour lui rappeler de prendre le cadeau et d'arriver à l'heure.

— Je serai à l'heure mais Mamadou ne vient pas.

— Il faut qu'il vienne.

— Il dit qu'il fera peut-être un petit saut après le repas.

— Passe-le-moi.

— Laisse tomber.

— Simona.

— Anna non plus ne voulait pas venir, non ?

— Mais elle vient.

— Laisse tomber, Carlo, allez.

Quand Loretta Pentecoste avait appris que sa fille s'était fait engrosser par un nègre – elle avait employé les termes « engrosser » et « nègre » –, elle avait couru la voir pour lui faire entendre raison, sans succès, pour ensuite ne plus lui adresser la parole, pour ensuite renouer avec elle, mais seulement après avoir embrassé son petit-fils – « Il est café au lait, vous avez vu ? » –, enfin elle avait pris la situation à bras-le-corps en s'apercevant que son mari entretenait une rancœur tenace envers sa fille indigne.

Il raccrocha et attendit que Margherita sorte du lit et se prépare. Depuis le réveil, ils s'étaient observés à la dérobée, elle avait fredonné une chanson de Cesare Cremonini dans la salle de bains, ça le mettait toujours de bonne humeur d'entendre sa femme fredonner. Ils sortirent et firent le trajet jusque chez le fleuriste avec la radio allumée.

— Comment vas-tu ? lui demanda-t-il pendant qu'ils attendaient le bouquet de lys.

— Bien.

Elle lui sourit.

— Et toi ?

Il fit signe que oui et prit le bouquet, ils remontèrent dans la voiture et rejoignirent Città Studi[1] avec les vitres baissées, le ciel de Milan était bleu cobalt et à la radio ne passait que de la publicité. Il baissa le volume et lui dit que Mamadou ne viendrait pas.

— Tu veux que j'essaie d'appeler Simo ?

— Non, ça va.

Margherita descendit devant la maison des Pentecoste avec les lys et lui chercha où se garer sur la piazza Aspromonte. Il trouva du côté le plus étroit de la place, éteignit le moteur et la radio. Il écrivit sur son portable *Alors, nous arrivons à nous voir ?* et l'envoya pendant qu'il se dirigeait vers la maison de ses parents. Quand il arriva, il vit sa belle-mère qui sortait du taxi. Anna leur dit bonjour, son sac serré contre elle et protégeant sa mise en plis d'une main.

— Ces chauffeurs de taxi font des concours de vitesse mais cette fois je lui ai dit que j'avais peur.

Elle embrassa sa fille et alla vers Carlo.

— J'ai eu l'idée d'ajouter un petit quelque chose pour ta maman.

Elle fouilla dans son sac et sortit un emballage en papier de soie, elle l'ouvrit : c'était un bracelet fait au crochet avec un fermoir ancien.

— Il ne fallait pas.

— Bien sûr que si, répliqua-t-elle, et tant pis pour ceux qui veulent des septuagénaires sans bijoux fantaisie.

---

1. « Cité des études » : quartier de Milan, auparavant zone des bâtiments de l'École polytechnique et de la faculté de sciences.

Margherita avait déjà sonné et tenait la porte ouverte d'un pied. Ils montèrent en ascenseur, Anna arrangea le manteau de sa fille et fit de même pour le sien.

— Je suis prête, murmura-t-elle.

La mère de Carlo les accueillit, sa sœur et Nico étaient déjà dans le salon, il s'assit sur le canapé et sentit le téléphone vibrer dans sa poche. Il ne regarda pas, il s'étendit sur le tapis aux dessins géométriques en relief, saisit les chevilles de son neveu et fit semblant de les lui mordre, le tira sur lui, « À qui est ce petit garçon, à son oncle ou à sa maman, à qui ? ». L'enfant pleurnicha, il le prit dans ses bras et embrassa ses boucles qui s'entortillaient au-dessus de sa nuque, se remit debout et ensemble ils tournicotèrent dans tout l'appartement, il sentait cette joie qu'il puisse y avoir une réponse sur le téléphone, ils s'arrêtèrent devant la table en verre rouge, il y avait déjà les crevettes en gelée, la salade de gésiers, « Tu sais où nous allons maintenant, toi et moi, Nico ? Nous allons dans la chambre de ton oncle quand il était petit », l'enfant grogna et ils pénétrèrent dans l'avant-dernière pièce, « Nous y voilà », et il lui montra le petit bureau encastré entre deux armoires, « Tu sais ce qui s'est passé ici ? Ici ton oncle crevait sur place pour faire plaisir à ton grand-père qui voulait qu'il soit avocat ». Il le berça et s'assit sur son lit d'adolescent, installant l'enfant sur l'un de ses genoux et le faisant danser. Nico se cambra, il le mit par terre et le tint par les mains, il l'aida à marcher entre ces murs nus. Petit, il n'avait jamais accroché d'affiches sinon la carte du monde ; elle était encore là, il la regarda et de sa main libre prit le téléphone. Elle lui avait donné rendez-vous à la cafétéria trois heures plus tard.

Il regarda son neveu, ça l'apaisait. Quand sa sœur était tombée enceinte, père et mère lui avaient dit : « Tu sais ce qu'il te reste à faire. » Et quand elle ne l'avait pas fait, ils avaient dit : « Tant pis pour toi. » Et lui aussi lui avait dit : « Tant pis pour toi. » Les mêmes mots que son père, le médecin-chef Domenico Pentecoste, homme de haute taille à la voix aimable, au regard doux, aux impératifs sans appel. Et pourtant il avait aussi été un père attentionné : il avait monté des petits trains jusque tard le soir avec mise en scène de voyages sur l'Orient-Express, il l'avait fait conduire avec la Lancia Delta pour l'entraîner en vue du permis, avait organisé quelques dîners de *panini* après l'Inter au stade Meazza. Il avait voté Bettino Craxi et Occhetto et D'Alema, il collectionnait les pipes mais ne les fumait pas. De son petit-fils, une fois la tempête passée, il avait dit : « Bon, ce sera un enfant téméraire. »

Nico indiqua le premier tiroir du bureau, il tentait de l'ouvrir, Carlo l'aida et ils trouvèrent des feutres de couleur et une agrafeuse, « Retournons là-bas, hein, Nico, qu'en dis-tu ? Je suis sûr que tu as faim. »

— Il a déjà mangé trois fois.

Il se tourna et vit sa sœur sur le seuil de la porte.

Elle s'avança.

— Vous devriez essayer d'en avoir un.

Nico vit que sa mère était là et tendit les bras, elle l'embrassa mais le laissa à son frère.

— Mais vous avez votre travail, les livres, les appartements, vos carrières.

— Ce n'est pas le moment.

— Tu as peur, hein ?

— Toujours.

— Ta femme n'a jamais peur.

Sa sœur s'approcha de la collection de Schtroumpfs sur l'étagère, toucha le Schtroumpf à lunettes et le fit tomber.

— Elle est en train de tenir tête à tout le monde, au salon.

— Pourquoi ?

— Concordia.

— Quels couillons, ces deux-là.

— Ils l'attendaient au tournant.

Il approcha son nez du visage de son neveu.

— J'y vais.

— Ne t'excite pas encore sur papa, je t'en prie.

— J'ai déjà mes emmerdes, Simo.

— Encore ?

Elle remit debout le Schtroumpf à lunettes et agita la boule de verre avec la tour Eiffel, la neige se répandit.

— Ne la fais pas souffrir, Carlo.

Il la regarda.

— Tu simplifies toujours tout.

— Je simplifie.

Elle rejeta ses cheveux de droite à gauche, la petitesse de sa bouche lui enlevait du charme.

— À moins que…

— À moins que quoi ?

— À moins que tu ne sois en train de tomber amoureux.

— Non.

— Redis-le-moi.

— Non.

Elle prit son fils dans ses bras.

— Ne lui fais pas de mal.

— Toi, tu me fais la morale ?

Ils se regardèrent, et tous deux se mirent à sourire. Elle allait sortir avec l'enfant, soudain elle s'arrêta sur le seuil de la porte, elle continuait à regarder son frère. Lui aussi continuait à la regarder, il se leva du lit et les rejoignit, la prit dans ses bras par-derrière, comme lorsqu'ils étaient petits, ils jouaient à s'emboîter comme ça et lui la serrait fort. Plus fort, dit-elle, il serra plus fort, puis la suivit au salon. Margherita était assise à côté de Pentecoste, Anna essayait d'accrocher le bracelet de Loretta.

— Mais où étiez-vous, vous trouvez que ce sont des manières ?

Loretta admirait son poignet.

— Regardez quelle merveille elle m'a offerte.

— C'est vraiment beau.

Margherita regarda Carlo.

— Ton père a gentiment proposé de nous soutenir pour Concordia, mais je lui ai dit que…

— Maintenant, tout le monde à table : j'ai fait une variante à ma sauce aux crevettes dont vous me direz des nouvelles.

Loretta se releva du canapé.

— On mange.

Sa sœur s'achemina vers la salle à manger avec l'enfant.

— J'ai seulement dit que nous pouvions vous aider. Tu te souviens, Carlo, de ce fonds d'investissement indien ?

Pentecoste ajusta ses lunettes sur son nez.

— Non, je ne m'en souviens pas.

— J'ai mis une pincée de piment sur les crevettes.

— C'est un fonds solide mais je crains que le dollar ne faiblisse. Investir dans la pierre nous conviendrait à nous aussi.

— Et bien sûr des gésiers en salade.

— J'ai expliqué à ton père que nous voulions faire cela seuls, même avec un emprunt important, fit Margherita.

Pentecoste alla à la porte-fenêtre.

— Emprunter quatre-vingt-quinze pour cent n'est pas un prêt important. C'est une hypothèque sur la vie.

— Je te le dis moi aussi, papa : nous voulons essayer seuls.

— C'est de l'orgueil mal placé.

Son père observait la piazza Aspromonte.

— Ce n'est pas votre faute si vous avez des métiers de rien du tout.

— J'aime mon métier, Domenico.

Margherita aussi s'était levée.

— Et je ne trouve pas que ce soit un métier de rien du tout.

— Tu as des perspectives. Carlo en a moins.

— Mon mari aime enseigner.

— Maintenant vous me fatiguez : c'est moi que l'on fête et je vous demande de venir à table.

Loretta prit Anna par la main, Anna se dégagea avec grâce.

Pentecoste s'approcha de son fils.

— Je le sais, que tu aimes enseigner, mais six heures d'amour par semaine ne sont pas suffisantes. Et les catalogues de voyage, combien peuvent-ils bien te rapporter ? Je veux dire…

Il le fixa.

— Acceptez votre condition. Voilà tout.

De la salle à manger émanaient les petits cris de Nico, Simona les appela et Loretta la rejoignit.

Carlo s'assit sur le canapé.

— Et qu'est-ce donc que ma condition, vas-y, dis-le, papa.

Pentecoste écarta les bras et les laissa retomber le long du corps.

— Anna, qu'en dis-tu, toi, quelle est la condition de nos enfants ?

— Ils sont libres.

La réponse lui vint spontanément et elle s'en étonna.

— Nous avons des enfants libres.

— De devenir otages des banques.

— De faire un jour ceci et un jour cela.

Elle accompagna cette phrase d'un geste des doigts.

— Ils peuvent éviter de rester couturière et médecin toute leur vie.

— Ils sont des capitaux à haut risque.

Pentecoste enleva ses lunettes et se frotta les paupières.

— Nous aussi nous avions des conneries dans la tête mais au moins nous allions jusqu'au bout, voilà ce que je te dis.

Anna fit un pas vers lui.

— Et moi, Domenico, je te dis que le jour de son anniversaire, il ne faut jamais faire attendre sa femme.

— Va à table, papa, va.

Carlo le regarda du canapé.

Pentecoste aussi le regarda, il enleva de nouveau ses lunettes et les remit, il se dirigea vers la salle à manger. Anna le suivit, mais d'abord elle adressa un sourire en coin à son gendre. Carlo ne bougea pas. La question était les lunettes enlevées et remises par son père : c'était le signe qu'il avait raison. Enlever et remettre : pour lui suggérer qu'il aurait pu s'occuper de littérature même avec une licence en droit. Enlever et remettre : pour lui conseiller de n'annoncer à personne qu'il voulait écrire un roman parce qu'en cas d'échec il serait protégé. Enlever et remettre : ce soir-là, alors qu'il était encore adolescent, quand l'Inter avait gagné deux à zéro le match aller de l'Europa League contre la Roma, et que devant le téléviseur son père avait dit : « Plutôt que de marquer, tu lancerais le ballon dehors pour ne pas blesser tes adversaires, et pourtant tu serais capable de frapper la balle comme Matthäus. » Un fils d'un naturel peu combatif : le capital à haut risque.

Margherita dit qu'ils devaient aller manger et tenta un sourire. Il se pencha en avant et lui prit la main, lui faisant comprendre qu'il voulait rester seul encore un moment. Ce fut là, dès qu'il se retrouva sans elle, que son regard tomba sur le tilleul de la piazza

Aspromonte qu'on apercevait de la fenêtre. L'arbre sous lequel il devait se montrer dès que sa mère l'appelait du balcon, durant les après-midi sans école, quand il vadrouillait avec les enfants du quartier.

Il se leva et rejoignit les autres, ils grignotaient debout : sa mère faisait les choses en deux temps pour les repas de fête, le buffet d'abord puis le repas assis à table, où elle assignait les places avec sensibilité. Elle lui réserva le coin près de la porte, il avait Margherita à côté de lui et elle-même en face, presque cachée par le vase avec les lys. C'était sa mère, une femme emprisonnée dans les convenances qui s'accordait d'infimes insubordinations : agiter un pied nerveux sous la table, tourner à son poignet son bracelet de montre, faire un clin d'œil à l'un de ses deux enfants en espérant freiner ainsi de potentielles insolences, servir les plats pour interrompre des propos incendiaires. Elle avait le don d'apaiser les ébauches de révolte. Et elle le fit pendant une bonne partie du déjeuner, s'assurant que ce soit un anniversaire sans remous, avec son mari gardant le silence, surtout, et Anna à côté de lui, et Margherita, et Simona et Nico qui catalysaient les attentions.

À Carlo n'importait que le portable dans sa poche et le temps qui filait. Il arriverait à l'heure au rendez-vous, il dirait à sa femme qu'il voulait rester seul, marcher, ce n'était pas la première fois que ça arrivait en sortant de chez ses parents. Tandis qu'il faisait remplir son assiette de risotto, cependant qu'on trinquait aux prochains cent ans de Loretta Pentecoste, la pensée de Sofia lui donnait une pression violente au sternum. Si seulement il avait renoncé à la retrouver, s'il lui avait écrit qu'il ne pouvait le faire à cause d'une obligation imprévue – effaçant son numéro de ses contacts, l'imaginant à Rimini pour toujours, confinant le fourmillement à son sexe et la palpitation à son cou –, s'il avait dirigé ces énergies vers sa femme, la baisant bien et dur comme ils savaient le faire, allant au cinéma et dîner dehors, reconnaissant la légitimité de leurs objectifs familiaux, un enfant peut-être, un enfant, sûrement, si seulement il avait pu. La vérité, c'était qu'il avait compris à quel point, parfois, la pulsion érotique pouvait migrer : elle était d'une quantité précise, la donner à l'une signifiait l'enlever à l'autre, la donner aux deux signifiait offrir quelque chose de partiel à chacune.

Il aida sa mère à débarrasser les assiettes creuses du risotto, porta à table le pot-au-feu et les sauces et la glace à la moutarde, puis se dirigea vers la salle de bains. Margherita le suivit du regard et il s'en aperçut, il choisit celle au carrelage gris et s'enferma dedans, resta devant le lavabo de granit, défit sa ceinture, baissa son pantalon. Il voulait que tout soit en ordre, l'odeur, observer la forme assoupie mais frémissante, la cacher de nouveau dans le coton et le jean, il voulait regarder dans le miroir ses cernes prononcés, ses cheveux en désordre, la rougeur légère sur ses joues. Et le gâteau et le souffle de sa mère qui éteignait les bougies, sous les applaudissements, vingt-cinq minutes après : l'instant où il décida qu'il ne résisterait pas.

Il chercha Margherita du regard alors qu'on lui servait sa tranche de tarte aux framboises nappée de chantilly. Elle était assise un peu de travers, la frange retenue par une barrette, elle riait avec Nico à sa façon à la fois enfantine et sensuelle. Dieu, comme il l'aimait. Il mangea le gâteau avec calme, puis sa sœur lui laissa Nico sur les genoux et disparut au salon, revint avec le cadeau et le donna à sa mère. Loretta commença à l'ouvrir avec peine, les mains indécises, soupira et prit des ciseaux pour s'aider. Il y eut des applaudissements et dans le vacarme des vœux de bon anniversaire il huma Nico dans le cou et lui murmura : « Cette fois ton oncle s'en va. »

Il calcula qu'il allait arriver un peu en retard, décida de ne pas l'avertir et de laisser le hasard faire les choses, dans l'ascenseur il dit à Margherita qu'il avait besoin de marcher un peu.

— Tout seul, acheva-t-elle.

Il acquiesça.

Anna glissa une main dans son sac, l'enleva tout de suite et tira la fermeture Éclair, elle se retourna vers sa fille.

— Tu m'accompagnes faire un petit tour ?

Margherita tint la porte ouverte.

— Et si ton père avait raison ?

— Mon père aurait dû être chef de parti.

Anna prit sa fille par le bras.

Margherita posa la main sur celle de sa mère.

— Combien de temps vas-tu rester dehors, Carlo ?

— Je me calme et je rentre.

Elle resta un peu rêveuse, puis se dirigea vers la voiture avec Anna.

Lui partit de son côté, il marcha entre les maisons basses aux façades pastel, le quartier des familles et des étudiants ; il lui parut encore tel que celui où il était né, avec les cordonniers et les merceries d'autrefois, les larges boulevards et les anses inattendues. Le soir, tout s'éteignait et ça devenait le Milan dissimulateur qu'il n'aimait pas. Il l'avait compris lors de son premier déménagement, quand il s'était installé dans un appartement de Porta Venezia, prenant plaisir à cette architecture nouvelle – être en bas de la maison tandis que les autres dorment, entendre les échos d'une fête, le dernier verre bu avant de se quitter, s'appuyer au coin de la rue où l'on habite et voir une ville aussi peu paisible que soi.

Il lui fallut dix minutes pour arriver à la station de taxis du piazzale Piola, au fur et à mesure qu'il approchait, il ressentait une espèce d'anxiété qui était de la mélancolie, le sentiment de ne pouvoir éviter d'être ce qu'on est. Il se fit déposer avant la basilique San Nazaro, traversa le passage étroit à côté du restaurant indien et se hâta en direction de la Statale, la cafétéria était là au fond avec ses vitrines dans la pénombre et personne devant. Il approcha et la vit. Elle était dedans, assise à une table, elle lisait une revue. Elle avait les cheveux ambrés, un jean serré et aux pieds des bottines à haut talon. Il frappa à la vitre.

Sofia sortit de la cafétéria, il s'excusa pour le retard et la remercia d'être venue. Elle lui dit qu'elle avait un train à dix-huit heures et qu'elle devait encore passer chez elle pour faire expédier ses livres par Mail Boxes, elle les avait déjà empaquetés dans deux cartons, puis elle laisserait les clefs au propriétaire – par chance il avait trouvé un autre locataire étudiant, elle n'aurait donc qu'un mois de loyer encore à payer. De la pointe de sa bottine, elle traçait un demi-cercle par terre, levait les yeux de temps en temps. Ses cheveux retombaient d'un côté de son visage – les sentir en la prenant par la taille comme dans les toilettes… Il lui demanda s'il pouvait lui donner un coup de main pour les cartons. Il s'embrouilla en lui parlant et sa voix rendit un son bizarre.

— Je vais le faire toute seule en deux fois.

— Comme tu veux.

Il lui proposa de faire quelques pas ensemble, elle accepta. Ils débouchèrent sur la place, il lui demanda de nouveau s'il pouvait l'aider pour les cartons.

Elle rit.

Il rit lui aussi – « J'ai des bras solides », et il les lui montra.

Ils parcoururent un bout de rue sans rien se dire d'autre, en marchant côte à côte ; au feu de la piazza Diaz elle l'avait précédé et lui l'avait regardée marcher, il aurait fait n'importe quoi pour l'avoir. Il prit des chewing-gums dans sa poche et lui en offrit, lui demanda de monter dans un taxi. Elle s'arrêta, elle était hésitante, puis elle acquiesça et dès qu'ils furent en voiture donna l'adresse, 2 via Pollaiuolo dans le quartier de l'Isola, elle le répéta, 2 via Pollaiuolo dans le quartier de l'Isola, elle se carra sur le siège et croisa les jambes. Ils ne se dirent pas grand-chose pendant tout le trajet, il regardait par la vitre – aux confins du quartier chinois il lui sembla voir la Polo avec, dedans, Margherita et Anna, il regarda mieux et vit que c'était une Lancia Y avec des inconnus. Quand ils arrivèrent, il paya, elle tenta de s'y opposer, il fit semblant de la pousser hors de la voiture, ça lui réussit et Sofia rit. Ils sortirent du taxi et se retrouvèrent devant un immeuble jaune clair.

— C'est la première maison que j'aie trouvée.

— Le Frida a été l'un de mes bars favoris.

Il lui désigna la cour intérieure en face de l'immeuble, il y avait un espace couvert avec de grandes baies vitrées sombres.

— Il n'y a pas d'ascenseur.

— Tu vois qu'un coup de main pour les livres n'est pas inutile.

Monter une marche et une marche et une marche encore et admirer ses hanches, ses mollets dans le jean serré, les pieds dans leurs bottines posés sur demi-pointe, se percevoir indécis et guidé par elle : il s'aida de la rampe, au second palier ils s'arrêtèrent pour souffler, cette fois c'est lui qui passa le premier et il tendit la main vers elle pour la remorquer, elle la lui saisit et ils arrivèrent en haut enlacés. Puis elle se détacha et fouilla dans son sac à la recherche des clefs, ouvrit la porte et dit « Assieds-toi ».

Ils se retrouvèrent dans une entrée avec un portemanteau en forme d'arbre, dont les branches ne portaient pas de vêtements, un meuble avec, dessus, un vide-poches de fer forgé, un coin cuisine.

Elle passa dans une autre pièce, la fenêtre donnait sur les toits de l'Isola et laissait entrer la lumière d'avril, elle avait planté dans un pot de très belles primevères. Les deux cartons étaient au pied du lit, ouverts, à côté il y avait un rouleau de ruban adhésif et des ciseaux.

— Fermons-les, dit-il.

Il s'accroupit et commença à scotcher sans penser à rien d'autre qu'à faire du bon travail. Il entrevit *La Paie du samedi*, de Fenoglio, et d'autres livres du cours ; il sentait qu'elle l'observait du milieu de la pièce.

— Relis-le, Fenoglio, de temps à autre.

Il ferma le carton, puis s'assit au bord du lit et ouvrit son blouson, Sofia était encore immobile et le regardait.

— Merci, dit-elle.

— Viens ici, dit-il.

Sofia continuait à le regarder.

— Viens.

Elle vint, la tête un peu inclinée, avec les cheveux qui lui balayaient le visage, il tendit le bras et chercha sa main comme il avait fait dans l'escalier. Il l'attira à lui, elle resta debout et lui l'enlaça, assis. Il lui caressa la nuque et fit descendre sa main sur son cou, l'autre main était entre ses omoplates et la retenait, elle se blottit contre sa poitrine, « On ne peut pas », dit-elle. Mais lui plongea le nez dans ses cheveux, ils sentaient le frais, tendit les bras jusqu'à sa taille, la lui entoura, cette taille mince et étirée, la fit pivoter de façon qu'elle lui tourne le dos, comme dans les toilettes, et lui encercla mieux les hanches, elle souleva son pull de quelques centimètres et il put toucher la peau tiède et lisse et entendre son souffle court, il lui saisit les fesses, éprouva leur consistance et leur forme, les tira vers lui, et c'est là, alors qu'il la sentait se presser contre lui, qu'elle dit de nouveau « On ne peut pas », et s'arrêta.

— Sofia.

Elle se retourna.

— On ne peut pas.

Il approcha la bouche de la sienne et elle ouvrit les lèvres et il put l'avoir de nouveau, la bouche et la langue souple, il l'embrassait, puis elle se détacha doucement.

— C'est n'importe quoi, Carlo.

Elle était rouge, fit aller ses cheveux d'une épaule à l'autre et tendit la main vers lui, sur sa joue brûlante, la lui caressa. Il réessaya mais elle recula. Il resta assis, il ressentait un ébranlement dans tous ses membres, il posa les mains sur le lit. Puis il se leva, il la regardait maintenant de toute sa hauteur et elle aussi le regardait.

— C'est n'importe quoi, dit-elle.

— Ce n'est pas n'importe quoi.

— C'est n'importe quoi.

— Allons-y, dit-il, et il jeta un regard sur les toits de l'Isola par la fenêtre, sur le pot avec les primevères. Allons-y, j'ai dit.

Il prit un carton, passa à côté d'elle et elle lui étreignit le bras, c'était une sensation dont il garderait le souvenir. Il se dégagea et se dirigea vers la porte, l'ouvrit avec peine et s'entendit appeler, commença à descendre l'escalier avec les livres, ces maudits livres, ils pesaient sur ses bras, il arriva au rez-de-chaussée et ouvrit la porte, tout était vain, tout était vain de nouveau. Quand elle le rejoignit, il lui fit signe d'avancer et ils se mirent en route, lui restant derrière elle jusqu'à ce qu'ils arrivent à la via Pepe avec le grincement des trains qui venaient de Porta Garibaldi. Elle ralentit et il la dépassa, ils entrèrent à

Mail Boxes, il y avait quelqu'un à la caisse, il abandonna le carton dans un coin et l'aida à poser le sien sur d'autres dans le même coin.

Puis il sortit du magasin sans se retourner et fut dans la rue, il s'éloigna, reparcourut la via Pepe et bifurqua à la hauteur du métro, traversa, rejoignit l'autre trottoir. Il s'adossa à la façade d'une maison, voilà ce qu'il était, s'arrêter à l'instant d'avant, voilà ce qu'il était, jouir de ses imaginations, approcher les épreuves de force pour reculer aussitôt et courir se réfugier dans le foyer. Il sortit son téléphone, chercha le numéro de sa femme et l'appela, s'éclaircit la voix, le téléphone sonnait.

Anna dit à Margherita que c'était Carlo qui la cherchait.

— Je le rappellerai.

Elle s'en voulut de s'être fait accompagner par sa fille, elle s'en était voulu d'avoir participé à l'anniversaire, elle s'en était voulu de s'être encore une fois sacrifiée pour préserver la paix des familles. Elle tordit les poignées de son sac.

— Je veux entrer seule au cimetière.

Margherita prit le passage souterrain de la Gare centrale.

— Et moi ?

— Tu entres en premier.

— Tout va bien, maman ?

Donner des explications, à soixante-dix ans bien sonnés. Elle resta repliée sur son siège avec tout ce bouillonnement en elle qui la confortait dans sa résolution. Elle allait trouver un mort dans un lieu de morts et voulait qu'on la laisse en paix. Les fins engendrent des commencements, c'est ce que lui avait dit un client qui lui avait commandé un manteau d'astrakan, et il lui passa fugacement par l'esprit que sa fille aurait moins bien admis qu'elle une telle leçon de sagesse. Elle la regarda, Margherita conduisait d'une main, la tête un peu inclinée sur le siège : c'était comme si elle la voyait vraiment ce jour-là pour la première fois. Plus belle, et ce n'était pas à cause des pendants d'oreilles, ou de la lumière dans ses yeux fatigués, c'était à cause d'autre chose : elle avait l'air de quelqu'un qui s'abandonne à lui-même, de la même façon que lorsque, adolescente, elle rêvait les yeux ouverts en écoutant des cassettes audio au lit. Elle aurait voulu le lui dire, « Tu as embelli », mais elle se tut et goûta le plaisir de contempler son enfant avec ce quelque chose de différent. Elle toucha une de ses boucles d'oreilles, lui caressa une mèche de cheveux, durant le reste du trajet elles restèrent silencieuses. Dès qu'elles arrivèrent, elle lui rendit le téléphone et son petit sac à main et attendit son tour dans la voiture.

Elle baissa la vitre et put sentir l'odeur des cyprès et des fleurs fanées, releva la tête et jeta un regard sur la grille de fer forgé et le carmin de la façade. Elle attendit jusqu'à ce qu'elle voie sa fille de retour dans l'allée du cimetière. Elles se relayèrent à l'entrée, elle prit le chemin couvert de graviers et passa au milieu des chapelles funéraires, longea la pelouse et parcourut le couloir extérieur de galets jusqu'à ce qu'elle eût rejoint l'avant-dernière tombe, elle se mit en face de la photographie, « Je suis là, Franchin ».

Elle resta silencieuse, il lui manquait et cela, ils le savaient tous les deux. Elle approcha et tendit la main vers le bouquet de fleurs artificielles, le sortit de son vase d'acier, quelques feuilles avaient jauni – elle les arracha avec peine, il lui fallut se servir aussi de son autre main, elle rassembla les feuilles décolorées et laissa le bouquet par terre. Elle jeta un coup d'œil sur l'intérieur du vase, il était vide et grand, Margherita et elle l'avaient choisi de façon qu'il puisse contenir des fleurs de dimension moyenne, elles avaient été satisfaites de ce choix pas très raffiné mais pratique. Elle rapprocha d'elle son sac et en sortit les cartes postales, elle avait posé celle expédiée de Bormio au-dessus des autres, elle les laissa là et alla prendre un des arrosoirs à la fontaine. Elle le remplit au tiers et revint, fit couler l'eau sur les cartes postales.

Elle attendit qu'elles s'imbibent, les arrosa encore, et encore, et quand elle fut certaine qu'elles étaient trempées elle les déchiqueta jusqu'à en faire une bouillie. Elle ramassa la bouillie et la jeta dans le vase. Elle le fit avec attention, il lui fallut s'y reprendre à plusieurs fois pour ne pas laisser de traces. Puis elle saisit le bouquet de roses et le remit là, maintenant il était plus haut qu'avant d'une main, elle l'enfonça d'un geste rageur et se ressaisit, « Tiens, la voilà, ta Clara ».

Elle comptait les quatre-vingt-seize marches de Concordia à chaque fois qu'elle allait voir sa fille. Un mois à peine après qu'ils se furent installés, elle s'était mise à diviser le coût de cet appartement par le nombre de marches. Elle s'était aidée de la calculatrice et il en était résulté quatre mille euros et des poussières à chaque pas, plus les intérêts de l'emprunt sur trente ans souscrit à la Deutsche Bank par Carlo et Margherita. Le chiffre montait à presque cinq mille à chaque fois qu'elle posait le pied par terre. Anna grimpait au quatrième étage les jambes entravées par le nœud coulant financier de sa fille, de Carlo, d'eux tous, c'était sa façon de participer aux efforts d'une famille qui avait investi dans la pierre, comme aurait dit Franco. La vérité, c'est qu'elle avait poussé à l'achat et que maintenant elle en payait le prix : quatre cent soixante-cinq mille euros pour presque cent vingt mètres carrés sans une ombre de monte-charge pour les aider au moins pour les valises et la poussette – elle avait vu sa fille si heureuse pour toute cette lumière dans le séjour qu'elle n'était pas parvenue à s'y opposer. Monter l'escalier de Concordia la mettait de mauvaise humeur, le descendre la réconfortait, elle avait l'impression de libérer Margherita et Carlo en soustrayant, à chaque marche, une part de leurs dettes et du temps : quand elle arrivait au rez-de-chaussée elle les imaginait au début de leur histoire d'amour, légers et aventureux dans leur studio. Adieu les cent mille euros acceptés des Pentecoste, adieu les trente-cinq mille qu'elle-même avait pu offrir – du moins elle avait pu donner un coup de main pour les meubles et les rideaux, en se mettant à coudre avec ses mains qui lui faisaient mal.

La voyante lui avait prédit que 2018 serait une bonne année pour chacun, surtout pour son petit-fils : la chance lui sourirait aussi grâce à son caractère taciturne. Elle aimait les enfants qui savent rester à leur place, elle pensait toujours que Lorenzo avait pris de son mari et sans vouloir se l'avouer espérait que ce n'était pas complètement vrai. Elle passa l'avant-dernière volée de marches, la lumière de l'immeuble s'éteignit et elle n'eut pas envie de retourner sur le palier pour la rallumer, elle serra la rampe et pensa à ce que lui laissait son petit-fils quand elle était restée avec lui pendant deux heures l'après-midi : c'était du bonheur, mais pas un bonheur ajouté, presque un bonheur évident, crever sans l'avoir éprouvé aurait été comme avoir vécu la Révolution française sans avoir participé à la prise de la Bastille. Elle sourit à l'obscurité, posa de travers la pointe du pied mais fut certaine de pouvoir se redresser, puis s'effondra. Elle essaya de se protéger en tendant la main en avant ; quand elle rouvrit les yeux, elle sut qu'à presque quatre-vingts ans elle se retrouvait en proie à la douleur la plus antipathique de sa vie.

La tête en bas, elle regardait ses jambes sur les marches dans la pénombre, la nuque contre le paillasson à la base de l'escalier. Elle essaya de bouger, les élancements étaient lancinants. Elle sentait sa jambe gauche et son bras droit inertes, de sa main valide elle poussa contre le sol pour glisser sur le paillasson. Elle ne se serait mise à crier pour rien au monde. Elle fit un effort et glissa de quelques centimètres, elle avait maintenant les barreaux de la rampe à portée de main, elle aurait pu en saisir un pour se redresser un peu, peut-être même pour s'asseoir – la douleur à la jambe la fit gémir. Les larmes lui venaient mais sa voix ne sortait pas. Elle cala son coude contre le paillasson, poussa et se déplaça vers le mur, pressa fortement de sa paume par terre et put fléchir le dos, elle poussa encore davantage et se retrouva une épaule contre le mur, se redressa et put s'asseoir.

Sa jambe l'élançait, elle souleva sa jupe et se rendit compte que sa cuisse n'était pas dans l'axe, et son bras non plus n'était pas dans l'axe, elle le reposa contre elle et se mit à l'écoute, le silence régnait. C'était comme se trouver dans une maison de campagne, elle s'était déjà fait cette réflexion quand Margherita et Carlo l'avaient amenée visiter Concordia pour la première fois – un immeuble entouré par des HLM au centre de Milan. Il abritait quatre appartements, un par étage, elle évalua qui, parmi les personnes qui habitaient là, pouvait descendre assez vite, puis pensa à son portable : son sac était resté au milieu de l'escalier. Elle essaya de se déplacer, s'écroula sur elle-même et dit « Au secours » dans un sanglot.

— Au secours, venez.

Sa voix de vieille résonnant dans cet immeuble chic l'agaça.

— Au secours.

Elle appuya la nuque contre le mur, ferma les yeux et se calma pour un moment qui lui parut long. Quand elle entendit se déclencher la serrure de la porte d'entrée, elle était hébétée ; quelqu'un alluma la lumière – l'avocat du troisième étage. Elle essaya de lui sourire, il se pencha pour la secourir et elle éprouva de la honte. Elle lui dit que sa fille était chez elle, l'avocat se dépêcha de monter pendant qu'elle essayait de se redresser. Elle arrangea sa jupe et son pull de laine, la douleur la fit tousser. Elle écoutait le bruit des pas et la sonnette de l'appartement, les voix, et peu après Margherita était en haut de l'escalier et la regardait, pétrifiée.

— Je vais bien. C'est juste cette jambe.

Margherita était belle. Elle avait les cheveux longs comme lorsqu'elle était petite et l'inquiétude adoucissait son visage. Les kilos que la grossesse lui avait laissés lui allaient bien. Après la naissance de l'enfant, elles avaient recommencé à échanger des potins et à boire du thé comme deux copines.

— Le bras aussi a pris un coup.

— Je m'en occupe, maman.

Sa fille accourut et lui caressa les cheveux, examina sa jambe et sortit son portable, elle appela une ambulance.

— Je vais y arriver toute seule.

— Ne bougez pas, madame, dit l'avocat.

— Mon dos me fait mal.

Ils l'aidèrent à s'étendre et elle pensa au moment où on avait transféré Franco sur le matelas anti-escarres, sa mâchoire serrée et le regard fuyant de côté pendant qu'on l'y portait : elle ne put retenir ses larmes.

— Sois tranquille, maman, ce n'est rien.

Elle fit signe que non et saisit la main de sa fille qui était tiède et forte. Margherita s'étonna elle aussi de sentir si tiède et si forte la main de sa mère. Elle avait une maman courageuse qui dissimulait ses craintes. Elle tremblait, elle lui caressa la tête et ne cessa de la lui caresser que lorsqu'on la déposa sur la civière, qu'on la chargea dans l'ambulance et qu'elle dut la laisser pour s'organiser avec Lorenzo.

Elle se hâta de remonter dans l'appartement, elle était transie, engourdie par le froid glacial qui paralysait Milan en plein mois de février et auquel on ne pouvait échapper. Elle s'agrippa à la rampe, elle se sentait de nouveau furieuse du refus d'installer un ascenseur. Les copropriétaires de l'immeuble voisin s'y étaient opposés pour une histoire de distances réglementaires et elle avait vu ça comme la sanction pour sa tromperie à l'encontre de l'ancienne propriétaire de Concordia. Elle avait manigancé avec une telle maestria que neuf ans plus tard elle en tirait encore une certaine satisfaction, même à présent, alors qu'elle courait dans l'escalier et franchissait la porte blindée symbole de son mensonge. Elle trouva Lorenzo dans un coin, il coloriait l'album de *La Pimpa*, elle lui dit que sa grand-mère s'était fait mal et qu'ils devaient aller voir des docteurs. L'enfant la regarda, referma son feutre et se leva. Elle l'aida à mettre son manteau et son écharpe et il l'attendit près de la porte d'entrée avec son petit sac à dos en forme de lapin. Ils descendirent l'escalier en vitesse, avec elle qui sortait son portable et appelait Carlo :

— Mon chéri, maman est…

— Ça va commencer, je te rappelle dès que j'ai fini.

— Maman est tombée dans l'escalier.

Elle se mordit la langue de le lui avoir dit juste avant l'entretien. Elle dut insister pour l'empêcher d'accourir à l'hôpital, elle craignit que son mari ne parvienne jamais à obtenir un emploi. Elle le sous-estimait souvent. Que de fois il avait été fort et capable de décider, y compris pour elle. Son assurance, quand les médecins avaient dit que les mutismes de Lorenzo devaient être surveillés de près. Pour elle, ils avaient été une obsession, et ils l'étaient toujours, même si l'étonnante réserve de son fils lui insufflait une paix secrète. Ils prirent un taxi en direction de l'hôpital et elle vit son enfant glisser la tête entre les deux sièges pour observer le tableau de bord de la voiture hybride, avec le chauffeur de taxi qui le renseignait gentiment sur ce qu'indiquait la lumière bleue ou la lumière rouge et lui qui acquiesçait comme s'il avait tout compris – mais Lorenzo comprenait tout. Les tensions entre ses parents, le refuge que pouvait être pour lui sa grand-mère Anna, le moyen de faire la conquête de ses camarades à l'école maternelle.

Ils arrivèrent au Fatebenefratelli, un infirmier dit à Margherita qu'ils devaient aller patienter en salle d'attente.

— Je peux parler avec un médecin ?

— Je vous appellerai sous peu, installez-vous.

Elle trouva une place près de la machine à café, Lorenzo sortit son matériel de coloriage et s'organisa en prenant appui sur ses genoux. Elle resta debout, les yeux fixés sur la porte des urgences. Elle s'adossa au mur et fouilla dans son sac pour se distraire, se rendit compte qu'elle n'avait pas de livre – mais cela faisait longtemps qu'elle n'avait plus de livre dans son sac –, ouvrit son agenda en se demandant comment remettre à plus tard les visites de la journée. Elle écrivit un mail à sa responsable et garda l'œil sur le portable jusqu'à ce que lui arrive une réponse : ses collègues prendraient en charge ses rendez-vous. Elle garda le portable enfermé dans ses mains.

Lorenzo la regarda.

— Ce n'est rien, mon chéri.

Elle risquait de perdre quelques ventes, il lui fallait être à son bureau dans un jour au plus. Elle s'assit et caressa la nuque de son fils, il avait des bouclettes derrière l'oreille qui sentaient la crème brûlée. Elle se leva et fit quelques pas, puis sélectionna le numéro des Pentecoste, abandonna. Elle n'avait pas envie d'avoir recours à son beau-père pour une procédure accélérée, pour obtenir un service plus efficace, avec ajout d'un nouveau devoir de gratitude. C'était elle qui avait accepté d'eux l'argent pour Concordia, parce que c'était *elle* qui voulait cet appartement. Elle s'était laissé corrompre et le reconnaissait. Cela aussi, ça devait se terminer par la fracture de sa mère : la voir deux heures plus tard dans le service d'orthopédie la laissa sans voix.

— Maman.

Anna ouvrit les yeux.

— Mauvaise fracture.

Margherita posa la main sur sa joue, elle était froide.

— Ne t'agite plus, à présent.

— Ils m'ont mis ce truc…

Elle montra le petit tube de plastique qui pendait sous le lit.

— Et aussi une…

— Ne t'agite pas.

— Une couche.

— Tout va s'arranger.

— Hé, toi, jeune homme.

Anna souleva la tête et la tourna vers son petit-fils.

— Ta grand-mère a essayé de voler comme Superman mais n'y est pas arrivée.

L'enfant était sérieux et toucha doucement le plâtre sur son bras.

Margherita se tourna vers les autres lits, il y en avait cinq et seule la femme du fond avait quelqu'un qui la veillait. En entrant, elle avait pensé à l'hospitalisation d'Andrea pour la morsure de chien : elle regarda la fenêtre et se souvint de la même vue, mais trois étages plus haut. Les travaux sur l'immeuble d'en face étaient maintenant terminés et la rue était devenue piétonne dans sa seconde partie. Eux aussi, Andrea et elle, étaient devenus quelque chose au fil des années, presque sans s'en apercevoir, aujourd'hui encore elle ne savait pas pourquoi ; mais elle lui confiait beaucoup de choses. Elle sortit son téléphone et écrivit *Ma mère est tombée dans* MON *escalier et s'est cassée de partout, c'était quoi l'histoire du karma musculaire ?*

Le message lui parvint alors qu'il attendait d'entraîner son dernier élève de la journée. Il le relut, il se souvenait vaguement d'avoir dit à Margherita que la tromperie sur Concordia pourrait causer des contractures inattendues. Il avait appris des muscles que les mouvements forcés exposaient l'organisme entier à des répercussions. Le corps comme tribunal, avait renchéri Margherita.

Andrea vit son élève franchir l'entrée du parc Ravizza et approcher, il se sentit les jambes raidies par le froid et les paupières lourdes à cause du rythme imposé par le kiosque. Il était impatient de libérer ces quatre-vingts kilos de leurs dix pour cent de masse grasse. Giorgio avait un cœur de cycliste et respectait son rôle d'entraîneur, Andrea aimait l'appeler élève comme tous les autres.

Il le regarda se défaire de son blouson et attacher ses boucles en queue-de-cheval.

— Comment est-ce que c'est allé au travail ?

— Je suis crevé.

— Échauffe-toi.

Il finit d'écrire à Margherita qu'il la rappellerait plus tard, fit signe à Giorgio d'accélérer le rythme. À chaque fois qu'il le voyait en mouvement il comprenait pourquoi il était tombé amoureux. Il lui fit mettre le gilet lesté et ils commencèrent par les flexions avec récupération d'une minute, il lui mettait une main sur le dos pour lui opposer de la résistance, c'était toujours la droite, et il pouvait voir la cicatrice qui du pouce remontait vers l'index. Il n'était jamais retourné voir César sous le noyer. Un bon bout de temps après l'avoir enterré, il avait commencé à tourner la nuit en voiture dans les banlieues de Rozzano et de la Barona, avec leurs larges rues aux rideaux métalliques salis par les tags, les cours avec leurs fumeurs insomniaques ; il s'était senti mieux, il avait écouté Carboni et parfois s'était approché du centre historique avec les chantiers pour l'Expo 2015 qui étaient des monuments vivants, prenant des directions qui ne menaient à rien, puis il avait senti grandir sa curiosité et il était arrivé aux virages en lacet devant la Triennale. Il les avait parcourus lentement, jetant un regard sur les voitures arrêtées sur les côtés, certaines occupées, d'autres vides et sombres. Un soir il s'était rangé sur le bord de la route avec Radiohead qui jouaient *Reckoner*, il s'était garé, en gardant les phares allumés, presque tout de suite on avait frappé à sa vitre. Il avait regardé cet inconnu d'âge moyen, avec sa chemise un peu ouverte, une barbe soignée et un gentil sourire. Il avait débloqué la portière et l'avait fait entrer, avait baissé le volume de la stéréo et incliné le siège en arrière. Il s'était étendu sur le dossier tandis que l'inconnu lui mettait une main sous le tee-shirt et déboutonnait son pantalon, comme Milan était beau vu par la vitre de la voiture, les nuits claires de la saison chaude. À partir de ce moment-là, à la Triennale, il ne s'était plus fait que sucer. Quelquefois, avec ces présences entre ses jambes, il avait pensé à Margherita et à la façon dont ça s'était passé avec elle, la bouche savante, sa gêne en la découvrant dotée de cette compétence insoupçonnable.

Il appuya la main sur le dos de Giorgio tandis qu'il achevait la dernière flexion de la cinquième série, poussa davantage, Giorgio s'écroula sur le tapis et l'entraîna avec lui, ils rirent, il avait toujours du mal avec la légèreté même si maintenant ça allait mieux. Ils se retrouvèrent par terre, autour d'eux il y avait la nuit de février et l'hiver qui piquait les visages. Andrea avait laissé le cabinet de kinésithérapie d'un jour à l'autre, il en avait eu assez de réparer les corps et avait décidé de renforcer leur potentiel. Il se faisait payer quarante euros de l'heure et avait un agenda chargé parce que le matin il travaillait au kiosque. Son père lui avait dit « Vends-le maintenant que je prends ma retraite » et il avait répondu « Je le récupère et m'en chargerai, moi ».

Sofia actionna le rideau de fer de la quincaillerie dans le clair-obscur de l'aube. Depuis le début de l'hiver, elle avait avancé l'ouverture à sept heures et demie du matin. Elle allait pousser la porte, le vit et s'arrêta net : le sac de boulangerie était accroché à un ruban rouge et suspendu au présentoir en face de la vitrine. Elle se tourna vers le parking du largo Bordoni en espérant trouver la Golf gris métallisé ;

une fois, Tommaso était resté dans sa voiture juste pour le plaisir d'observer sa réaction à cette surprise.

Elle prit le sachet et le porta à l'intérieur, l'ouvrit après avoir allumé les lumières, c'était un chou à la crème à la noisette. Elle pensa qu'elle était en train de s'habituer à l'inattendu, comme Rimini habitue ses habitants à l'atmosphère de fête. Elle eut peur que ce soient les trente ans passés, l'âge de l'accoutumance ou des révolutions tardives : en fait de révolution, elle s'était accordé une coupe de cheveux à la garçonne et un homme qui lui laissait en cachette le petit déjeuner au travail. Elle savoura le chou à la crème dans la pénombre, les yeux à demi fermés. La quincaillerie sentait toujours le bois après la nuit.

Elle écrivit à Tommaso pour le remercier – elle lui envoyait un point d'exclamation, c'était leur code –, puis elle alluma les appliques et la radio, jeta un regard circulaire au magasin et vérifia que tout était en ordre. Elle remplit les présentoirs des dessous de pot et des arrosoirs, il faisait froid et de la mer provenait un brouillard qui ne se lèverait que dans l'après-midi, elle vérifia la vitrine avec les articles ménagers qui n'avaient pas été vendus pendant les fêtes, elle les baisserait de trente pour cent sans toucher à rien – elle ne démontait jamais volontiers les vitrines de Noël. Elle s'installa derrière le comptoir, la blouse bleue était là sur le portemanteau, veillant sur elle ; sa mère l'avait portée pendant dix ans et depuis quelque temps son père l'avait suspendue là. Il arriverait, lui, à la fin de la matinée et lui dirait que dans une bonne quincaillerie, on a toujours besoin d'un uniforme, mais elle l'écouterait à peine.

Elle avait insisté pour reprendre le magasin trois ans après être revenue de Milan. Quand elle s'en servait pour Instagram – le grand rayonnage à tiroirs couvrant tout un pan du mur ou un coin du comptoir pour arrière-fond, un roman toujours au premier plan –, elle ne descendait jamais au-dessous des deux cent cinquante *likes*. Comme si là, dehors, ils percevaient son émotion : les livres s'enracinaient en elle seulement si elle s'y immergeait derrière ce comptoir dans son lieu de travail. Certains jours, il lui suffisait de lire *Quincaillerie et articles ménagers Casadei* sur l'auvent du magasin pour éprouver un sentiment proche de la joie.

À huit heures moins dix entra le premier client, un ouvrier qui cherchait de la colle, une vingtaine de clous de marque allemande et quatre chevilles en métal. Elle grimpa sur l'échelle pour arriver aux étages les plus hauts du rayonnage, elle était agile sur ses jambes robustes, elle descendit de l'échelle et empaqueta les clous et les chevilles dans du papier journal. Elle rendit la monnaie et quand la porte se referma elle sentit que c'était le moment. Elle sortit un livre de son sac : *Sylvia*, de Leonard Michaels, couverture couleur brique, photographie d'une femme au lit le sein découvert, c'était l'histoire d'un retour chez soi après l'université. Ce garçon, cette fille et l'innocence, New York et le sort qui les menace.

Elle fit quelques essais pour le photographier dans l'éclairage qu'elle voulait, puis l'enveloppa dans le même papier journal qu'elle utilisait pour les clients, le glissa dans une enveloppe à bulles. Elle ferma l'enveloppe et écrivit l'adresse en majuscules – un frémissement la parcourait toujours quand elle le faisait.

Carlo souleva les sacs et parcourut la rue qui débouchait sur le Naviglio, il était essoufflé quand il arriva au Libraccio. Il entra et dit bonjour, sortit les volumes usagés, les empila sur le comptoir et attendit qu'on vienne en faire le décompte. On pouvait lui donner quatre-vingt-cinq euros. Il répondit que ça allait, marchander lui faisait honte. Il regarda autour de lui, il avait honte d'être là mais avait établi en lui-même que la vente de ce qui était usagé était destinée à Margherita : un dîner, un bouquet de fleurs – la dernière fois il avait obtenu trente-cinq euros pour une cravate de laine. Il donna sa carte d'identité pour effectuer la transaction, remplit un formulaire qu'on lui rendit avec les billets. Il dit merci et demanda si par hasard ils cherchaient quelqu'un.

— Vous pouvez laisser votre CV, mais pour le moment je crois que non.

Il salua de la main et sortit, traversa le pont de fer, les billets serrés dans son poing, et regarda l'eau qui fumait à cause du froid glacial. Il n'y avait personne, parfois Milan lui donnait l'impression d'être à lui. Il contrôla l'heure à son poignet et marcha en repliant les sacs en toile, rejoignit le bar en les tenant toujours, elle n'était pas encore arrivée. Il choisit une table au fond et commanda un café, garda les yeux fixés sur la porte jusqu'à ce qu'on le lui serve. Puis elle entra avec deux catalogues, l'air affairé.

— Salut, dit-elle en dénouant son écharpe.

— Je t'ai fait venir jusqu'ici.

— C'est tranquille aujourd'hui, je te l'ai dit.

Elle demanda au serveur si elle pouvait avoir un café.

— Comment vas-tu ?

— Ma belle-mère s'est cassé le fémur.

— Aïe.

— Elle va en avoir pour un moment.

— Et toi ?

— Le matin, je vais bien.

— Et puis tu sens le vide.

Il acquiesça.

— Depuis que tu n'es plus là, Michele a complètement cessé de parler.

Elle avait les joues rougies par le froid.

— Tu nous manques.

Il ne sourit pas.

— Pourquoi deux catalogues ?

— Avec le Canada, tu gagnes un tiers en plus. L'autre, ça va, c'est l'Écosse et tu le feras comme un rien. Il faut le rendre fin février.

— Combien ?

— Huit cent cinquante mais tu factures tout de suite.

— J'ai besoin de trois catalogues, dis-le-leur. Ils m'avaient assuré que je les aurais.

— Plus rien de l'université ?

Il secoua la tête.

— Il y a peut-être une ouverture d'un autre côté, on va voir.

— Où ?

— « Bell'Italia ».

— Ce serait pas mal.

— J'ai aussi un autre entretien d'ici peu, pour un truc mieux payé.

— Quoi ?

— Marketing, bière et boissons.

— Bière et boissons ?

Carlo se pencha en avant pour prendre les deux catalogues, elle se pencha en avant elle aussi et lui toucha la main.

— Ça fait bizarre de voir ton fauteuil vide.

Il prit la petite tasse, l'auréole sur le fond était un profil sans nez, il aurait aimé lire dans le marc de café. Ils restèrent silencieux et elle tritura un bout de son pull. Sous son œil gauche, le mascara avait un peu bavé. Pour lui, elle était encore la fille de vingt ans arrivée à la rédaction des années auparavant, présentée comme une stagiaire douée – avec Michele, ils s'étaient dit qu'elle avait des airs d'Audrey Hepburn. Carlo prit les catalogues.

— Le Canada m'a toujours attiré. Merci, Manu.

— Ça te dirait de te promener ?

— Tu ne dois pas rentrer ?

— J'ai deux heures de libres.

Elle sortit un béret de laine et se couvrit la tête, il encadrait ses yeux sombres. Ils sortirent et rejoignirent le Naviglio Pavese – on avait retiré les péniches en janvier et ils furent presque désorientés –, arrivèrent à l'embranchement du périphérique, s'arrêtèrent et il dit :

— Je passe prendre mon fils.

Manuela s'arrêta avant le feu.

— Là, tout de suite ?

— Oui.

— Salut, alors.

Elle sourit en reculant sur le trottoir, il sourit lui aussi et attendit qu'elle disparaisse au coin de la rue. Puis il se dirigea vers l'école maternelle.

À l'entrée, ils avaient complété l'arbre aux longues branches et aux feuilles rouges, sur chaque branche il y avait des écureuils, une fauvette, d'autres écureuils encore. Il regarda par la fenêtre et découvrit les enfants en cercle et l'une des maîtresses au centre. Lorenzo était assis comme les Indiens, son tablier faisait des plis parce qu'il se tenait un peu courbé, il se balançait à peine – parfois Carlo l'imaginait adulte, devenu un garçon plein de gentillesse et de force.

Quand son fils le vit entrer, il courut vers lui. Carlo enfouit son visage dans sa nuque et respira fort, l'enfant rit. Puis il lui mit son anorak, lui dit qu'ils allaient passer à l'université parce qu'on l'avait appelé pour qu'il retire le courrier. Ils s'arrêtèrent d'abord pour manger une pizza, ils en partageaient toujours une part et la mangeaient juchés sur les chaises hautes ; ils burent un Coca-Cola à deux et Lorenzo lui raconta que Filippo Gattei s'était fiancé avec Francesca Vecchietti – Carlo lui demanda s'il était content qu'ils se soient fiancés ; cela faisait des jours que l'enfant était loquace et ils essayaient d'en profiter.

Lorenzo fit signe que oui, puis dit :

— Grand-maman Anna va mourir.

— Mais qu'est-ce que tu racontes, qu'elle va mourir.

— Sa jambe est cassée.

— Mais maintenant elle va guérir et puis elle va rentrer à la maison.

— Au téléphone, maman a dit qu'elle était inquiète.

— À qui l'a-t-elle dit ?

— À tante Simona.

— On dit ça comme ça.

L'enfant laissa sur la nappe la dernière bouchée de pizza.

— Moi aussi je suis inquiet.

Carlo l'embrassa.

— Elle va bientôt guérir, ratounet.

Pendant le trajet en voiture, Lorenzo regarda par la vitre et Carlo alluma la radio. Son fils suivait la musique des lèvres, et continua après encore, il se tut dès qu'ils rejoignirent la loge de l'université. Il le souleva et se montra au concierge, dit ses nom et prénom, le concierge acquiesça et fouilla dans un carton posé par terre, en sortit une enveloppe à bulles et la lui tendit. Carlo vit qu'il n'y avait pas mention d'expéditeur : c'était elle. Il s'éloigna avec Lorenzo dans les bras, ralentit avant d'arriver à la sortie et se tourna vers les toilettes. Les carreaux et les néons, le bruit des chasses d'eau, les reflets dans les miroirs. Il serra son fils contre lui.

— Tu dois faire pipi ?

L'enfant dit que non.

Ils entrèrent quand même. On avait changé les robinets, les deux portes des toilettes étaient entrouvertes : le malentendu. Ici, il avait appris que les envies peuvent déborder des limites. Mais ce n'était pas pour compenser Sofia Casadei que ça s'était passé avec d'autres femmes. Trois mois après le départ de Sofia pour Rimini, alors qu'il était à la rédaction et en train de travailler au catalogue sur la Martinique, il s'était levé et était allé voir Manuela dans l'autre bureau, lui avait demandé de l'accompagner à une séance de cinéma l'après-midi même. Il l'avait surprise à l'ordinateur et avait obtenu un timide « oui » de fille déjà fiancée qui avait résonné en lui avec une espèce d'anxieuse impatience. Ils avaient attendu une demi-heure, étaient sortis séparément pour se retrouver à l'Orfeo, s'asseyant l'un à côté de l'autre dans l'obscurité de la salle, se frôlant les jambes, regardant le film et se retenant jusqu'au générique de fin, pour se lever ensuite et faire une promenade avec la terreur d'être vus ensemble dans la rue. Ils s'étaient dit au revoir et il était rentré chez lui, embrassant Margherita avec en lui une insatisfaction qui ne passait pas, sentant une fois encore combien s'aventurer à l'extérieur portait atteinte au foyer.

— Je veux faire pipi.

— Tu vois que tu en avais besoin.

Il entra avec Lorenzo dans les toilettes et aida son fils à baisser son pantalon. Il écouta gargouiller le ruisselet dans la cuvette, sentit l'odeur d'ammoniaque et l'odeur de son enfant. Il tira la chasse et ils sortirent, se lavèrent les mains et quand ils furent dans la cour de l'université, il décida d'attendre pour ouvrir l'enveloppe. Il regardait son fils : il avait une façon si pondérée de lui transmettre ses désirs – se frotter les doigts, l'embrasser avec plus ou moins de force, certaines attitudes, parfois. Lorenzo n'exigeait quasiment jamais rien, comme s'il était anormal d'être exaucé. Avec Margherita, ils s'étaient entraînés à trouver ce qui pouvait le rendre heureux.

— Tu veux que nous allions voir grand-maman Anna ?

L'enfant sourit et monta vite dans la voiture. Il était châtain et ses iris avaient des stries bistrées, ils étincelaient quand il faisait des coloriages ou regardait un dessin animé, ou quand il courait à travers les pièces de la via delle Leghe – Anna le laissait se déguiser en mousquetaire même quand ce n'était pas le carnaval, et du canapé le défiait à l'épée. Ils arrivèrent aux alentours du Fatebenefratelli et firent le tour du quartier à la recherche d'un endroit où se garer. Puis Carlo ouvrit l'enveloppe. Elle contenait un livre enveloppé dans du papier journal : il lut le nom de l'auteur, Leonard Michaels, et le titre, *Sylvia*. Il sortit son téléphone, chercha le profil Instagram de Sofia et trouva ce livre photographié en diagonale sur le comptoir de la quincaillerie. Un frémissement le parcourut.

C'était le troisième volume qu'il recevait. Tous dans le dernier mois et demi, sans jamais un billet ou un expéditeur, avec le papier journal pour les envelopper, l'adresse en majuscules. Le premier avait été *La Paie du samedi*. Il avait tout de suite remarqué *Rimini* sur l'étiquette d'expédition. Et plus il avait supposé que ça pouvait être elle, moins il avait tenté d'en savoir davantage. En neuf ans, il ne l'avait cherchée que sur Facebook – la voir avec sa nouvelle coupe de cheveux lui avait fait une curieuse impression – et sur Instagram. Il l'avait souvent gardée enfermée dans un fantasme : Sofia, ce jour-là dans sa chambre de l'Isola, lui qui la baise sur la table déblayée, les toits de Milan par la fenêtre, lui avec elle sur le matelas nu, lui qui enfin… À présent encore, sorti de la voiture avec dans ses bras Lorenzo et un sac à dos en forme de lapin, s'acheminant vers sa belle-mère, il aurait su se rattacher à la substance de telles imaginations.

Ils arrivèrent dans le service et trouvèrent la chambre d'Anna entrouverte, attendirent dehors et peu après entendirent des cris venir de la pièce. Lorenzo s'approcha et essaya d'épier de l'interstice, poussa la porte. Carlo lui ordonna de ne pas bouger, il resta sur le qui-vive, les médecins sortirent et le surprirent sur le seuil.

— Et qu'est-ce que tu fais là, toi ? lui dirent-ils.

Il se faufila et Carlo le suivit. Anna était éveillée, de sa main libre elle fit une caresse à son petit-fils tandis que l'enfant cherchait dans son sac à dos ses écouteurs Spider-Man.

— Heureusement qu'il y a mon petit jeune homme et sa musique.

— Comment te sens-tu ?

Carlo enleva sa veste.

— Ma voisine là-bas ne va pas bien, on lui a fait une manipulation à l'épaule.

Elle indiqua le dernier lit, la femme avait un bras sur les yeux.

— Margherita n'était pas dans le couloir ?

Carlo dit que non.

— Alors elle est en bas au bar. Elle vient de m'apprendre qu'Emma Bonino va se rallier au Parti démocrate.

— Et donc ?

— Et donc je ne voterai pas.

— Tu changeras d'avis.

— J'ai cessé de changer d'avis.

Lorenzo les regardait de sa chaise avec de grands yeux.

— Excuse-nous, mon chéri.

Anna lui pinça une joue et tendit la tête, il lui mit les écouteurs et fit signe à son père qu'on pouvait commencer. Carlo prit le téléphone et le lui donna, l'enfant passa les chansons en revue. Il appuya et resta là à regarder sa grand-mère.

— Les Anglais et leurs pleurnicheries, murmura-t-elle.

L'enfant rit.

Elle soupira.

— Tu ne pouvais pas me mettre Modugno ?

Lorenzo monta le volume et regarda avec satisfaction sa grand-mère qui fermait les yeux, les écouteurs Spider-Man autour de sa toute petite tête ; elle avait une peau de papier fané et une bouche de jeune fille.

Carlo observa le portable resté dans la main de son fils : il avait opté pour les Pink Floyd, *Shine On You Crazy Diamond*. Ils l'avaient fait sortir de sa tanière, avec la musique. Il y avait eu une période où il s'enfermait dans sa chambre pour l'écouter, ça avait duré un hiver, puis il avait commencé à la passer à tout le monde : par les écouteurs et la chaîne stéréo de chez eux et le tourne-disque de la via delle Leghe, en chantonnant ; dans le même temps il avait commencé à parler davantage et le psychiatre avait dit qu'il était sur la voie de l'éclosion. Ce mot avait plu à Carlo, éclosion. Il s'assit à côté du lit et sortit *Sylvia*. Il lut quelques pages, enviant l'écriture simple, si simple du livre, quelques lignes à peine pour la rencontre entre le protagoniste et cette fille, dans un appartement du Village à New York, la fille avec une frange qui lui masquait les yeux, donnant l'impression qu'elle était timide et se cachait par modestie, la naissance de l'amour, il pensait à sa femme à chaque fois qu'il lisait quelque chose sur la naissance d'un amour. Quand Margherita arriva, il leva les yeux et l'observa : il pouvait décomposer le sentiment qu'elle lui inspirait, l'écriture de Michaels l'avait parfaitement défini. La frange de Sylvia, bien sûr, et sa façon discrète d'être là, de paraître, au fond, toujours sourire, l'air un peu perdu à cause d'une pensée soudaine, sa séduction furtive et puis impétueuse : sa femme savait mieux que lui ce qui les retenait ensemble.

Il alla vers elle et lui passa une main dans les cheveux, elle lui demanda de la rejoindre dans le couloir et lui dit qu'on allait opérer Anna, les médecins venaient tout juste de l'en prévenir. Elle réclama de Carlo un soutien quelconque, elle avait toujours besoin de s'appuyer sur lui : elle se fit cajoler, se fit dire que tout irait bien, lui prit une main, à cet instant-là seulement se rendit compte que l'autre tenait un livre. Elle se détacha un peu de lui pour regarder la couverture, lut le titre, resta immobile, puis dit qu'elle devait téléphoner à l'agence.

Elle attendit que Carlo retourne auprès de sa mère, elle savait ce qui s'était passé : elle ouvrit Instagram, elle avait créé un faux profil qu'elle utilisait pour se distraire, elle allait jeter un coup d'œil sur Chiara Ferragni et Fedez et les Kardashian, jeter un coup d'œil sur Sofia Casadei ; elle espéra mal se souvenir, trouva comme dernière photographie *Sylvia* et la légende disant *Ça fait mal*, elle avait totalisé trois cents *likes* et des poussières. Un livre dans les mains de Carlo et le même livre posté par elle. Le troisième livre et la troisième coïncidence dans ces derniers mois. Elle avait évité de demander à son mari « vous vous parlez au téléphone, c'est elle qui te les envoie, tu idolâtres ses suggestions littéraires ? », elle était habile pour démonter ses doutes même si ses soupçons s'enracinaient. Elle faisait des hypothèses sur ce qui pouvait lui avoir pris : un désir d'évasion, l'envie de rester dans les limbes du possible, de faire revivre l'époque où il était la moitié d'un professeur et un écrivain potentiel, de faire revivre l'époque où il pouvait encore *être quelque chose*. Parfois, en le regardant, elle était troublée : Carlo et son mètre quatre-vingt-dix, le dos à peine un peu moins droit, la stature toujours identique, les bras plus musclés à cause du rameur de la salle de sport, les quelques poils blancs de sa barbe bien camouflés, et les cheveux toujours abondants, le même halo de jeunesse. Son physique inchangé comme sa conduite inchangée : elle aurait voulu le voir entamé, avec les marques du temps attestant d'une acceptation de la maturité. En tout cela, elle avait été en mesure de tenir en respect l'ombre de sa possible trahison. Elle avait la prétention de reconnaître les signes de corrosion de son mariage : il n'y avait rien eu qui ait compromis leur trajectoire familiale. Elle s'était souvent forcée à imaginer sa bite dans d'autres femmes, l'idée l'anéantissait. L'anatomie était encore son point faible.

Elle revint auprès de sa mère, s'approcha du lit et lui sourit.

— Maman.

— Ma chérie.

Anna s'éclaircit la voix.

— Tu fais une drôle de tête. Dis-moi.

Margherita regarda son mari et le dit comme si elle s'adressait à lui :

— On va t'opérer, on te met une plaque et tu nous reviens toute neuve.

Sa mère la fixa, elle semblait ne pas la reconnaître, puis elle tourna la tête sur le coussin et se mordit les lèvres.

— Maman.

— J'ai toujours pensé que ces choses-là, on les faisait à ceux qui étaient en fin de course.

Carlo s'assit sur le lit.

Anna lui demanda :
— Je peux m'y opposer ?
Ils lui dirent que non et elle tenta de sourire.
Lorenzo abandonna l'album de *La Pimpa*. Il avait son feutre vert à la main, il hésita, resta immobile. Tout à coup il s'approcha du bras plâtré de sa grand-mère et tout doucement, commença à le lui décorer du coude au poignet, du poignet au coude ; il dessinait un de ses tableaux phosphorescents.
— Fais-moi un cœur, dit sa grand-mère.
Mais il dit que non et Anna regarda Margherita.
— Ce n'est pas un jeune homme romantique.
— Cette nuit, maman, je te le ferai, moi, le cœur, pendant que tu dormiras.
— Cette nuit je ne veux personne.
— Ne fais pas d'histoires.
— Ne faites pas d'histoires vous-mêmes, entendu ?
— On va voir.
— On ne va rien voir du tout, ma chérie. Pense à ton travail, tu sais bien qu'ils t'ont à l'œil.
— Ils ne m'ont pas à l'œil.
— Comme dit Bonaparte à Waterloo.
L'infirmière vint avertir que les visites devaient se terminer. Les autres sortirent, Margherita s'approcha de l'oreille de sa mère :
— Laisse-moi rester avec toi cette nuit. La nuit dernière nous étions bien, non ?
— Je veux rester seule, ma chérie.
Margherita lui prit la main et la garda dans la sienne. Elle se tourna vers la table de nuit et vérifia que le gant éponge, l'eau, les crackers étaient là. Anna n'avait rien voulu à lire. Margherita resta

encore un peu, avant de sortir de la chambre elle vit sa mère qui regardait le soir par la fenêtre. Dans le couloir, elle se couvrit la bouche de ses doigts, les sanglots affluaient, elle se retint, rejoignit Carlo à l'entrée du Fatebenefratelli et lui demanda s'il pouvait s'occuper de Lorenzo parce qu'elle devait faire un saut à l'agence. Marcher la faisait se sentir mieux, après la grossesse elle avait un peu retrouvé sa ligne en se promenant avec Lorenzo en landau, tandis que Milan changeait, grouillant de chantiers, jamais repu de surprises, comme un jeune garçon à qui l'on dit : « Vis, maintenant. » Se retrouver avec son enfant au milieu de gratte-ciel de miroirs et de tours végétalisées et de pseudo-villages, ou dans les quartiers historiques traversés par les bicyclettes, toutes ces bicyclettes de location qu'on trouvait à chaque pâté de maisons, puis faire un bout de trajet à pied et encore un bout de trajet sur deux roues, attraper un tram au vol et descendre dans le nouveau métro qui montait jusqu'à l'Isola, on disait que Milan s'était fait une nouvelle jeunesse pour l'Expo de 2015.

Elle coupa via Solferino et continua en passant juste à côté du Naviglio bétonné de San Marco, descendit par le corso Garibaldi jusqu'au Duomo. Là, elle voyait bien les cicatrices de la ville : les rideaux métalliques fermés de magasins qui la veille encore étaient ouverts ; les annonces *liquidation totale*, *à louer* ; les vieilles pages de journaux tapissant les vitrines empoussiérées ; les banques vidées et remplacées par des chinoiseries installées dans la nuit ; les supermarchés ouverts vingt-quatre heures sur vingt-quatre – dans le corso di Porta Romana, elle compta deux restaurants en faillite, un magasin d'optique fermé et jamais remplacé. Pour les agences immobilières aussi, c'était une très mauvaise époque. Au début, au bureau, elle avait dû se passer de Gabriele, puis l'emprunt pour Concordia avait creusé la brèche dans l'économie familiale et elle avait été obligée de se laisser absorber par un groupe immobilier. Elle avait troqué l'agence contre un appartement à la lumière magnifique et la perspective d'un avenir stable. Mais depuis quelques heures elle savait ceci : Carlo avec le livre de Sofia à la main. Carlo, un homme quasiment réduit au chômage. Un homme sans travail, son homme sans travail, tellement vulnérable. Il valait sept cents euros par mois et une douzaine d'entretiens ratés. Deux en suspens. Il valait un effondrement potentiel. Et cependant c'était l'homme avec lequel elle s'était assise dans un cabinet médical aux stores couleur tourterelle pour écouter la voix d'un neurologue qui prononçait *irréversibilité présumée* en parlant de Lorenzo, et elle qui avait attendu pour s'écrouler, interdite par la placidité de son mari au moment de la sentence. Une fois sorti du cabinet médical, il lui avait dit : « Notre fils, on s'en occupe. » Six mots. Six mots bien soufflés, presque dans un murmure, mais clairs, et illogiques, comme s'il savait déjà que Lorenzo serait chef d'orchestre et que pour diriger il avait besoin de silence. Et ils s'en étaient vraiment occupés eux-mêmes, ou plutôt lui s'en était occupé : en organisant des activités de stimulation efficaces, sur le goût, le toucher, sur l'audition enfin, et il avait découvert dans la musique la source qui irriguerait le langage. En sortant de ce cabinet aux stores couleur tourterelle, elle avait cru en son mari.

Elle passa devant la basilique San Nazaro, à côté se trouvait le restaurant indien où elle s'était arrêtée pour souffler après avoir parlé avec Sofia Casadei. La cafétéria était devenue un bar à vin et elle une femme jalouse mais sensée – il était étrange de se retourner sur le passé et de le trouver juste. Qu'elle soit devenue ce qu'elle était devenue, qu'ils soient devenus ce qu'ils étaient devenus, tout cela avait eu un sens. Elle ralentit et tenta de se convaincre, s'arrêta et fit demi-tour, pénétra dans l'étroit passage après le restaurant et poursuivit jusqu'à l'entrée de la Statale. En face, il y avait la librairie Cortina. Elle entra et attendit que le libraire ait servi deux étudiants, puis elle lui demanda un exemplaire de *Sylvia*. Elle le mit dans son sac et quand elle retourna au corso di Porta Romana elle attendit que le feu passe au vert : avoir acheté le livre l'apaisait. Elle se regarda dans la vitre d'une pharmacie, rejeta ses cheveux sur un côté et se serra mieux dans son écharpe, elle avait l'impression d'être juste un peu usée, en été des taches de rousseur lui étaient même apparues sur le visage et leurs amis lui avaient assuré que les taches de rousseur attiraient les gens de vingt ans.

Mais elle avait déjà eu un garçon de vingt-six ans, et encore à présent c'était le souvenir qu'elle essayait de ne pas perdre. Avec lui elle avait senti que l'infidélité pouvait signifier fidélité vis-à-vis de soi-même. Andrea. Après être sortie de chez lui ce soir-là, neuf ans auparavant, elle était passée à l'agence bien qu'il n'y ait plus eu personne, s'était enfermée dans les toilettes et s'était couvert les yeux d'une main. Puis elle s'était dit : *Tu l'as fait. Tu as pris dans ta bouche ce à quoi tu n'avais pas droit, tu as déshabillé, tu t'es fait déshabiller, tu as ouvert les jambes sur la table de la cuisine et tu as voulu ce garçon, agrippée à lui, ses épaules puissantes, sa prise sûre, tu t'es gorgée de lui, tu t'es fait porter sur le lit, en te sentant jeune et désirée et joyeuse.* Elle était restée à se le dire, enfermée dans les toilettes de son agence pendant quelques minutes, sentant ses jambes endolories et sa peau incendiée, une nouvelle odeur, enfin elle avait prononcé ce mot : dérailler. Son wagon avait toujours eu un crochet de traction trop léger, son père avait raison : il était sorti de la voie et n'avait pas respecté la route indiquée, elle était Mlle Scharfenberg et voilà les conséquences. Elle était sortie des toilettes et s'était installée à son bureau, avait posé les mains sur le clavier et avait écrit un paragraphe de description de l'appartement de Morgagni, sur les chambres à coucher spacieuses, sur le cadre élégant et sur la double exposition, enfin elle avait écrit : *jeune et désirée et joyeuse.* Elle était restée là à fixer ces trois satisfecit et avait su que le sentiment de culpabilité était un processus banal. La réalité des faits, la grande réalité des faits, était que ç'avait été naturel. Elle avait baisé avec un garçon qui lui plaisait et qui l'avait fait jouir. Qu'est-ce que ça avait enlevé à son mariage ?

Elle décida de changer de chemin, laissa le corso di Porta Romana et s'enfonça dans la ruelle vers San Calimero, l'église à la voûte étoilée, plus loin elle longea les peintures murales de Gaber et de Jannacci ; ça n'avait rien enlevé à son mariage. Elle avait un souvenir précis de ce soir-là, quand elle était revenue chez elle après Andrea. Elle avait été prudente, un peu apeurée. Elle s'était étendue sur le canapé avec une sensation de vide et de flottement. L'incrédulité l'avait assaillie au réveil le matin suivant – elle se l'était répété : *je l'ai fait* –, pour ensuite s'atténuer pendant l'anniversaire de Loretta et revenir avec de brusques images. Elle s'était masturbée en pensant à la façon dont le garçon avait été indécis et brutal à la fois : comme si elle l'avait convaincu au fur et à mesure qu'ils se déshabillaient. Pendant longtemps elle n'avait pas oublié le poids de son corps sur elle, dans ce poids il y avait son mariage. Elle n'avait plus tenu pour acquis certaines choses : l'ardeur érotique de Carlo, et sa douceur, sa petite folie, comme il la faisait rire. Un instant seulement elle avait cru avoir tout renié. Elle restait quand même la fille d'une femme qui en plus de rapiécer les accrocs des autres avait reprisé les siens propres.

Elle se laissa envahir par l'inquiétude pour Anna – quelles conséquences pouvait avoir un fémur cassé ? –, dépassa les peintures murales et eut peur, elle mit une main sous son manteau, sur son estomac, là où se nichaient aussi ses pressentiments. Elle la tint pressée contre elle jusqu'au parc Ravizza – Andrea choisissait toujours le petit coin de pelouse sous les deux pins à la limite de la piste en ciment. Il avait posé sur le banc les haltères, les sacs de frappe, le sac avec les élastiques. Il y avait une fille sur la pelouse et il lui montrait un exercice de stretching ; l'élève acquiesça et se mit à courir d'un bon pas. Andrea marcha dans la même direction, il avait appris à rendre élégantes ses épaules de lutteur, sa barbe assez longue lui donnait un air plus farouche. Il mit un peu de temps à situer Margherita. Quand il la vit sous le réverbère, il alla vers elle et s'aperçut qu'elle était sur le point de pleurer. Il lui caressa la nuque, l'attira à lui, à chaque fois qu'il l'embrassait il craignait de ne pas arriver à le faire. Il lui demanda ce qui s'était passé avec sa mère.

— L'escalier de chez moi.

Andrea attendit que son élève finisse son tour, lui dit d'en faire encore deux autres, puis se fit raconter où en étaient les choses et lui expliqua ce qui allait arriver à Anna. L'opération chirurgicale, la rééducation à la maison ou dans une maison de repos, la médication, les temps de récupération qui pouvaient varier. Margherita tendit le bras et de la main lui effleura un point à la base du cou.

— Regarde ça, dit-elle. Tes entraînements sauvages.

Il se toucha là où elle était en train de le toucher, il avait traité l'hématome avec de l'eau et du sel mais il tardait à se résorber.

— Que dit Giorgio quand tu es couvert de bleus ?

— Il est habitué.

Elle tenta de sourire.

— Tu viendras jeter un coup d'œil sur ma mère ?

— Il y a des gens spécialisés dans les fractures du fémur.

— Un coup d'œil.

— Tiens-moi au courant.

Puis il eut envie de rester seul. Il lui dit que son élève était en train de revenir et qu'il devait se concentrer, il embrassa Margherita sur la joue et lui demanda de lui faire savoir quand on opérerait Anna.

Il sentit qu'il était distrait pendant tout l'entraînement. Quand la séance s'acheva, il se tâta le cou et descendit avec les doigts sur son ventre, remplit d'air ses poumons jusqu'à ce que ses côtes l'empêchent de respirer. Il avait sous-évalué les coups, il se demanda comment il ferait ce soir-ci. Puis il cessa de s'interroger pour goûter les effets du brouillard : la circulation autour du parc s'y dissolvait et il regarda quelques chiens et leurs maîtres dans l'enclos à côté de la pelouse. Il ramassa son sac et saisit les haltères, passa près de l'enclos, un berger de Maremme et un american bully jouaient, le berger était vieux mais dynamique pour son âge, l'autre était un chiot qui ne tenait pas en place. Il continua lentement vers le kiosque, de temps à autre il posait les poids sur le sol et redressait le dos. Il releva le rideau métallique et entra, l'espace était occupé à moitié par le présentoir, il rangea le sac sous le comptoir, l'odeur de papier le requinqua. Le kiosque était tiède et sombre et la chaleur du radiateur s'était maintenue. Il n'avait jamais regretté d'avoir enlevé la pancarte *À vendre* contre la volonté de son père, et puis c'est là qu'il avait fait la connaissance de Giorgio. Il lui avait semblé être un client gentil, il achetait *La Repubblica* et *Vanity Fair*, à un moment donné ils avaient échangé quelques mots et il avait incidemment appris qu'il dessinait des chaussures et qu'il venait de rentrer de Stockholm après quatre ans passés là-bas. Petit à petit, ils s'étaient autorisé une plus grande familiarité, Giorgio prenait les journaux en se présentant à la porte latérale, et un après-midi il avait attendu la fermeture pour s'informer sur les entraînements, il avait envie d'essayer, ils avaient commencé au parc le lundi. En un an, sa masse musculaire avait augmenté de douze pour cent et ils étaient tombés amoureux. *Jag älskar dig* ; la première fois, il s'était entendu dire qu'il était aimé en suédois. Il éprouvait encore de la gêne, penser à son père et à sa mère maintenant certains que leur fils se faisait enculer. Il n'avait jamais rien révélé à Giorgio sur les chiens.

Il l'appela et lui dit qu'il ne rentrerait pas, il voulait aller à la salle de sport pour un échauffement. Il ne l'autorisait pas à continuer *Game of Thrones* sans lui, mais s'il voulait, il pouvait regarder *The Crown*. Giorgio répondit qu'il s'en tirerait en mangeant des graines de lupin et qu'il l'attendrait pour aller se coucher. Andrea lui dit de ne pas l'attendre, il voulait aussi faire un peu de boxe, il ne voulait priver personne de sommeil. « Je ne suis pas personne. — Je disais personne pour dire toi. — Je sais je sais, tu es l'éternel analphabète, évite la boxe s'il te plaît, bon entraînement mon amour. — Bonne couronne britannique. » Il ferma le kiosque et chercha sur son portable une photographie jamais envoyée encore d'une séance en salle de sport, la tint prête, rejoignit sa voiture et vérifia ses vêtements et ses chaussures dans le coffre. Il avait une heure, il se sentait l'estomac bloqué et dut faire un effort pour manger. Il ouvrit le tupperware tout en conduisant vers le nord, avala deux œufs durs et une bouchée du sandwich aux restes de poulet du déjeuner. Il accéléra et essaya de profiter du trajet. Toutes ces années, il avait continué à passer par la Triennale, il s'était imaginé se garant, allumant les phares, attendant quelqu'un, mais les virages étaient déserts et Milan avait changé avec lui, sa ville compliquée l'accueillait maintenant tandis qu'il trompait Giorgio et filait vers la banlieue. Il prit l'artère qui menait à la Brianza des meubles, des lotissements, des vaines tentatives d'enjoliver la désolation, il éteignit la radio et écouta les roues sur le bitume : c'était sa préparation, il pensait à tout sauf à ses adversaires, se concentrait sur ses élèves et les variations de l'entraînement, modifier la charge protéique pour chacun, et puis de nouveau Giorgio. Et Anna : il s'efforçait de revoir cette petite femme au visage ardent le jour où il avait été hospitalisé à cause de la morsure de César. Et Cristina : il n'avait plus eu de nouvelles et n'avait plus voulu en avoir, elle travaillait dans une auto-école à Melegnano et c'était tout ce qu'il savait.

Il parcourut la Novedratese, sur l'aire de stationnement derrière Carrefour il regarda les Nigérianes et juste derrière le parc avec les daims couchés, en quinze minutes il dépassa Carimate et se gara le long du remblai du chemin de terre. Il éteignit le moteur et prit son téléphone, envoya à Giorgio sa photographie à la salle de sport avec le casque de boxe, le ring derrière lui, il écrivit *L'œil du tigre*, il le lui écrivait à chaque fois qu'il devait monter sur le ring. Il attendit la réponse, *Reviens-moi entier*, rangea son téléphone et toucha sa cage thoracique, la douleur était supportable, il prit son sac dans le coffre. Le brouillard était un voile et le hangar une forme confuse. Dehors, ils étaient trois, ils le regardaient approcher. Il les salua, poursuivit son chemin en longeant le bâtiment dans le sens de la longueur et fit glisser le portail, entra et en trouva une trentaine d'autres. Beaucoup venaient du travail, maçons et ouvriers, des chômeurs aussi, ils se changeaient en arrivant, piochant leurs shorts dans des sacs de supermarché, se faisant aider pour les bandages, c'étaient pour la plupart des Nord-Africains, des Italiens et surtout des Biélorusses ; à chaque fois il s'en ajoutait de nouveaux, ils devaient être présentés par ceux qui étaient déjà introduits. Il y avait aussi les « coffres-forts », on appelait ainsi les types qui misaient gros et avaient des pourcentages différents des autres. Lui avait été amené par le cercle des combats de chiens, au début il n'avait fait qu'y engager un peu d'argent. Puis il s'était fait connaître et avait dû attendre trois combats avant de pouvoir combattre lui-même. C'était un ring aux cordes attachées aux colonnes d'une ancienne menuiserie industrielle, le propriétaire était payé par un pourcentage sur les paris. Les combats dans les hangars étaient nés avec la ruine des entrepreneurs. Il y avait trois règles : ne pas viser les couilles, s'arrêter si l'autre frappait plusieurs fois de la main ou s'évanouissait, ne pas fausser la rencontre sous peine d'être battu comme plâtre et jeté dehors.

Il salua et dit qu'il voulait se battre, l'Italien qui organisait les rencontres l'interrogea sur l'état de son cou.

— Ça va.

— Fais voir.

Andrea se déshabilla, il était d'un gabarit supérieur à beaucoup et pour adversaires, il lui fallait les Égyptiens, presque tous au-dessus des quatre-vingts kilos, ou l'Argentin, ou certains des Slaves. Les pires étaient le Polonais et l'Ukrainien, qui frappaient sous la ceinture et attaquaient avec une main tendue devant le visage pour empêcher qu'on y voie.

Il resta torse nu, l'Italien fit descendre son doigt du cou au pectoral, se déplaça sur la cage thoracique.

— C'était là ?

Andrea fit signe que oui.

L'Italien poussa et il eut un sursaut.

L'Italien fit signe que non.

— C'est juste une gêne.

— Ce n'est pas une gêne. Tu vas t'écrouler au bout d'une minute et les gens seront furieux.

— C'est une gêne.

— Tu t'écroulerais tout de suite.

Andrea leva les yeux, les autres regardaient. Il se rhabilla et resta à l'écart. Puis revint auprès de l'Italien et lui demanda d'arbitrer.

— Tu ne les tiendras pas avec une côte dans cet état.

— Je fais le premier combat et puis on voit.

L'Italien ne lui répondit pas, puis lui dit qu'il en ferait un.

Andrea se prépara, arbitrer était quelque chose de différent. Il l'avait fait de temps en temps, les autres le voulaient parce qu'il n'arrêtait le combat qu'au moment où l'un allait s'effondrer à terre : un corps et un corps et son corps, pénétrer au milieu des bras, des jambes, des violences qui finissaient par être les siennes – quelques-uns avaient commencé à entrevoir le plaisir qu'il y prenait. Sa poitrine se gonflait, il avait la posture des chiens, recourbé avant l'attaque, et avec cet air de sourire que donne le protège-dents. Après le combat, vainqueur ou vaincu, il se retirait au fond du hangar pour souffler, envahi d'une paix qui persistait jusqu'au jour suivant.

Il se posta au milieu et attendit les deux hommes, c'étaient un Algérien dans les trente ans et un Ghanéen, il les connaissait bien. L'Algérien était inconscient et avait un bon seuil de résistance, le Ghanéen torpillait les matches parce qu'il jetait tout de suite l'éponge : il était arrivé en Italie trois ans plus tôt et avait trouvé du travail comme menuisier du côté de Bergame, avait perdu son travail en été et il lui suffisait de grappiller sept à huit cents euros dans ces combats. Il avait bon caractère, parlait beaucoup, avait raconté qu'il n'avait qu'un oncle à entretenir au Ghana. Quand il le vit à terre, avec l'Algérien qui l'avait fait chuter et s'était mis à califourchon sur lui pour le marteler de coups, Andrea se pencha comme pour le protéger ; mais c'était en fait bien autre chose. Là au milieu, devant la face du Ghanéen, que celui-ci protégeait de ses avant-bras, le cou fléchi pour amortir les coups, le nez noyé de sang, il était repris par son addiction. Les yeux du Noir, grands ouverts puis de nouveau fermés sous les coups, ses battements de cils : ce corps assujetti lui rendait César et le temps où il avait été quelqu'un de compliqué ; il aurait tout donné pour le retrouver.

Et Sofia aussi : elle aurait beaucoup donné pour recommencer à être désirée comme Pentecoste l'avait désirée. Cependant qu'elle employait la pause déjeuner à se promener, elle calcula que *Sylvia* allait arriver à Carlo dans ces mêmes heures, peut-être le paquet lui était-il déjà parvenu la veille. Elle rejoignit en autobus l'arc d'Auguste et prit à pied le corso jusqu'au pont de Tibère, elle pénétra dans le borgo San Giuliano, avançant entre les maisons mitoyennes qui avaient appartenu aux pêcheurs, avec leurs façades délabrées couleur pastel. Elle songea au bon côté de son geste : Pentecoste qui reçoit le paquet et remarque l'étiquette avec le lieu de provenance, sait que peut-être c'est encore un roman, sait que peut-être c'est elle qui l'envoie, prend plaisir à lire un bon livre et accepte l'intrusion, quel mal y a-t-il là ? Elle l'imagina feuilletant la première page avec l'expression amusée – et maligne – qu'elle avait remarquée chez lui durant ses cours, les cheveux à peine en désordre. Ces dernières années, elle l'avait cherché de temps à autre sur Facebook et d'après les quelques photographies qu'elle avait vues, il ne lui avait pas semblé très changé. Elle continua à déambuler dans le village, décida de s'arrêter pour manger une portion de tagliatelle, le garçon savait qu'elle devait retourner à la quincaillerie et la servit tout de suite – pour son père, c'étaient les *tagliadeli* les meilleures de Romagne avec celles de Renzi di Canonica, rêches et fermes. Elle les savoura en gardant son portable près d'elle, contrôla Instagram, lu les commentaires sous les photos, les réactions aux *stories* ; elle restait en contact avec quelques-unes de ses amies exclusivement comme ça, elles s'étaient toutes casées et ne sortaient presque plus. Elles se rencontraient parfois, rarement, à la mer, prenaient l'apéritif et se mettaient à papoter au sujet de leurs maris, de leurs prochaines vacances, quelques-unes s'étaient mises au yoga, elles parlaient de leurs enfants – elle ressentait un peu de peine pour ses trente ans de grossesses manquées et de maris manqués et de livres accumulés. Faire du jogging sur la plage, aller seule au cinéma, préparer une tarte à la maison pour son père, rencontrer sur Internet quelqu'un avec qui sortir : elle avait été en attente de choses qu'elle ignorait elle-même. Sans s'en apercevoir, elle s'était arrêtée sur Tommaso.

— Tu t'ennuies pour un rien, lui avait-il dit en lui caressant la main gauche.

— Pourquoi dis-tu ça ?

— Si ça t'arrive avec moi, lève ce doigt.

Et il lui avait touché l'index.

— Et puis ?

— Je disparais.

Un garçon prêt à disparaître. Depuis lors, elle regardait l'index de sa main gauche comme si c'était une *bocca della verità.* Elle sortit du restaurant et le caressa comme il le lui avait caressé. Elle descendit dans le parc Marecchia, il était désert en hiver et ses pas résonnaient sur le gravier, elle parcourut avec euphorie le sentier vers l'Ina Casa en songeant aux conséquences espérées de son geste : Carlo Pentecoste qui reçoit le paquet, vérifie l'étiquette avec le lieu de provenance, a déjà retrouvé les autres romans sur Instagram, est nerveux, l'ouvre avec embarras parce qu'*il sait*, sort le livre et y voit une envie ineffacée. Elle s'était demandé si s'être soustraite à lui, avant de revenir à Rimini, avait été une tentative d'instiller en lui un regret. Elle avait accepté le risque que ce regret prenne des formes diverses : un souvenir inoffensif, une amertume, de l'indifférence. Eux deux, indifférents l'un à l'autre – le temps avait bien sûr érodé Milan –, pourtant quelque chose affleurait dès qu'elle fréquentait un homme. Elle repensait à Pentecoste, c'était presque un réflexe conditionné. Après lui, elle s'était retenue. Une retenue impalpable, obstinée, qu'elle n'avait pas manqué de remarquer. Le legs de son professeur était un blocage, comme un frein à main tiré en permanence, et progressivement une impatience, *tu t'ennuies pour un rien*.

Elle en avait eu confirmation en envoyant le premier roman. Pareille excitation l'avait prise l'après-midi où elle s'était fait couper les cheveux à la garçonne : le matin suivant, elle avait acheté l'ouvrage de Fenoglio sur la piazza delle Poveracce, l'avait emporté chez elle comme si elle avait un trésor dans son sac, l'avait humé en ouvrant les pages en éventail, l'avait empaqueté. Fenoglio et *La Paie du samedi* et la cuisine où se réfugie le protagoniste, ce que Pentecoste disait dans ses cours sur cette cuisine, qui n'était pas si différente après tout de sa quincaillerie avec les vis et les colles et les charnières en laiton. Que de résolution lui donnait de pêcher du bout des doigts un clou dans les rayonnages, le clac-clac des rouleaux faisant glisser le tiroir des rivets, de grimper en haut de l'échelle et d'observer son père qui rangeait la vitrine, cet homme qui avait bien vieilli, avec son paquet de cigarettes dans la poche de sa chemise.

Ils avaient toujours vécu là, entre le magasin et la maison de l'autre côté de la place. Et ce vendredi soir où il avait insisté – « Il y a des locations intéressantes dans le quartier Padulli, prends-toi un petit appartement » –, elle avait fait signe que non et l'avait vu renoncer tout de suite, préparer le dîner en mettant la table avec soin ; tous les vendredis, il lui cuisinait des spaghetti *al puràzi*, aux palourdes, et elle faisait de la *zuppa inglese*. Parfois il lui disait « Allons voir ta maman » et elle lui répondait « Vas-y, toi ».

Margherita prolongea la pause déjeuner pour lire les dernières pages, retourna à l'agence et posa le livre sur son bureau, sans quitter du regard la couverture couleur brique avec la fille au sein nu : *Sylvia*, le roman d'une obsession. Si vraiment Carlo n'avait pas eu Sofia, si vraiment il n'avait pas satisfait son désir pour cette femme, si cette femme n'avait pas satisfait son désir pour Carlo, alors Sofia Casadei appartenait au présent. Parce que Margherita savait ceci : son propre accomplissement avait été de vouloir et d'avoir Andrea, pour ensuite ne plus le vouloir.

Elle fut tentée de parler à son mari, de l'appeler directement du bureau, au milieu de ses collègues ; c'était en elle une agitation qui se mêlait à l'inquiétude pour sa mère. Elle se retint et fit défiler ses contacts jusqu'au numéro de celle qui lui avait présenté Carlo – elle se souvenait encore des bougies au centre de la table lors du dîner –, en sa belle-sœur, elle trouvait depuis toujours un vase communicant avec son mari. C'était étrange, parfois il lui suffisait de l'entendre elle pour s'apaiser par rapport à lui. Elle attendit que le téléphone sonne, s'entendit répondre quand elle en avait perdu l'espoir.

— Tu es essoufflée, Simo.

— Nico a oublié ses chaussures de foot et j'ai couru.

— Tu as décidé ?

— Je voulais passer voir ta mère à l'hôpital mais tu crois que…

Elle reprit sa respiration avec peine.

— Elle m'a dit que tu l'avais appelée.

— Je me la suis fait passer au téléphone par Carlo.

Elle attendit de se calmer.

— Elle m'a semblé déprimée.

— Je suis angoissée, Simo.

— Tu verras qu'ils la remettront tout de suite sur pied.

— Passe à l'hôpital et emmène Nico, elle l'adore. Elle dit qu'il la met de bonne humeur.

— Elle devrait l'avoir chez elle une heure et on verrait s'il la met de bonne humeur. Rap et Cristiano Ronaldo, rap et Cristiano Ronaldo. Cela dit, maintenant il revient content des week-ends avec son père, la dernière fois il a juré que Mamadou lui avait fait une carbonara.

— Mamadou fait la cuisine ?

— Bof. De pompiste à cuisinier… Peut-être même que je vais me remettre avec lui.

Son rire ressemblait à un sanglot.

Margherita avait enfilé son manteau et sortit de l'agence.

— Mais vraiment, tu te remettrais avec lui ?

— Me remettre avec Mamadou ?

— Selon moi oui.

— Tu veux savoir quelque chose ? Mais garde-le pour toi : je dors avec lui, genre, deux fois par mois. Nous dormons et c'est tout. Je le fais venir chez moi quand Nico est chez mes parents.

Margherita se mit une main devant la bouche.

— Raconte.

— J'aime l'écouter respirer pendant qu'il dort. C'est un homme qui garde tout le temps la même position, la nuit entière, le matin il se réveille tôt et on ne l'entend même pas. Tu ouvres les yeux et il a disparu au travail et tout a l'air d'avoir été un rêve.

— Il te manque.

— Ce qui me manque, c'est tu-sais-quoi. Mais c'est terminé.

— Qu'est-ce que tu en sais, peut-être que peu à peu…

— C'est terminé. Nico est serein, école mise à part. Et moi je me contente de ces deux nuits par mois et de quelques autres folles aventures.

Elle rit.

— Mais parle-moi de toi.

— Moi, je voudrais avoir un peu de ta…

Elle se tut.

— De ma quoi ?

— Eh bien…

— Au jour le jour, Marghe. Il faut que tu vives davantage au jour le jour.

— Je te montrerai mon agenda.

Elle marchait de long en large.

— Tu verrais, pour la vie au jour le jour.

— Alors programme une bonne petite visite à ta belle-sœur. Je te ferai des cupcakes aux cerises. Au laboratoire c'est le calme plat.

— Vraiment, tu dors avec lui deux soirs par mois ?

Elles durent arrêter leur conversation parce qu'un collègue avait fait signe à Margherita pour lui demander si elle pouvait rentrer dans l'agence. Quand elle s'assit à son bureau, elle imagina le grand lit avec Mamadou qui reposait dignement sans bouger et Simona qui l'écoutait respirer.

Elle attendit la fin de sa journée de travail, puis sortit et prit le métro jusqu'à la via delle Leghe, monta à l'appartement et ouvrit les tiroirs du secrétaire. Elle trouva le carnet d'adresses de sa mère, chercha *Buzzati (Landi)*, se dirigea vers le salon en tenant son agenda contre elle et s'assit sur le canapé. Elle sortit son portable et composa le numéro, demanda un rendez-vous. Il y avait de la place deux mois plus tard, elle dit que c'était une question urgente.

— Toutes les questions sont urgentes, madame.

— Ma mère va mal. Elle connaît Mme Landi depuis très longtemps.

— Madame.

— Je vous en prie.

On la convoqua pour le matin suivant, pour un quart d'heure seulement. Elle dormit peu cette nuit-là, et quand elle arriva le lendemain via Vigevano, elle se dit qu'elle n'aurait jamais voulu vivre au jour le jour.

Elle attendit dans le salon en regardant le puzzle encadré de *La Belle et le Clochard*. Puis on la conduisit dans une cuisine minuscule avec un réfrigérateur qui ronflait. Elle salua cette vieille qui fumait et gardait les yeux mi-clos.

— Ma mère s'est cassé le fémur.

Elle s'installa en équilibre instable sur la chaise.

— C'est pour cela que vous êtes ici ?

Margherita se tut, puis dit que oui.

— Que voulez-vous savoir ?

— Tout.

La vieille aspira la fumée et éteignit la cigarette dans le cendrier. Elle mélangea les cartes, elle avait du mal à les manipuler, lui demanda de couper le jeu de la main gauche. Elle étala les cartes sur la table et dit :

— Demandez.

— Elle va mourir ?

— Soyez tranquille.

La vieille continua à fixer la table.

— On va l'opérer.

— Soyez tranquille. Pour votre fils aussi.

— Que savez-vous de mon fils ?

La vieille leva un valet de bâtons.

— Ne l'empêchez pas de vivre.

— Nous l'empêchons ?

— Vous.

Elle lui montra le valet de pique.

— Mon mari, non ?

— Votre mari, non.

Elle souleva une carte, recomposa le jeu et mélangea, l'étala en pyramide. Puis elle dressa la tête et entrouvrit les yeux :

— Soyez tranquille pour votre mère et saluez-la pour moi.

Margherita se leva d'un coup, se rendit compte qu'elle était en train de tordre nerveusement son sac, elle relâcha la prise et fouilla dans son portefeuille pour le centime et les soixante-dix euros, les déposa dans la soucoupe. Elle s'éloigna, s'arrêta à côté du réfrigérateur.

— Je peux vous demander ce que vous avez vu sur mon mari ?

— Que voulez-vous savoir ?

— Il a eu un entretien pour un travail.

La vieille s'alluma une autre cigarette.

— Cet entretien ne marchera pas.

— Vraiment ?

Elle inclina la tête.

— Armez-vous de patience.

Margherita retint son souffle.

— Et le reste ? Je veux dire, le reste concernant mon mari.

— Le reste.

Elle observa les cartes à la base de la pyramide.

— Il n'y a pas de reste.

— Non ?

Mme Landi leva le roi de coupes.

— Le reste va bien.

Margherita laissa pendre son sac à son bras et se tourna vers le réfrigérateur ; il y avait des aimants sur sa porte, l'un d'eux représentait la tour de Pise et un autre le Colisée. Elle remercia d'un signe de tête, puis sortit lentement. Toute la journée, ses vêtements gardèrent l'odeur de la cigarette.

Elle arriva chez elle et Carlo et elle baisèrent. Elle ne pensait à rien quand elle baisait avec son mari, parfois elle s'écoutait gémir et gémir et gémir encore et oubliait qu'elle était une mère et une épouse et voulait n'être rien qu'une putain. En attendant, c'était arrivé : un sourd fardeau s'était dissous pour soixante-dix euros et un centime donnés à une sorcière qui lui avait certifié qu'un destin décent l'attendait. Elle n'avait rien demandé d'autre, sur quoi aurait-elle encore voulu interroger les étoiles ? *Dites-moi si je parviendrai jamais à avoir de nouveau une agence indépendante, si j'aurai des orgasmes jusqu'à quatre-vingt-dix ans. Dites-moi si j'aimerai mon homme et mon enfant comme je les aime aujourd'hui.*

Bien qu'elle n'ait voulu personne dans ses jambes à la veille de l'opération, Anna se retrouva avec eux tous autour d'elle, Margherita, Carlo, Lorenzo, les Pentecoste, insouciants de son malaise. Elle avait deux coussins sous la tête, elle était bloquée jusqu'à l'aine et cela lui donnait un soupçon de claustrophobie qu'elle tenait en respect en regardant dehors par la fenêtre, son cher Milan et le ciel d'aluminium. Seul son petit-fils la réconfortait, en gribouillant sur son plâtre ; elle avait un instant imaginé qu'elle était avec lui chez elle à écouter des disques. Elle sentait que sa frayeur grandissait en présence des autres, elle l'avoua à Carlo : « Que diriez-vous de vous en aller, tous ? » Mais Loretta était en train d'arranger un bouquet d'anémones sur la table de nuit, Domenico parlait à voix basse avec le chef de service, il vint près d'elle et lui chuchota que c'était l'assistant qui l'opérerait, un type compétent, on la laisserait sortir dans une dizaine de jours ou peut-être plus tôt.

— Dix jours ?

— C'est moi qui l'ai demandé, pour que tu puisses mieux récupérer. Peut-être même qu'une semaine suffira.

Pentecoste lui sourit.

— Mais nous sommes là, avec toi.

C'était un homme qui avait perdu de son tranchant : une fois, ils s'étaient dit avec Carlo qu'il était comme le brandy, plus il vieillissait et plus il s'adoucissait. Il aurait dû être à la retraite depuis un bon moment, il lui avait avoué qu'il mourrait au travail plutôt que de passer seize heures sur vingt-quatre en compagnie de Loretta, ils avaient ri. C'est étrange comme une minute avant, une personne peut être imbuvable et la minute d'après, on irait pique-niquer avec elle. Elle le regarda au pied du lit, puis posa les yeux sur Margherita et Carlo au milieu de la chambre ; ils étaient encore beaux, ensemble. Leurs corps savaient voisiner, ça la rassérénait à chaque fois. Carlo avait perdu l'habitude du déjeuner du jeudi, il passait par surprise, et Margherita aussi, tous les deux s'installaient à l'extrémité du canapé, allongeaient les jambes sur la table basse et appuyaient la nuque sur le dossier, c'était drôle de voir deux personnes qui au bout du compte choisissaient la même position.

— Et toi, tu as fini de me colorier ?

Elle jeta un coup d'œil à Lorenzo qui était en train de dessiner un poisson sur son plâtre. Elle était maintenant une grand-mère aux nageoires pointues. Lorenzo coloria les yeux en turquoise et lui dit :

— C'est toi.

— Je suis un poisson turquoise dans un aquarium ou un poisson turquoise dans la mer ?

— Dans la mer.

— Bravo, mon chéri.

Elle força sa voix et dut s'abandonner sur le coussin. Elle lui fit une caresse, puis tous se tournèrent vers la porte, un homme était sur le seuil ; il demanda l'autorisation d'entrer.

Elle le regarda.

— Je ne suis pas croyante.

— Je suis aussi ici pour qui ne croit pas.

Il avança. C'était un prêtre d'âge moyen, il portait des lunettes à monture en écaille et elle remarqua un voile de brillantine sur ses cheveux.

— Nous attendons dehors, le prévint Margherita.

Le prêtre salua les autres patientes, demanda s'il pouvait s'asseoir sur la chaise.

— Vous voulez me bénir ?

— Trois mots seulement. On va vous opérer, et dans ces cas je viens toujours.

— Oh, murmura-t-elle, et les larmes lui montèrent aux yeux.

Elle les transforma en sourire.

— Comment vous appelez-vous, madame ?

— Je m'appelle Anna.

— Anna, si je vous ennuie je m'en vais tout de suite.

Elle fit signe que non.

— C'est que j'ai pensé à mon mari.

Elle chercha la fenêtre du regard.

— Quand il était sur le point de mourir, un homme est venu et lui a administré l'extrême-onction. Franco semblait plus ailleurs qu'ici mais je l'ai vu : à un certain moment, il a soulevé les doigts et a fait ce geste pour chasser les mouches, vous savez ?

— Mais vous n'êtes pas sur le point de mourir.

— Sait-on jamais.

Elle regarda les mains du prêtre, elles donnaient l'impression d'être douces ; il avait un ongle sale et frottait continuellement deux doigts l'un contre l'autre.

— Quel est votre nom ?

— Je m'appelle Antonio.

Anna resta songeuse.

— Comme dans le film, vous avez vu le film ?

Elle se toucha le front comme pour fouiller dans sa mémoire.

— Je ne m'en souviens pas.

— Le personnage principal avec sa mèche. Un accroche-cœur épatant.

Elle s'installa mieux sur le coussin.

— Antonio, allez-y donc.

— Je peux ? dit le prêtre.

— Maintenant que vous êtes là.

Le prêtre leva haut le bras et la bénit au nom du Père, du Fils et du Saint-Esprit.

— La Vierge aussi. Pourquoi est-ce que vous la laissez toujours à la traîne ?

— Vous vous tournez parfois vers elle ?

— Bénissez-moi.

Il le fit.

— Merci, lui dit-elle.

— Je viendrai vous voir demain.

— Si vous ne me trouvez pas, sachez que là-haut je glisserai un mot en votre faveur. Même si vous n'en avez pas besoin.

— Ne dites pas de sottises.

Il toucha le poisson turquoise sur le plâtre.

— À demain, Anna.

Quand le prêtre sortit, elle appela Carlo et lui murmura :

— Je te laisse tous les disques.

Il savait qu'Anna était sérieuse à cause des plis sur son front. Il lui fit une caresse.

— Je veux aussi les bandes dessinées.

Et le pressentiment lui revint : elle en fauteuil roulant. Le soir d'avant, Margherita le lui avait dit : maman en fauteuil roulant. Il s'était tu, elle avait pleuré et puis ils s'étaient serrés l'un contre l'autre dans la cuisine jusqu'à ce que l'eau pour le café soluble se mette à bouillir.

— C'est cet appartement, avait ajouté Margherita.

— C'est l'ostéoporose.

— J'ai triché pour l'avoir.

— Elle a quatre-vingts ans.

— J'ai payé les cent mille euros économisés avec le fémur de ma mère.

— Arrête.

— Nous avons neuf cents euros par mois à sortir pendant trente ans. Trois mille par an de charges de copropriété. Nous n'avons pas l'ombre d'un ascenseur.

— Et avant, qu'est-ce que nous avions ? Un loyer au même prix et un tiers de notre espace vital d'aujourd'hui. Tu nous vois avec notre fils dans soixante-dix mètres carrés ?

— Acheter un appartement moins cher qui nous aurait valu moins de tracas ensuite, voilà ce que je vois.

— Ne sois pas comme ces gens-là, Marghe.

— Qui, ces gens-là ?

— Ceux qui deviennent sages après coup.

Elle s'était détachée de lui, avait préparé le café et avait commencé à tourner la cuillère dans la tasse.

— Réponds-moi : si tu ne pouvais pas compter sur l'héritage de tes parents, tu l'aurais pris, cet appartement ? Si tu ne pouvais pas compter sur leur héritage, tu aurais refusé de te faire engager pour dix ans à la rédaction, en te retrouvant maintenant sur le carreau ?

— Je ne me suis pas fait engager parce que je n'aurais pas eu le temps d'enseigner, et tu le sais.

Il lui avait enlevé la tasse des mains.

— Tout se passera bien pour ta mère. Et cet appartement est une bonne affaire pour Milan. Et je serai bientôt rédacteur de *Bell'Italia* ou factotum dans l'industrie de la bière ou en tout cas je finirai bien par obtenir un emploi, bon Dieu.

— Les tromperies se paient, Carlo.

Il avait repensé à Manuela. À la façon dont il avait admiré la sienne, de tromperie. Cet après-midi des années auparavant, après l'avoir baisée, il était revenu chez lui submergé par la hâte bien que sachant que Margherita ne rentrerait pas avant une heure tardive, il s'était soigneusement douché et avait pressenti qu'il était désormais devenu une charge de dynamite potentielle pour leur mariage. Le porteur sain d'une séparation : s'il avait été découvert, s'il avait avoué, si la chose s'était révélée pour une raison ou une autre, chaque instant pouvait être celui du changement. Il ne prenait pas en considération les éventuelles indulgences, pardon, reconstruction, compréhension. Il avait la certitude que le pacte avec Margherita ne les admettait pas. Il le savait depuis toujours. Le soir de son infidélité, il se l'était répété en tournant dans l'appartement, en se glissant sous la douche, en sortant de la douche, en se séchant avec calme, en observant son corps : il était comme avant, identique à ce qu'il était avant, avec peut-être un brin de rougeur sur le gland ; sa collègue avait la peau lisse et des grains de beauté sur le dos, une odeur plus âcre que celle de Margherita, les mamelons moins prononcés ; il avait été assailli par la comparaison. Il s'était enveloppé du peignoir en se rejouant l'après-midi : c'est Manuela, au bureau, qui l'avait invité pour une autre séance de cinéma, il avait considéré la quantité de travail au programme, avait observé Michele Lattuada à la table voisine, lui avait dit qu'il devait sortir, Michele l'avait regardé comme lorsqu'il n'avait pas besoin d'en demander davantage. Carlo avait laissé la rédaction et rejoint le bout du corso San Gottardo, c'était le mois de septembre et ils venaient juste de signer l'accord préliminaire pour Concordia. Il avait attendu Manuela avec la palpitation intérieure de qui flaire l'aventure possible : la pression sur le sternum, différente de celle qui l'avait tenaillé avec Sofia, plus faible, mais existante, une braise qui ne dépendait pas de la femme qu'il avait devant lui.

Ils s'étaient mis en route, il avait rejoint le Naviglio Grande, puis s'était arrêté au feu, il lui avait fait comprendre à ce croisement son intention de prendre la direction opposée à celle du cinéma. Ils avaient roulé en bavardant, la réunion de la matinée et la maison d'édition qui avait perdu neuf pour cent de son capital dans les six derniers mois, on prévoyait des réaménagements dans tout le secteur, ils avaient traversé le périphérique et lui l'avait regardée, cette fille nature avec ses bottines aux talons moyennement hauts, son carré brun sur ses yeux bruns, leur Audrey Hepburn, il avait senti qu'il pouvait poursuivre jusqu'à la toute proche banlieue, avait ralenti devant le Mercurio Hotel Milan, s'était arrêté à l'entrée. Il y avait eu un instant d'embarras, puis elle avait dit : « Après toi. »

Après toi : ça avait aggravé ses palpitations, ils avaient sorti leurs cartes d'identité à la réception, la sienne était tombée, il l'avait ramassée et n'avait plus rien dit, pas même quand ils étaient entrés dans l'ascenseur et que les portes s'étaient refermées puis rouvertes au quatrième étage. Ils s'étaient dirigés vers la chambre dans le couloir tapissé de moquette crème et il avait pensé à sa femme, il avait visualisé la jolie grimace qu'il surprenait sur son visage certains soirs, quand ils se retrouvaient par hasard en bas de chez eux après une journée de travail. Puis il avait ouvert la porte 67, côté cour intérieure, et dans l'heure où il était resté là, l'impression qu'ils étaient trois ne l'avait pas lâché : lui et Manuela et Margherita, sur le grand lit avec les draps qui s'échappaient des coins du matelas, avec Manuela qui la lui saisissait et la guidait en elle, ajustant sa position, essayant de profiter le plus possible d'un corps inédit. Les gémissements sans Margherita et la tension dans le scrotum sans Margherita et la langue avide sans Margherita, la violence d'un orgasme sans Margherita, déjà pendant sa première éjaculation il avait ressenti comme un souffle d'obscurité : ce qui était auparavant élan impérieux devenait maintenant anxiété. Il l'avait perçu en restant étendu à côté de l'autre, dans la quiétude d'une chambre d'hôtel, et après aussi, en se lavant dans la salle de bains aux carreaux bleuâtres, en vérifiant qu'il n'y ait pas de cheveux longs sur son tricot de coton. Il était resté à la fenêtre, elle donnait sur le mur d'un autre bâtiment. Puis il avait demandé à Manuela de sortir de l'hôtel, ils avaient marché presque en silence, étaient passés dans la circulation d'une ville trouée de chantiers, traversée de gens à la dérive, sans travail, de pigistes à l'air mal en point, et tous ces morceaux d'une Italie en chute libre lui avaient paru être sa propre chute libre. Ils avaient marché jusque là où le Naviglio prend un air de vraie banlieue, avec les écluses et les ponts mobiles, ils n'avaient pas ressenti le besoin de s'en dire plus.

Quand Margherita était rentrée, ce soir-là, il avait dû faire face à une sensation de distanciation, l'avait tenue en respect. Ils avaient mangé une omelette et de la salade, elle avait allumé la radio et ils avaient partagé un Coca-Cola, avaient bavardé, étaient restés silencieux. Il s'était demandé pourquoi il était entré dans la chambre 67. Il était heureux avec Margherita, vraiment heureux. L'avait-il fait pour quelque chose de primordial, pour l'emprunt, pour les Pentecoste, pour l'enfant qu'ils ne s'étaient pas encore décidés à avoir, pour les difficultés de la maison d'édition, pour l'orgasme manqué avec Sofia ? Il l'avait fait et voilà tout. Ce soir-là, en débarrassant la table et en épiant son épouse pendant qu'elle lavait les assiettes, il s'était demandé si avoir baisé une autre femme pouvait vouloir dire qu'à l'avenir il baiserait d'autres femmes encore.

Oui, avant de devenir père il avait eu d'autres femmes. Une consultante en marketing qui se présentait de temps à autre à la maison d'édition, une ancienne collègue de l'université, une fille qui travaillait dans le bar voisin de la rédaction. Manuela encore. Quelques rencontres avec chacune d'entre elles, puis il avait brutalement refermé la boîte de Pandore, évitant de transformer l'adultère en habitude. De l'avenir avec Margherita, il n'avait jamais douté. Peu à peu, il avait vu ces expériences comme nécessaires – une formation personnelle –, et maintenant il se les repassait dans son esprit comme de faibles lumières, des histoires réduites à leur plus simple expression : il en avait eu besoin, il en avait été capable. Maintenant, il sentait qu'il avait dépassé le cliché de la trahison, la nécessité physiologique de la trahison, l'évasion de la trahison, la curiosité de la trahison, la réponse à une insatisfaction que révélait la trahison. Et si trahir, pour lui, avait été le moyen de recommencer à être fidèle à Margherita ?

Cette question, après des années, dans une chambre d'hôpital, avec une belle-mère qui s'apprêtait à se faire opérer, observant le poisson turquoise sur son plâtre, il se la posait encore. Il regardait Lorenzo et se la posait, même s'il était certain que ce n'était pas son fils, la charnière qui l'avait fait changer de direction. Il tenta de l'emmener quand les infirmiers vinrent chercher Anna pour les dernières vérifications en vue de l'opération, l'enfant tenait un bout du drap et ne le lâchait pas.

— Papa va t'emmener aux balançoires.

Margherita s'approcha de lui.

Le garçon se mit à pleurer.

— Mon chéri, j'ai ton poisson porte-bonheur.

Anna montra son plâtre.

— Allons aux balançoires.

Carlo le souleva et Lorenzo s'accrocha à lui. Ils sortirent du Fatebenefratelli et il sentit les larmes de son fils qui lui mouillaient le cou, il continua à marcher en le tenant dans ses bras jusqu'à ce qu'ils arrivent au corso Garibaldi. Il le posa à terre et lui nettoya le nez et la bouche.

Lorenzo le regardait.

— Lore', tu as déjà vu un poisson porte-bonheur aussi beau que celui que tu as dessiné à ta grand-mère ?

L'enfant secoua la tête.

Il le prit par la main et ils allèrent à pied jusqu'au parc Sempione, entrèrent du côté de l'arène et au lieu d'aller aux balançoires se dirigèrent vers un immeuble aux abords immédiats de la rue. Ils entrèrent, prirent un billet et il demanda à l'enfant s'il pouvait lui couvrir les yeux de son écharpe pour trente secondes.

— Pourquoi ?

— C'est une surprise.

L'enfant réfléchit, puis acquiesça.

Carlo lui noua l'écharpe sur les yeux et le conduisit jusqu'à une salle avec un énorme aquarium en forme d'arche. Ils s'arrêtèrent juste au-dessous.

— Tu es prêt, ratounet ?

Lorenzo fit signe que oui.

Il lui enleva l'écharpe.

C'étaient les poissons porte-bonheur. Dix, vingt, cent, ils étaient partout, de côté et au-dessus et il y avait aussi des raies ; Lorenzo avait vu des raies dans un livre qu'il avait lu avec sa maman, certaines avaient un dard extrêmement dangereux. Il s'approcha de la vitre, allongea le cou et un mérou à la bouche géante le fixa, Lorenzo se tourna vers son père et rit.

— C'est un thon !

Carlo rit lui aussi.

L'enfant colla son doigt à l'aquarium, Carlo vint près de lui et lui dit de mouiller son doigt avec la salive et de le coller de nouveau. Ils le firent tous les deux, le mérou approcha.

— C'est le poisson porte-bonheur, dit l'enfant.

— Oui.

Pendant un temps, il avait craint que Lorenzo n'ait hérité de ses hauts et bas émotionnels, comme si les aspirations tourmentées d'un père pouvaient se transmettre. Il avait recommencé à le penser quand il avait reçu les livres de Rimini, une excitation comme celle-là pouvait-elle, à travers le père, avoir un influx négatif sur l'enfant ? Tout de suite lui étaient revenues des choses en écho : la façon qu'avait Sofia de grignoter les amandes pendant les cours, la façon dont elle lui avait serré l'avant-bras en s'enfuyant de sa maison de l'Isola. Le jour où il avait déballé le premier volume, il avait pensé que c'était un cadeau d'une maison d'édition. Il était étrange que ce soit un roman de Fenoglio, il l'avait apporté chez lui en le laissant sur l'accoudoir du canapé. Mais Fenoglio avait aussi été l'auteur dont il avait le plus parlé dans ses cours. Quand il avait ouvert l'Instagram de Sofia et l'avait vu en photo, il avait voulu croire que c'était un hasard. Le deuxième paquet était arrivé quelques semaines plus tard, il avait regardé l'étiquette et avait vu *Rimini*, l'avait tenu en main en savourant d'avance une révélation. Il avait déballé *Chambres séparées* de Tondelli : elle l'avait publié sur son profil avec, derrière, un coin de quincaillerie. Il avait senti un fourmillement dans tout son corps, pendant la journée il avait été traversé d'une effervescence qui avait fait passer au second plan toute chose, même le chômage. Il avait attendu de recevoir un autre livre. Pendant un mois et demi, il n'avait cessé de se demander ce qu'elle voulait provoquer en lui.

Sofia se demandait pourquoi il ne lui répondait pas. Parfois, la quincaillerie fermée pour la pause déjeuner, elle rentrait chez elle et jetait un regard sur la fente de la boîte aux lettres ou le coin de l'entrée où on laissait en tas les paquets, elle espérait qu'il lui envoie un signe après avoir récupéré son adresse dans la base de données de l'université.

Depuis son retour à Rimini, elle avait été tentée de le contacter, avait eu l'occasion de remettre le pied à Milan mais avait reculé. Elle n'avait jamais relu *Comment vont les choses*, l'avait rangé dans un classeur de plastique bleu avec les autres documents du cours et une clef USB sur laquelle elle avait copié le monologue de Pentecoste sur le poussin, sa voix qui articulait « propulsion », faible, puissante ; elle était honteuse d'avoir imaginé pouvoir l'envoyer à sa femme. De cette époque-là lui était aussi resté Khalil, ils s'écrivaient, ils se suivaient sur les réseaux sociaux, lui travaillait dans un hôtel à Dubaï et postait des photographies de maisons arabes tombant en ruine, s'était mis au kitesurf et n'avait pas encore trouvé l'amour. Il était *speranzoso*, plein d'espoir, il employait ce mot italien dont le son l'amusait, il lui demandait toujours si elle l'était aussi.

Elle était *speranzosa* vis-à-vis d'un garçon qui avait trois ans de plus qu'elle et gérait un hôtel à Bellaria, il avait des boucles qui couvraient ses yeux aigue-marine et certains soirs il lui ouvrait la portière pour la faire entrer dans sa voiture. Il la baisait dur. *Tommaso* était un nom qui convenait bien à un homme sincère. Elle s'était rendu compte qu'elle pensait à lui pendant la journée, parfois elle regardait par la vitrine de la quincaillerie avec l'envie de l'apercevoir, il lui semblait que l'attendre était attendre une réponse de Milan : parcelles d'une même impatience, toutes ces attentes qu'elle aurait voulu faire fusionner.

Elle en eut la certitude ce matin-là aussi, quand il se présenta en personne au magasin avec un petit déjeuner et qu'elle se sentit brusquement calme. Ils partagèrent le *cannolo* derrière le comptoir, il voulut la partie avec plus d'amandes et elle le regarda l'ingurgiter cependant que son père entrait en disant : « J'ai oublié les ampoules », pour ensuite se diriger vers les rayonnages du fond.

Tommaso se terra, puis dit bonjour à voix haute. Avant de sortir, il l'embrassa sans bruit.

Son père reparut les bras chargés d'ampoules à tubes fluorescents.

— C'est le fils de Della Motta, n'est-ce pas ?

— Oui.

— On voit que c'est un garçon bien.

Elle jeta le sachet de la pâtisserie.

— À quoi est-ce que ça se voit ?

— *Dài che l'è brèv*[1].

— Si tu le dis.

— Je reste ici et tu vas avec lui.

— Il a des choses à faire.

Son père posa les ampoules sur le comptoir et commença à les ranger dans un carton.

— Ils ont refait le cinéma Fulgor.

Sa respiration était courte et embarrassée.

— Un type connu l'a restauré, allez-y, comme ça tu me dis comment c'est.

— Arrête.

Elle l'aida avec les ampoules, ils avaient des mains précises, le souffle de son père sentait le tabac et la menthe.

— Toi plutôt, p'pa, combien de temps ça fait que tu ne vas pas au cinéma ?

— Moi ?

Son père tira la fermeture Éclair de son anorak.

— Dix ans.

— On y va ce soir ?

Son père inclina la tête, elle avait appris à dénicher son contentement dans le mouvement de ses mains, il les repliait l'une dans l'autre.

---

1. « À ce que c'est un garçon bien », en dialecte romagnol.

Margherita vit le même geste chez Anna, des jours après l'opération, dès qu'elle lui communiqua qu'on allait la laisser sortir de l'hôpital.

— Ma fille, on ne ment pas aux moribonds.

— Je t'emmène chez toi.

— Quand ?

— Demain.

Sa mère se détourna.

— Et comment feras-tu avec moi ?

— On va prendre une infirmière.

— Tu dois vivre ta vie.

Anna tenait une main refermée sur l'autre, Margherita s'approcha et les lui entoura des siennes. Après l'opération, la jambe de sa mère avait bien réagi et il n'y avait pas eu d'infections ; elle lui expliqua qu'il lui faudrait aussi intensifier la kinésithérapie.

— Toujours avec ce garçon ?

Les voir ensemble, sa mère et Andrea, avait été naturel. Pour l'appeler, elle avait attendu quelques jours après l'intervention. Il était passé un après-midi et s'était assis sur le lit sans enlever son blouson. Sa mère l'avait observé et Andrea avait commencé avec des questions précises sur les symptômes et à la fin de leur conversation avait dit : « Ne vous inquiétez pas, madame Anna. » Il était aussi passé le jour suivant, Margherita gardait un œil sur eux du couloir – Andrea avait posé un genou sur le coin du matelas et avait commencé à explorer la musculature de sa mère, le cou et le bras sans plâtre, l'abdomen aussi pour le peu qu'il avait pu en toucher, imprimant à son buste des rotations minimes. Il l'effleurait et lui suggérait un mouvement prudent, elle l'exécutait en s'agrippant aux épaules puissantes qui avaient été aussi des épaules puissantes pour sa fille. Puis Carlo et Lorenzo étaient arrivés : elle s'en était voulu d'avoir exposé ainsi une chose toute personnelle. Mais elle avait l'impression que Carlo savait à quel point Andrea était devenu une part positive d'elle-même, laissant de côté les confidences sur l'attirance qu'elle lui avait confessée des années plus tôt – elle se refusait à trouver dans l'homosexualité une raison suffisante à cela.

Après lui, elle n'avait pas eu d'autres hommes, seulement désiré et frôlé, se contentant d'une séduction interrompue. Elle avait laissé les occasions partir en fumée, comme si ce qu'elle se devait à elle-même n'était plus l'impétuosité, mais un paisible recentrage. Elle avait senti dans sa peau un désir d'enfant, qui banalement la protégeait sans effort des tentations : avoir mis au monde Lorenzo n'avait pas été une répression, ou une limite, ç'avait été et voilà tout, et avait laissé en elle une satiété. Elle avait aussi été guérie de l'obsession du malentendu, mais maintenant ?

— Grand-maman n'est pas guérie.

— Elle est guérie, Lore'. Elle rentre demain chez elle, demain !

L'enfant regarda Margherita.

Elle lui sourit.

— Raconte-nous ce que tu as fait aujourd'hui à l'école.

— Une maison en bois pour les rouges-gorges avec Roberta Calcaterra.

— Roberta Calcaterra est la petite fille aux cheveux bouclés ?

Lorenzo fit signe que oui.

— Elle a l'air sympathique.

Lorenzo secoua la tête.

— Elle n'est pas sympathique ?

Il fit signe que non.

— Alors pourquoi est-ce que tu joues avec elle ?

L'enfant descendit du canapé et s'accroupit sur le tapis.

— Elle dit qu'elle et moi on est inséparables.

— C'est vrai ?

— Oui.

— Tu sais ce que veut dire inséparables, ratounet ?

— Amis.

Margherita et Carlo se regardèrent.

— Lore', retourne sur le canapé, tu vas prendre froid.

— Je n'ai pas froid.

— Écoute ce que dit maman, retourne sur le canapé.

Il obéit et s'installa entre eux.

Margherita lui fit de la place.

— Vous l'avez bien construite, cette maison de bois des rouges-gorges ?

— C'est elle qui fait tout et moi je la regarde.

— Tu es un coquin. Tu ne parles pas beaucoup mais au fond n'est-ce pas que tu es un coquin ?

— Roberta Calcaterra dit qu'elle me veut même si je ne parle pas beaucoup.

Ils le mirent sous le plaid.

— Bien sûr qu'elle te veut même si tu ne parles pas beaucoup, mon chéri.

— C'est vrai que grand-maman rentre demain à la maison ?

En regardant sa mère portée par les infirmiers vers l'ambulance, en faisant avec elle le trajet du Fatebenefratelli à la via delle Leghe, en lui tenant la main, Margherita se dit que l'impatience, c'est cette dame en civière qui la lui avait soufflée, comme si elle lui avait intimé l'ordre d'être différente d'elle. Elle lui caressa les cheveux.

— Comment ça va ?

— Je rentre chez moi, ma chérie.

Elles arrivèrent et, pendant qu'on la transportait à l'intérieur, Margherita se sentit une force soudaine. Elle mit son sac en bandoulière et aida avec la civière de façon que ce soit le plus délicat possible. Carlo les attendait, les battants de la porte d'entrée grands ouverts.

— Au salon, s'il vous plaît, dit Anna.

— Maman.

— Ne me fourrez pas en prison comme papa.

— Au salon, dit Carlo.

Anna fut laissée entre le canapé et la table, ils allèrent prendre le lit médicalisé dans la chambre et l'amenèrent là. Puis ils la soulevèrent de la civière, au moment où on la soulevait elle ferma les yeux. Elle imaginait ce qui l'attendait : des attentions autour d'elle et la certitude d'être source d'embêtements. Quand ils étaient jeunes époux, son mari lui avait dit qu'il lui plairait de s'occuper d'elle, mais ce n'était arrivé que pour une grippe et se faire porter de la soupe au lit n'avait pas été comme se faire tirer la chaise pour s'installer au restaurant. Elle voulait tout de suite une garde-malade, italienne, ukrainienne, russe, indienne, il suffisait qu'elle soit invisible et permette à sa fille de rentrer chez elle. Ils lui avaient dit qu'ils étaient en train d'en chercher une. Elle tourna la tête vers la bibliothèque, chercha le dos des bandes dessinées de Tex Willer et pressa la joue sur le coussin ; elle avait découvert que dans cette position les larmes se trouvaient endiguées.

Elle garda les yeux fermés tandis que sa fille et Carlo organisaient le salon, puis son gendre s'en alla et elle fut installée la tête du côté du mur. Elle avait des palpitations et du mal à respirer, pour se calmer elle regarda le poisson turquoise sur son bras : Lorenzo lui avait fait une bouche sérieuse et elle était certaine que c'était un poisson plein de vigilance. À l'hôpital, il lui avait tenu compagnie ; au fur et à mesure son petit-fils avait ajouté des détails, les écailles vertes, les nageoires plus effilées, et quand elle lui avait demandé quel poisson c'était, il lui avait aussitôt répondu que c'était un thon. Mais le thon était la honte de sa vieillesse. Si elle en voyait un dans une poissonnerie, si quelqu'un prononçait le mot « thon », elle se retrouvait projetée tout droit à ce matin de cinq ans auparavant quand son portable avait sonné et que Margherita lui avait annoncé qu'elle était enceinte. Elles avaient piaillé comme deux commères, raccroché, et elle avait ressenti le besoin de célébrer l'événement de toute urgence : elle était entrée dans le Pam près du corso Buenos Aires pour acheter des Ferrero Rocher, elle voulait en manger un tout de suite, mais quand elle était passée devant l'étal de la poissonnerie elle avait remarqué que le thon était frais et s'en était fait couper une tranche pour le soir. Elle avait également acheté de la *burrata*, elle gardait au frigo un Berlucchi et devenir grand-mère était une bonne raison de le déboucher. Puis, en se dirigeant vers les caisses, elle avait été envahie par l'excitation : elle avait fait glisser le sachet avec le poisson dans son sac et avait gardé dans la main les Ferrero Rocher et la burrata, avait parcouru l'allée des produits pour le corps avec une peur nouvelle, avait fait semblant de choisir un après-shampoing, l'avait laissé là et avait encore un peu tournicoté, enfin elle s'était mise dans la file à la caisse n° 5 et avait attendu son tour de payer. Elle avait sorti un billet, avait rangé le reste et s'était étonnée de réussir à rester cordiale malgré cette frayeur qui était aussi gaieté. Elle avait tout glissé dans un sac en plastique et s'était dirigée vers la sortie où un homme lui avait demandé de le suivre.

— Pardon ?

— Suivez-moi par ici, s'il vous plaît.

Et il lui avait indiqué la porte d'où sortaient les chariots avec la marchandise à installer.

— Excusez-moi, mais qui êtes-vous ?

Et dès que l'homme avait sorti un badge de sa poche, elle avait senti ses joues s'enflammer et ne l'avait plus regardé. Elle l'avait suivi, était arrivée dans cet espace noyé dans la pénombre rempli de palettes de marchandises, un autre homme les attendait et lui avait demandé ce qu'elle avait acheté. Elle avait ouvert la poche plastique et avait attendu qu'ils lui demandent ce qu'elle avait dans son sac.

— Pouvez-vous l'ouvrir, s'il vous plaît ?

— On ne demande pas une chose pareille à une dame.

Mais elle l'avait fait.

— Et maintenant, que va-t-il m'arriver ?

Les deux hommes s'étaient regardés.

— Vous l'aviez oublié, ça peut arriver. Retournez à la caisse.

Elle n'avait pas bougé, s'était sentie tomber en arrière, s'était retenue à une palette et l'un des hommes l'avait soutenue par un bras.

— Ça peut arriver, madame.

— Ma fille va avoir un enfant.

Ils avaient acquiescé et elle les avait salués d'un signe de tête, avait payé à la caisse n° 4 et était sortie les joues blêmes et avec un froid dans le dos qui avait persisté jusqu'à son retour chez elle. Ç'avait été une aventure, elle se l'était raconté ainsi. Comme de se faire masser par un garçon de trente-cinq ans qui avait des mains de pianiste et une discrétion de moine. Cet Andrea était quelqu'un avec qui on se sentait en sécurité.

Dès que la sonnette retentit, elle se redressa sur le coussin et remit ses cheveux en ordre du bout des doigts. Andrea apparut dans le salon et elle lui sourit.

— Je m'en suis tirée, tu as vu ?

Il la salua et s'approcha du lit. Margherita dit qu'elle allait s'enfermer dans la chambre pour des appels professionnels, Andrea continua à regarder autour de lui et ses yeux s'arrêtèrent sur la cuisine.

Anna sourit.

— Tu as un petit creux, avoue.

Il dit que non.

— Pourquoi n'ouvres-tu pas le placard au-dessus du frigo, il devrait y avoir des chocolats au rhum.

Il ne bougea pas.

— Ma parole, que tu es timide.

Andrea alla à la cuisine et ouvrit le meuble au-dessus du réfrigérateur, il ne trouva rien.

— Ils ont dû les déplacer. Cherche mieux par-là.

— Il faudrait demander à votre fille.

— Si on demande, on a moins de plaisir.

— Le rhum, il vaudrait mieux pas, avec les médicaments.

Mais il continua à fouiller sur les étagères, trouva la boîte à côté de la cuisinière et la lui apporta.

Elle en prit un.

— Sers-toi donc.

— Ce soir c'est l'anniversaire de ma mère.

— Et alors ?

— Je mangerai des chocolats chez elle.

— Ah mais oui, ta diète pour garder la ligne.

Elle fronça les sourcils.

— Quel âge a ta mère ?

— Soixante-huit ans.

Il retroussa les manches de son sweat-shirt.

— Achète-lui des tulipes jaunes et rouges.

Elle pêcha un autre chocolat dans la boîte.

— Tu es sûr que tu n'en veux pas ?

Il céda et ils mangèrent en silence, fermèrent à demi les paupières et mâchèrent jusqu'à ce que la confiserie fonde dans leurs bouches. Puis Andrea se pencha sur elle, commença par le bras sans plâtre, tout doucement, il avait appris à la reconnaître par les articulations de l'épaule, les sentit fluides et comprit que le retour à la maison l'avait libérée. Il s'attarda sur l'omoplate, de temps en temps il observait ses yeux minuscules, ils étaient gonflés par les médicaments, ou peut-être était-ce la mélancolie. Il passa du bras au cou et au dos, la fit se tourner et s'asseoir au bord du lit de façon qu'elle ait les jambes pendantes, il flottait la même odeur de laque que lorsque Margherita l'avait invité là des années avant. Elle lui avait dit que sa mère était à Côme chez ses parents, il avait aimé cette phrase de gamine qui profite de la situation. Il avait accepté en se demandant ce qui allait arriver, mais ils avaient bavardé et à la fin seulement s'étaient embrassés, un baiser debout, presque en passant, puis ils avaient préparé le café et pendant que la cafetière gargouillait il avait dit : « J'aime les hommes. » Elle s'était contractée et lui aussi, le bruit de la circulation de la via delle Leghe entrait par la fenêtre et elle avait dit : « Moi aussi j'aime les hommes. » Ils avaient ri, le dos contre le plan de travail, elle avait étendu le bras et l'avait attiré à elle, ils s'étaient serrés et il avait ajouté : « Je ne peux rien y faire. » « Je ne peux rien y faire », comme il aurait voulu pouvoir dire ces six mots à Giorgio pour lui expliquer les chiens et le hangar et le combat qu'il livrerait ce soir-là encore.

— Testons la jambe.

— J'ai peur.

Anna lui sourit.

— Prête ?

Andrea se pencha et la laissa le prendre par le cou, la tint par les hanches et se prépara à l'accompagner dans le mouvement le plus risqué. Avant de la faire descendre du lit, il vérifia que sa chemise de nuit la couvrait bien, une fois elle s'était levée et Anna avait murmuré : « Regarde en l'air, s'il te plaît. » Ils firent un pas et encore un pas et quand ils furent au milieu du salon, sur le tapis persan, il lui sembla danser avec elle. C'était étrange comme il s'était habitué à ce corps docile et comme il s'habituerait au corps agressif du soir qui venait et au corps réactif de ses élèves du lendemain et au corps accueillant de Giorgio. Le seul auquel il n'était pas habitué était celui de ses parents. Après ça, il irait chez eux, il mangerait du gâteau, puis changerait l'ampoule du couloir en montant à l'échelle, il s'installerait sur le canapé devant la télévision à mi-volume, ils parleraient du kiosque et des entraînements, puis il sortirait et se dirigerait vers le hangar, mais avant il aurait serré l'épaule de son père en guise d'au revoir ; il était si difficile de toucher son père.

Quand Sofia prit le sien par le bras, elle sentit aussi la présence de sa mère : quand elle était petite, ils étaient allés tous les trois au cinéma pour voir *Toy Story* à l'Astoria et elle se souvenait du pop-corn et de rien d'autre. Elle aligna son pas sur celui de son père et ils traversèrent ensemble la piazza Cavour. Il avait neigé et Rimini sous les réverbères était une image sépia. Ils prirent le corso, virent que devant le Fulgor il y avait un peu de cohue. Son père ralentit et dit :

— Peut-être qu'il n'y a plus de places.

— Viens.

Elle serra son bras avec plus de force.

Ils se mirent dans la file sans parler, puis Sofia eut envie de pop-corn et lui de réglisse, il en dévorait des rouleaux même si ça faisait monter sa tension. Il avait mis son cardigan de fine laine et sa cravate bordeaux à gros grain. Quand ce fut le moment de payer, il avait déjà son portefeuille à la main. Ils entrèrent dans la salle, virent les stucs dorés et les fauteuils écarlates, c'était vraiment le cinéma des années trente de Fellini – ils se racontèrent l'histoire du cinéaste qui un soir de décembre était passé avec sa Mercedes par l'Ina Casa et quelqu'un l'avait vu et jurait que dans la voiture il y avait aussi Mastroianni. Un instant elle regretta de n'être pas là avec Tommaso, peut-être saurait-elle quoi faire d'un amour fiable. Elle sortit son portable de son blouson ; peut-être que non, en fait, ça ne lui suffirait jamais. Elle écrivit son message, *J'espère que les livres sont arrivés, ces dernières années j'ai entre autres relu Fenoglio. Sofia (Casadei)*, l'envoya, puis s'abandonna dans le fauteuil, maintenant il faisait sombre et elle pouvait n'être pour un moment que l'enfant de son père.

Le message arriva à Carlo alors qu'ils étaient tous via delle Leghe. Margherita et lui s'étaient enfermés dans la petite chambre tandis que Lorenzo dormait avec sa grand-mère au salon. Ils étaient sur le point de choisir un film sur l'ordinateur portable, elle proposait *Les Copains d'abord* même s'ils l'avaient vu et revu, Carlo préférait *Une journée particulière* mais avait abandonné la discussion pour sortir son téléphone qui vibrait. Il lut le message de Sofia, Margherita s'était approchée du poster d'Andrea Giani et était en train de presser contre le mur l'un de ses coins qui s'en était détaché ; elle lui dit que *Les Copains d'abord* était l'un des films qu'elle aurait mis dans un hypothétique *top ten*, il était d'accord ?

Il la regarda sans répondre.

— Carlo ?

— Qu'y a-t-il ?

— Tu es d'accord ?

— Oui.

— Qui t'écrit ?

— Qui ?

— Le téléphone.

— Ma sœur.

— Que dit-elle, Simo ?

— L'entretien.

Il resta silencieux.

— Elle veut savoir s'il y a du nouveau.

— Mais elle et moi en avons parlé aujourd'hui une bonne demi-heure.

Il leva les yeux.

— Elle demande aussi comment va ta mère.

— Comment va son fils, plutôt ?

— Elle dit que…

Il avait encore le portable à la main.

— Demain je l'appellerai pour savoir.

— Elle dit que… ?

— Hier, elle m'a dit qu'on va le changer de classe.

— Moi, je le changerais d'établissement. Ils lui crient « Nico le négro » jusque dans les couloirs.

— Nico négro.

— C'est un bon nom pour un rappeur, si on y pense.

— Elle m'a raconté qu'on lui a collé un mot sur son sac à dos.

Il rangea son téléphone.

— Tu ne réponds pas ?

— Lançons le film.

Il l'invita à le rejoindre sur le lit.

Margherita lui fit signe d'attendre, sortit de la pièce et alla dans le séjour pendant qu'il relisait le message : il regarda ce qui était écrit et vérifia que la réception datait de trois minutes plus tôt et non d'une époque où ces mots l'auraient mis en ébullition. Maintenant, il était plutôt flottant et ne ressentit qu'une faible excitation. Il rangea le portable. Puis Margherita revint.

— Ils dorment comme des loirs, Lore' est bien installé sur le canapé, je pense qu'il ne faut pas le réveiller.

— Et ta mère ?

— Crevée par la séance de kinésithérapie.

Carlo s'allongea sur le lit, invita Margherita à le rejoindre et arrangea les coussins derrière son dos. Il s'étendit près d'elle, corps contre corps, lança *Une journée particulière*.

— Le despote a choisi.

Elle feignit de le jeter hors du lit.

— J'avais envie de voir Sophia Loren.

Il attendit le générique et le coup de sifflet du train et Hitler apparaissant à la fenêtre du wagon, la voix hors champ qui annonce la marche triomphale sur Rome, la croix gammée suspendue par la concierge au balcon de l'immeuble, puis il dit :

— Ce n'était pas ma sœur au téléphone tout à l'heure.

Margherita posa la tête sur sa poitrine.

— Évidemment.

Elle regardait le film ou le fond de la pièce, le bureau sur lequel elle avait travaillé enfant et les cassettes audio empilées sur un coin de l'étagère.

La caméra s'attarda sur l'immeuble : c'est l'aube et les fenêtres s'éclairent les unes après les autres.

— Ce livre fait mal, dit Margherita.

— Quel livre ?

— *Sylvia*.

Il resta serré contre elle, regarda Andrea Giani et le coin décollé de son affiche.

— Je n'entendais plus parler d'elle depuis des années.

— Ces livres que tu lis et les photos des mêmes livres sur Instagram, c'est… Qu'est-ce que c'est ?

— Son initiative à elle.
— Carlo.
— C'est elle qui les envoie.
— Elle les envoie ?
— C'est son initiative, je t'ai dit.
— Carlo.

Le corps de sa femme était léger et la tiédeur descendait sur son thorax, Sophia Loren cessa de repasser une chemise sur la table de la cuisine et prépara le café, Carlo fouilla dans sa poche et en sortit le portable.

— Je veux que tu lises pour voir que ce n'est rien.

Elle lui retint la main sous la couverture.

— Ça ne m'intéresse pas.
— Lis.
— Ça ne m'intéresse pas.

Elle repoussa son bras avec douceur.

Il posa le téléphone sur le drap, elle avait laissé sa main sur son ventre, la fit descendre et le toucha doucement, délaça sa ceinture et défit le bouton de son jean, essaya de lui baisser le pantalon jusqu'aux cuisses, il ne l'aida pas et elle tira dessus pour le faire descendre, et Sophia Loren avec sa robe froissée et son visage fatigué qui tournait dans l'appartement, avec tous ces enfants, et la plus grande qu'elle surprenait à mettre du rouge à lèvres, Carlo avait les yeux fixés sur l'écran et Margherita aussi, puis elle la lui caressa, la lui caressait, approcha sa bouche et l'y engloutit, avec Sophia Loren qui restait seule à la maison, Margherita qui suçait et la faisait durcir tandis que Mastroianni était assis à son bureau, son cardigan rouge sans manches, avec un pan de chemise qui dépassait, Margherita qui insistait et lui qui regardait la bouche de sa femme, et il imaginait que c'était l'autre, ça faisait si longtemps qu'il ne l'imaginait pas comme ça, l'infantilisme du mâle, il revint à sa femme et se prépara, gémir pour elle, être prêt à jouir pour elle, se vider en elle, vaguement égaré par l'excitation et par une sensation d'étrangeté.

Le goût de son mari n'avait pas changé en toutes ces années, Margherita posa la joue sur son bas-ventre et ferma les yeux ; un instant, l'idée persécutrice lui revint : que l'autre aussi y ait goûté. Elle se leva du lit, en faisant attention à l'ordinateur – Sophia Loren se présentait à la porte de Mastroianni et demandait si elle pouvait entrer, et entrait. Margherita laissa Carlo et sortit de la chambre et se retrouva dans le couloir. Le salon était dans la pénombre, elle alla voir sa mère et son fils qui dormaient, la jambe de Lorenzo était sortie du plaid, depuis qu'il était tout petit, de son pied gauche, il cherchait la fraîcheur. Elle s'approcha de la porte-fenêtre, elle évoquait toujours son père dans ces moments-là, elle avait envie de retourner auprès de son mari et de lui dire pour Andrea. Quand elle se retourna, Carlo était à l'entrée du salon. Elle le rejoignit et le prit par le bras, l'entraîna dans le couloir et dans la chambre de sa mère, la machine à coudre avait été poussée à côté de l'armoire.

— Tu n'as pas baisé avec elle dans ces toilettes.

— Tu le sais.

— Je te crois quand tu dis que tu ne l'as pas baisée.

— Quel est le problème alors ?

— Peut-être que tu ne l'as pas baisée.

— Arrête.

— Si tu l'avais baisée, tu t'en serais débarrassé. Ou tu te serais débarrassé de moi. Ou je me serais, moi, débarrassée de toi. Mais tu n'aurais pas de messages qui te font tressaillir alors que tu es avec ta femme dans son lit de jeune fille en train de regarder *Une journée particulière*.

— Tressaillir.

— Tressaillir. Tu préfères troubler ?

Elle éleva la voix.

Il lui fit signe de la baisser.

— C'est toi qui as un problème.

— Oh, mais bien sûr. Une femme voit son mari rougir en recevant le message d'une nymphette morte et enterrée depuis dix ans : c'est elle qui a un problème, évidemment.

— C'est un message insignifiant.

— Tu pouvais ne pas en parler s'il était insignifiant.

— Je te l'ai dit justement parce qu'il est insignifiant.

— Comme il y a des années, j'imagine.

— Je ne pensais pas que tu en étais là.

— Moi non plus.

Elle poussa un profond soupir.

— Cette gamine est pire qu'un emprunt de neuf cents euros par mois, elle est pire que… Je n'en sais diable rien.

— Qu'un mari au chômage.

— Ne fais pas ça.

— Quoi ?

— Détourner la conversation.

— Je ferai un bon entretien et j'obtiendrai ce poste au marketing de la bière et tu me reconnaîtras enfin comme mâle dominant.

— Ne fais pas ça, s'il te plaît.

Elle laissa tomber les bras le long de son corps.

Il les lui serra.

— Sois tranquille.

— Depuis quand n'aviez-vous plus de contact ?

— Depuis ce temps-là.

Elle se dégagea.

— Je t'en prie, Carlo.

— Depuis ce temps-là.

— Ces livres qu'elle t'envoie sont, pour ainsi dire, un échange culturel.

— C'est son initiative.

— Carlo, je veux que tu te l'enlèves de la tête.

— Mais elle n'y est déjà plus.

Margherita respira à fond.

— Je suis fatiguée.

Sa voix était presque inaudible.

— Enlève-la-toi de la tête, je t'en prie.

— C'est toi qui dois te l'enlever de la tête.

— Carlo.

Il resta au centre de la pièce, on ne le voyait presque pas dans la pénombre. Il approcha, elle lui posa une main sur la poitrine.

— Je suis fatiguée.

Et elle se laissa étreindre, elle redevenait toute petite quand il la serrait fort dans ses bras.

— Reste encore un peu, lui répéta sa mère.

Andrea l'embrassa, puis se raidit et dut se détacher d'elle.

— Il faut que j'y aille, bon anniversaire encore une fois, m'man.

Les tulipes jaunes et rouges étaient disposées dans le vase de verre. Il salua son père de loin et sortit ; passer chez eux avant le hangar lui enlevait de la force.

Il marcha jusqu'à la voiture, y monta et vérifia son téléphone, mit le contact. Il n'avait pas envie de musique et prit la route la tête lourde. Il inclina un peu le siège, sa douleur à la côte n'était qu'une gêne, mais les mouvements qu'il faisait penché avec Anna l'aggravaient, il était encore imprégné de son parfum de rose. Il avait l'estomac léger, il s'était limité avec le gâteau, l'important, c'étaient les bougies et le souhait qu'il avait exprimé tandis que sa mère les soufflait ; qu'elle soit heureuse, c'est toujours ce vœu qui lui venait.

Puis il se libéra la tête, la route était couverte d'un givre léger et la nuit milanaise le rassura, il espérait que ce soit l'Égyptien qui lui échoie, ce colosse boulanger père d'un enfant nouveau-né, qui frappait aux oreilles et avait fait perdre connaissance à deux adversaires. Il mit trente-cinq minutes pour arriver sur la Novedratese, il y avait trois Nigérianes devant le Carrefour, il poursuivit son chemin et descendit par Carimate, se gara dans le renfoncement de la route et défit sa ceinture. Il ouvrit le coffre ; une voiture était là à quelques mètres, forme confuse dans la nuit, les phares allumés. Il mit la main en visière pour mieux la distinguer, renonça, retira son sac et entendit la voiture avancer doucement. Elle passa près de lui, et il reconnut Giorgio. Il avait baissé une vitre et le regardait, il ne disait rien, poursuivit et se gara un peu plus loin. Andrea alla vers lui.

— Rentre à la maison.

— C'est là-dedans que tu vas aller ? Qu'est-ce qu'il s'y passe ?

Giorgio indiqua le hangar. Ses boucles lui couvraient le front, il les écarta et se pencha.

— Tu baises avec qui ?

— Va-t'en, s'il te plaît.

— Je suis resté en bas de chez tes parents pendant tout le dîner.

Il fixa le regard sur le volant.

— Quand je t'ai vu sortir de la maison, j'ai pensé : alors il ne baise avec personne d'autre. Alors il ne dit pas qu'il va chez ses parents et à la salle de sport et en définitive se fait sucer la bite quelque part.

— Pars, j'ai dit.

— Eh non.

— Allez !

Tout ce givre qui éclaircissait la nuit, et le bourdonnement du moteur, et Andrea qui ne voulait plus que l'Égyptien. Puis la voiture repartit, fit demi-tour, accéléra et il vit son homme derrière la vitre, l'espace d'un instant, avant de se diriger vers le hangar.

Ils s'éveillèrent dans le lit de Margherita adolescente, sa femme dormait pelotonnée contre son épaule. Carlo se leva lentement, dehors il faisait encore sombre. Il sortit de la pièce le cou endolori et alla dans la salle de bains, s'assit sur le rebord de la baignoire et resta les yeux fermés. Les rebords de baignoire. Le jour où Lorenzo était sorti de l'hôpital, petite chose de deux kilos et demi hurlant de désespoir, il l'avait bercé en déambulant dans l'appartement, s'était enfermé dans la salle de bains parce que c'était la pièce la plus chaude, s'était posé sur le rebord de la baignoire émaillée et lui avait raconté une histoire qui lui était venue comme ça, et son enfant s'était endormi.

Il s'habilla avec calme, mit ses chaussures anglaises à queue d'aronde, décida qu'il les porterait aussi pour l'entretien du surlendemain, elles étaient commodes et de bonne qualité. De l'autre côté du mur, le voisin chantonnait et il eut l'impression qu'ils se lavaient les dents ensemble – cette pipelette d'Anna lui avait rapporté qu'il couchait dans une autre chambre que celle de sa femme. Il pensa au soir d'avant, à Margherita qui, après leur discussion, lui avait dit : « Dors avec moi. » Il boutonna sa chemise et prit son téléphone, relut le message de Sofia et songea soudain que les livres expédiés de Rimini l'étaient pour une raison précise – elle voulait vraiment le revoir –, songea à sa femme qui le harcelait – « je veux que tu te l'enlèves de la tête » –, et se sentit fautif de n'avoir pas voulu la harceler, lui, à l'époque, ce matin où il s'était levé et avait préparé le petit déjeuner pendant qu'elle était encore au lit, apercevant son BlackBerry oublié sur la table. Il s'était assis et contrairement à ce qu'il avait toujours fait jusque-là, l'avait pris. Il ne savait pas pourquoi justement ce matin-là. Il avait parcouru les messages et avait trouvé *Andrea kinési*, neuf messages en tout, quatre en réponse et cinq envoyés, le dernier de ceux qui avaient été envoyés était *Si vous voulez, ça me ferait plaisir de vous voir un après-midi*, aucune réponse de sa part à lui. *Si vous voulez*, quelle invite élégante, elle lui avait résonné longtemps dans la tête.

Adultère contre adultère : je l'ai fait mais toi aussi tu l'as probablement fait. Il avait laissé le soupçon sédimenter, se déculpabilisant un peu de ses propres tromperies, s'agaçant, se prenant de jalousie, se contenant. Leur mariage avait résisté à l'assaut des doutes. Ils s'étaient protégés, d'une certaine façon protégés, et lui avait utilisé leur fragilité pour retrouver la soif du corps de sa femme après un hypothétique Andrea : en étudiant sa chatte (était-elle encore la même, compacte ou plus accueillante ou moins accueillante, différente ?), baisant ses tétons (les lui avait-il baisés aussi et qui l'avait mieux fait ?), l'entendant jouir (avait-elle joui comme ça avec lui ?).

Quand ils faisaient l'amour, il avait cessé de lui demander si elle en désirait un autre, en avoir la certitude amplifiait déjà le plaisir : Margherita avait désiré un autre homme, le désirait peut-être encore, mais lui seul pouvait la posséder vraiment. Il avait relevé la garde : il était marié à une femme que quelqu'un voulait avoir et qu'il pouvait avoir mieux que tout autre.

Il n'avait plus pensé à elle seulement comme à sa femme. Ainsi, les jambes extraordinaires de Margherita étaient devenues les jambes extraordinaires qui n'appartenaient qu'à elle, et son cerveau surprenant était devenu le cerveau surprenant qui n'appartenait qu'à elle, et ses yeux et ses lèvres n'appartenaient qu'à elle, et sa force aussi, et elle s'en servait aussi pour séduire en dehors de lui. Ç'avait été une prise de conscience douloureuse qui la lui avait fait redécouvrir. Une femme, et pas son habitude. Et puis un soir, à table, elle lui avait dit :

— Tu te souviens de mon kiné ?

— Celui de la morsure du chien.

— Il est gay.

— Je n'aurais jamais cru.

— Moi non plus.

Alors il avait entrevu, ou avait cru entrevoir, une femme blessée.

Il sortit de la salle de bains et rejoignit le salon ; Lorenzo dormait, Anna était éveillée et regardait la lueur de l'aube par la fenêtre.

— L'infirmière arrive bientôt, Carlo ?

— Dans une heure.

— C'est long, une heure.

Il s'approcha.

— Tu as mal ?

Elle lui saisit les mains.

— Peut-être que tu pourrais appeler Margherita.

Il s'aperçut que ses doigts tremblaient. Il retourna dans la chambre, sa femme était debout, s'apprêtait à lever le store. Elle le vit entrer et dit :

— J'ai aimé dormir avec toi dans ce lit.

— Moi aussi.

Carlo esquissa un geste pour l'enlacer, elle s'écarta.

— Ta mère te demande.

Margherita trouva Anna tordant un bout de son drap.

— Ma chérie, tu peux faire venir l'infirmière plus tôt ?

— Tu te sens mal ? Je fais quelque chose à manger et on prend les analgésiques.

— Je n'ai pas mal.

Elle baissa les yeux sur le drap. La mauvaise odeur venait de là-dessous.

Margherita acquiesça.

— Je m'en occupe.

— Tu appelles l'infirmière, s'il te plaît ?

— Je m'en occupe.

— Ma chérie, non, je t'en prie.

— Je suis là, maman.

Elle se tourna vers le couloir, elle savait que son mari s'y trouvait et qu'elle ne devait pas lui montrer qu'elle était effrayée. Elle lui fit signe de se dépêcher avec Lorenzo, puis alla s'habiller. Sa mère l'attendait dans la même position, elle tordait le drap et regardait son petit-fils, à qui Carlo enfilait pantalon et sweat-shirt.

— Tu reviens voir bientôt ta grand-mère, mon chéri ?

— Tu ronfles, dit l'enfant.

— Toi aussi, tu ronfles, lui répondit-elle.

— Et je ronfle moi aussi.

Carlo boutonna le tablier du petit.

— Je confirme, dit Margherita.
— Travaille bien à l'école, jeune homme.

Margherita accompagna Lorenzo et Carlo à la porte. Quand elle revint, elle remonta complètement le store et s'aperçut qu'Anna regardait le fauteuil de son mari.

— Je l'ai si souvent nettoyé, ton père. Et tu sais ce que je pensais quand je lui passais l'éponge sur le corps ?

Elle se racla la gorge.

— Je pensais : quelle pauvre chose tu es devenu, mon Franchin.

Margherita rejoignit la bibliothèque avec les disques.

— Qui mettons-nous ?

Sa mère ne dit rien.

Margherita choisit un vinyle.

— De Gregori ?
— Il est trop propre.
— Rino Gaetano, mettons Rino Gaetano.

Elle sortit le disque.

— Ne mets rien.
— Vraiment ?
— Ne mets rien.

Margherita replaça le vinyle dans la bibliothèque et alla dans la salle de bains. Elle sortit le paquet de couches, en tira une, prit la bassine et la remplit d'eau tiède, prit les éponges, prit les serviettes et le broc, la remplit d'eau chaude, sortit l'alèse et le savon neutre, le seau, mit le tout sur une table roulante dont ils s'étaient déjà servis pour son père.

Elle la poussa jusqu'au salon. Elle s'approcha du lit et tourna la manivelle pour soulever le matelas.

— Tu es bien, installée comme ça ?

Sa mère fit signe que oui.

Elle lui caressa le bras. Elle l'embrassa sur la joue, puis la saisit d'un côté et essaya de la faire basculer, sa mère gémit de douleur. Le tuyau de la sonde la limitait, elle contrôla la poche et vit qu'elle était à moitié pleine. Margherita entoura les épaules de sa mère et la déplaça sur le côté droit du matelas, étendit l'alèse sur le drap et la couvrit avec les serviettes.

— Je suis là.

Anna avait la tête renversée et gardait les yeux fermés.

— Je suis là, maman.

Margherita versa un peu d'eau chaude dans la bassine, sortit les éponges de leur emballage et les laissa s'imprégner, ôta le bouchon du savon liquide.

— Hier soir vous vous êtes querellés, n'est-ce pas, ma chérie ?

Anna releva le cou pour observer les gestes de sa fille.

— On s'est querellés ?

Elle repoussa le bas de sa chemise de nuit, la puanteur la prit à la gorge.

— C'est le film qu'on a regardé sur l'ordinateur où ça se querellait.

— Quel film ?

— Loren et Mastroianni.

Elle respirait par la bouche.

— Et qu'est-ce qui a fait élever la voix à la Loren ?

Margherita se tut jusqu'à ce qu'elle ait fini de défaire le premier adhésif de la couche.

— Mastroianni qui se complaît dans le passé.

— Quel genre de passé ?

— La *dolce vita* qui lui a échappé.

— C'était un acteur en pleine ascension, ma chérie. Quand Carlo passe-t-il l'entretien, à propos ?

Le tricot de corps gênait les mouvements de sa mère, elle le lui remonta jusqu'au soutien-gorge.

— Après-demain.

— Il a toutes les qualités requises.

— Il a quarante-quatre ans.

— On a plus d'expérience à quarante-quatre ans.

— Aujourd'hui on est à moitié mort, à quarante-quatre ans. Et de toute façon ce n'est pas seulement le travail, le problème.

Anna plaqua son bras plâtré sur la poitrine.

— Il m'avait en effet semblé entendre le mot emprunt.

— Écarte un peu les jambes, s'il te plaît.

Margherita retint un haut-le-cœur et pressa le nez sur son pull, se redressa et détacha le second adhésif de la couche.

— Vous, les gens d'après-guerre, vous ne vous alarmez que pour l'argent.

— Parce que pour les mariages, nous nous adaptions.

Margherita la regarda.

Sa mère était sérieuse.

— S'adapter était une liberté, ma chérie.

— Moi je n'y arrive pas, à m'adapter.

— Toi, tu n'as jamais aimé les libertés difficiles.

Margherita attrapa le devant de la couche, tira tout en regardant sa mère, lui sourit, baissa la tête. La merde avait taché les serviettes et ses doigts.

— Quelle pauvre chose je suis devenue.

— Tu es belle.

Elle lui retira la couche et la referma, la laissa de côté et approcha vivement la bassine. On lui avait appris qu'il fallait la laver du nombril vers en bas pour éviter les infections.

— L'eau n'est pas trop chaude ?

— Fais prendre le taureau par les cornes à Mastroianni.

Puis elle acquiesça.

— L'eau est chaude juste comme il faut. Le taureau par les cornes fonctionne toujours.

Margherita la lava une première fois, se bouchant le nez de son avant-bras en s'inclinant pour que ça passe inaperçu. Elle la lavait et se concentrait sur un point sur le côté. Puis elle en eut assez de sa frayeur et regarda comment sa mère était faite. Elle aurait juré que c'était une jeune fille. Elle la nettoya doucement, de haut en bas, rinça l'éponge, de haut en bas, rinça encore, de haut en bas, rinça, fit attention avec la sonde, jeta l'éponge dans le seau et en prit une neuve.

— Toi, maman, tu n'as jamais réellement douté de papa ?

— Vas-y doucement, ma chérie, s'il te plaît.

Anna poussa un soupir.

— Bien sûr que j'ai réellement douté de papa. Et j'ai réellement douté de moi aussi. Mais je ne vivais pas à ton époque.

— Sinon ?

— Sinon, le taureau par les cornes, je crois.

Elle sourit. Son souffle était court et elle toussa, Margherita s'arrêta jusqu'à ce que sa mère se calme. Puis elle lui donna un baiser sur le front.

— Tu es belle, d'accord ?

Elle avait sali le bandage de la jambe, elle nettoya le bord de la gaze et sa mère poussa un cri.

— Ça te fait aussi mal que ça ?

— Un peu.

— Ta jambe est gonflée mais je crois que c'est normal.

Elle continua avec délicatesse.

— On va le dire à l'infirmière.

— En fin de compte, je suis à fond pour Sophia Loren, ma chérie. Tu le sais.

Margherita acquiesça, prit de nouvelles serviettes et commença à lui en tamponner la peau, elle pressait et respirait l'odeur de propreté de sa mère. Elle avait un peu mouillé le drap avec l'éponge, elle alla à la salle de bains et prit le sèche-cheveux sous le lavabo, sécha le drap et avant d'éteindre l'appareil dirigea son jet d'air vers sa mère.

Anna sourit.

Margherita posa tout sur le chariot et le poussa jusque dans la salle de bains, s'y enferma. Elle s'appuya au mur et se tamponna les yeux. Ses mains étaient endolories, elle les ouvrit et les referma ; laver sa mère, la laver était ce qu'elle ferait, la laver bien, la laver sans frayeur. Elle pressa son dos contre les carreaux, attendit de se calmer, se redressa. Elle voulut aller vers le lavabo, mais resta immobile. Elle prit le téléphone et appela son mari, attendit trois sonneries et quand il répondit, murmura :

— Je voulais juste t'entendre.

Il reconnut sa voix un peu cassée et lui demanda de lui dire ce qui se passait. Elle dit :

— Ce n'était que ça.

Ils gardèrent le silence, puis il dit : « Je t'aime, d'accord ? » Quand ils raccrochèrent, Carlo éprouva la tendresse qu'il ressentait quand, après les autres femmes, il rentrait à la maison et observait Margherita et qu'il avait soudain de la peine pour ce qu'il avait fait, un chagrin doux et abyssal : parce qu'à présent il savait qu'elle avait raison, il devait s'enlever Sofia de la tête – la revoir.

Il laissa Lorenzo à l'école maternelle et le regarda s'approcher des autres enfants, son tablier était un peu grand et le faisait paraître tout petit. Il se détacha de la grille et marcha jusqu'au métro de Porta Genova et ne pensa plus à son fils. L'hiver lui brûlait le visage, il monta dans le wagon et descendit à la station Cadorna, acheta trois euros un billet et attendit le train régional destination Asso. Le train arriva à l'heure et il s'installa près de la fenêtre. Durant le trajet, il n'enleva pas son blouson et regarda dehors les entrepôts à vendre, la campagne pelée et les gares de province, les retraités et les grappes d'immigrés qui tremblaient de froid en attendant le train. Il arriva à Cabiate et descendit. Une fois, Daniele Bucchi et lui avaient calculé que du centre de Milan à la teinturerie il fallait compter quarante-cinq minutes : moins d'une heure pour se revoir, et c'était arrivé une fois en tout et pour tout.

Il sortit de la gare, prit la rue d'en face qui arrivait à un centre historique minuscule, il ne savait plus bien quel chemin prendre, puis il aperçut l'enseigne blanche avec écrit dessus *Tintoria Aurora*. De l'autre côté de la vitrine, il vit Daniele, s'arrêta. Il y avait une cliente au comptoir et il acquiesçait à ce qu'elle disait tout en enlevant une paire de pantalons du cintre, la machine à laver était une ruche de lumières et Daniele posa le pantalon sur le papier de soie, l'emballa sans détacher son regard de la cliente. Il coupa un bout de Scotch et ferma le paquet, baissa la tête pour recevoir l'argent et rendre la monnaie. La cliente sortit et la porte tintinnabula, cela rappelait la clochette de certains restaurants d'autrefois. Carlo avança, s'excusa. Son ami était quasiment au fond du magasin et parlait à la femme qui repassait.

— C'est moi, Lele.

Daniele avait une agrafeuse à la main, la posa.

— C'est toi.

Il vint vers lui.

— Qu'est-ce que tu deviens ?

Ils se serrèrent la main.

Il percevait l'altération de leur amitié. Il resta muet et Daniele l'invita à le rejoindre derrière le comptoir, lui enleva son blouson.

— Comment vas-tu, Pente ?

— Comme avant l'interrogation avec Mme Bagli.

— Latin ou italien ?

— Latin.

— Aïe.

— Mais tu vois quand même devant toi le meilleur souffleur du lycée.

— Quels temps c'étaient.

Daniele abaissa une manette de la machine à laver et montra le hublot.

— Nous venons tout juste de la changer, elle consomme moitié moins que la précédente et coûte le prix d'une utilitaire. Mais ça a été une erreur.

— L'autre fonctionnait encore.

— Avec un peu de bonne volonté, oui.

Daniele lui fit signe de le suivre jusqu'à la vitrine, pointa un doigt en direction d'une enseigne bleue au bout de la rue.

— Tu vois ça ?

— Ça n'y était pas.

— Surgie d'un coup d'un seul trois semaines après l'installation de notre nouvelle machine. Des Chinois. Tu sais combien ils prennent pour laver et repasser un pantalon ? Deux euros. Et moi ? Tu veux savoir ?

— Et toi ?

— Deux euros soixante-dix, et j'ai du mal à rentrer dans mes frais. Toi, tu irais chez qui ?

— Chez toi.

— Menteur comme Judas.

Il fit mine de lui donner un coup à l'estomac et Carlo esquiva quand même.

— Tu es en forme pour quelqu'un qui a eu un enfant, Pente.

— Je me suis entraîné à parer les coups.

— De qui ?

— De ma famille.

— Évite juste d'aller au tapis pour une connerie, entendu ?

— J'essaie.

Puis ils se turent ; au lycée aussi ils se taisaient quand l'un d'eux avait émis une vérité. Sur le banc de l'école, coude à coude, sur le terrain de foot, l'un défenseur et l'autre ailier, certains dimanches après-midi chez Carlo et la semaine suivante chez Daniele, à suivre le match minute par minute à la radio pendant qu'ils faisaient leur version de latin, ou assis sur un banc de la piazza Aspromonte, fumant en cachette ou buvant de la bière, ou dans la cuisine des Bucchi, avec le père en maillot de corps qui apparaissait pour se faire un sandwich au jambon qu'il préparait aussi pour eux.

— Et comment s'appellerait cette connerie ?

Daniele releva le coin droit de sa bouche, il avait encore de longues rouflaquettes et la fatigue avait creusé ses yeux, mais ils brillaient toujours.

— La connerie s'est manifestée sous plusieurs formes.

— Quand tu étais professeur ?

— Également.

— Les choses se compliquent avec les enfants et les pressings chinois et la vieillesse et on peut réagir comme ça, tu le sais, non ?

Carlo fit signe que oui.

— Tu sais quand même que si tu résistes aux conneries, ensuite, ce que tu as mis à l'abri est plus fort.

— Et si ce ne sont pas des conneries ?

— Alors fais-les.

Il déambula dans la blanchisserie, il avait toujours ses jambes tordues de footballeur et traînait des pieds dans ses chaussures de gymnastique.

— Je suis pour miser gros.
— Toi qui as femme et enfants.
— Justement.
Un homme entra, il avait un chapeau enfoncé jusqu'aux yeux, Daniele l'accueillit en silence et il avait soudain des gestes élégants, les mains et les jambes légères, une libellule ; d'un mouvement alerte il détacha une chemise du porte-cintres électrique, l'emballa et disparut dans la pièce du fond. Il revint avec un pull-over qu'il plia d'un coup de pouce et d'index, le posa sur le papier de soie, referma l'emballage avec deux bouts de Scotch.
— Ça fait six euros vingt, merci monsieur Rosati.
L'homme lui donna l'argent.
— Je ne vous trahirai pas, Bucchi.
Il montra la vitrine.
— Je ne fais pas laver mes affaires par des nègres, moi.
— Ce sont des Chinois.
— Ça revient au même, des nègres.
Il prit la monnaie restante et les vêtements, toucha son chapeau et sortit.
Carlo prit une voix cassée.
— Je ne vous trahirai pas, Bucchi.
Daniele inclina la tête.
— Et toi aussi, ne te trahis pas.
— Toi non plus.
— À peine à peine.
Daniele nota quelque chose sur un calendrier de table.
— Mais tu sais que renoncer pour Agnese et les petits me vient naturellement ?

La machine à laver faisait entendre une cantilène régulière.

— Tu es un supporter de l'Inter. Tu as fait dix ans de massages shiatsu. Tu mangeais des pâtes surgelées. C'est peut-être un masochisme naturel.

— Depuis un petit moment je souffre de claustrophobie, Pente. Je suis resté enfermé dans un ascenseur pendant quarante minutes, j'étais à Milan pour discuter de l'assurance de la blanchisserie. Quand on m'a extrait de là, j'ai fait semblant de rien. Mais depuis, j'ai des palpitations et j'ai du mal à respirer, parfois aussi en voiture si je suis bloqué dans la circulation. L'an dernier, nous sommes allés à Lanzarote et dans l'avion j'en ai bavé, et si le métro ralentit, j'ai la frousse.

Il passa la main sur le comptoir pour le nettoyer d'un fil de laine.

— Pendant un an je suis allé chez un psychologue et il m'a dit que pour protéger ma famille j'ai négligé… enfin, des choses à moi.

Carlo sourit.

— Merde, tu ris ?

— Imagine si c'était moi qui y étais allé, chez le psy.

— Il aurait changé de métier.

— J'avais commencé, quand ils m'ont mis dehors, à l'université.

— Tu aurais dû continuer.

— Un professeur raté, un mari discutable, un fils à papa qui fait semblant de ne pas l'être : c'est trop.

Ils se regardèrent, puis Carlo avisa une photographie sur l'étagère et la prit. C'était Agnese sur un hamac avec sur elle la plus jeune de leurs enfants ; elle avait une jambe dans le vide et portait à la cheville une petite chaîne.

— C'est magnifique la baise, Lele.

— À qui le dis-tu.

— Pas toujours avec la même, j'entends.

— J'imagine.

Il jeta un regard vers l'arrière du magasin, puis lui fit signe de baisser la voix.

— Mais si je pense que je vais rentrer à la maison après avoir fait ce que j'aurais envie de faire, et préparer les pâtes pour Isabella, et jouer à la PlayStation avec Manuele, et courir après Giulio dans le couloir, et regarder *X Factor* avec la nuque de ma femme posée sur mes jambes, je ne peux pas, je n'y arrive pas, Pente, comment est-ce que ça se fait ?

— Et si c'était ta femme qui le faisait ?

— Tu as des soupçons sur Margherita ?

— Je ne veux pas être machiste, c'est tout.

— Mais comment fais-tu pour rentrer à la maison auprès de ta femme après avoir été avec une fille de vingt ans ? C'est moche.

— Possible.

— Et ne me dis pas que ce truc moche n'affecte pas le cœur.

— J'aime Margherita.

— Tu as peur.

— De quoi ?

— De rester sans bouger, avec ton mariage et ta famille, de les mener à leur terme comme un livre.

Il se tourna et appuya sur deux boutons de la machine à laver.

— Pour mener un livre à son terme, il faut des couilles, non ? C'est toi qui me l'as dit une fois.

— Ou de l'inconscience.

Deux femmes entraient avec un petit chien bâtard en laisse. Daniele contrôla une liste à côté de la caisse, Carlo s'approcha du radiateur, y appuya son dos pour se réchauffer. Il relut le message de Sofia. Puis il se tourna vers le néon du pressing chinois qui transperçait l'hiver et il lui sembla voir se lever un jour de printemps ; de l'autre côté de la vitrine, Sofia entrevit le largo Bordoni délivré de sa chape de neige et se dit que Pentecoste ne lui répondrait jamais. Peut-être les livres ne lui étaient-ils pas arrivés, peut-être son indiscrétion l'avait-elle lassé.

Elle monta en haut de l'échelle et ouvrit un tiroir, il y avait assez de pointes à béton et elle pourrait passer commande dans deux jours en même temps que pour les mastics et les équerres. D'en haut, le magasin avait un certain charme et elle se demanda comment elle avait pu se flatter de l'idée que Carlo allait lui répondre. Elle ne lui enverrait plus rien.

Elle ferma le tiroir et retourna sur son siège, abandonna ses mains sur ses genoux et laissa flotter son regard sur un point quelconque du comptoir. Elle ne parvenait pas à bouger, ça arrivait à chaque fois que sa mère lui manquait à ce point. Elle attendit que ça passe, elle avait à l'esprit ce moment où en été, elles allaient au champ derrière l'école élémentaire de Vergiano. Il fallait dix minutes de voiture, et dès qu'elles arrivaient, sa mère sortait la boîte avec les boules de papier et lui en faisait extraire une.

— Pêche bien, Sofia, pêche.

L'une des dernières fois, elle était restée indécise, avait pêché la boule, l'avait ouverte.

— Jaune.

— Celle qui perd s'occupe du balcon pendant un mois !

Elles avaient fermé les portières de la voiture et avaient couru dans le champ : la règle était que seuls étaient valables les tons jusqu'à l'orangé – jamais les marguerites, trop faciles –, le petit bouquet devait s'adapter exactement au vase de la cuisine.

Sofia s'était jetée sur la fleur de pissenlit, elle arrachait et ramassait sans prendre le temps de respirer, elle avait un peu soufflé en cherchant sa mère de l'autre côté du champ, sa mère, toute petite et qui souvent faisait des bonds de chat, éternuait de temps en temps. Puis elle ne l'avait plus vue. Elle avait mieux regardé – disparue. Elle s'était redressée.

— M'man.

Elle était allée là où elle l'avait aperçue en train de cueillir les fleurs.

— Maman.

Il n'y avait que des troncs abattus de là jusqu'au bout du pré. Puis elle l'avait trouvée : dans le champ de blé voisin.

— Ça ne compte pas ! lui avait-elle crié.

Sa mère avait levé la tête, cheveux couleur charbon et yeux brillants.

— C'est jaune !

Elle riait, les épis dans les mains.

Le blé et les fleurs de pissenlit : elles les avaient conservés en souvenir dans la cuisine et dans un coin du cagibi. Après l'accident, son père les avait jetés.

Elle pensa qu'il lui aurait suffi d'un épi, elle l'aurait gardé dans la quincaillerie, peut-être dans un vase long et étroit sur le comptoir. Elle regarda le portemanteau, s'approcha de la blouse bleue. Elle l'imagina, sa mère, allant se l'acheter après avoir vu Ornella Vanoni en concert place Cavour, revenant au magasin en fredonnant à mi-voix une chanson, tout heureuse, elle l'imagina dans le champ derrière l'école de Vergiano, en été.

Elle décrocha la blouse du portemanteau, la mit, une manche d'abord puis l'autre, l'arrangea sur sa poitrine et craignit qu'elle ne soit étroite sur les hanches. Elle la boutonna et s'aperçut qu'en fait elle lui allait bien. Elle pencha le nez sur son épaule, la blouse dégageait une odeur de poussière, elle se demanda où était sa mère. À Rimini, le printemps arrive toujours en avance.

Andrea entendit frapper à la fenêtre, il s'éveilla et vit Giorgio qui le regardait, les mains appuyées contre la vitre. Il souleva la nuque, il s'était garé de travers devant le kiosque, c'était le petit matin, il toucha sa lèvre fendue : l'Égyptien. Il avait perdu le combat en deux rounds, on ne lui permettrait pas de combattre pendant un bon bout de temps. Il déclencha l'ouverture de la voiture, Giorgio ouvrit grand la portière.

— Bon Dieu !

Il la referma et fit le tour, il entra du côté du passager.

— Cette nuit j'ai appelé tout le monde.

— Mes parents.

— Tes parents, non. Je suis aussi retourné au hangar mais il n'y avait plus personne.

— Il faut que nous ouvrions le kiosque.

Il se pencha et aperçut le serveur du bar Rock qui le regardait.

— C'est lui qui m'a averti que tu étais ici.

— Les journaux.

— Il les a récupérés et m'a prévenu. Ils allaient appeler les secours.

— Je vais bien.

Giorgio lui toucha le cou, Andrea s'écarta ; l'Égyptien l'avait aussi frappé au thorax, il pressa ses côtes et comprit que ce n'était pas grave. Il baissa le rétroviseur, ouvrit la bouche, l'une de ses incisives était ébréchée.

— Là derrière dans le sac, j'ai des analgésiques, donne-le-moi, s'il te plaît.

Mais Giorgio ne bougea pas.

— Le sac, s'il te plaît.

Il redressa le dossier.

Giorgio prit les médicaments et les lui donna, Andrea les fit fondre dans une bouteille d'eau à moitié remplie, il but et le sang se mélangea au goût mentholé du remède. Giorgio lui enleva les clefs des mains et souleva le rideau métallique, alla chercher les paquets de journaux dans le bar. Ils s'enfermèrent à l'intérieur du kiosque, il ouvrit l'escabeau et lui dit de s'asseoir.

Ils restèrent sans parler, il faisait froid. Andrea s'assit.

— J'en ai besoin.

Giorgio déplaça la pile de journaux.

— Je demande une demi-journée de congé et je m'occupe de tout. Toi, tu rentres à la maison.

— Je vais bien.

— Rentre à la maison.

— Un combat, ça me fait tenir des mois.

— Pour aller où ?

— J'en ai besoin.

Andrea se tenait la côte, il inclina la tête, ses yeux étaient mouillés et ses poumons se gonflèrent et se dégonflèrent, il fit un bruit de nouveau-né.

Giorgio coupa la bande des quotidiens, jeta le cutter sur le comptoir. Il alla près d'Andrea, lui prit les tempes dans les mains, attira sa tête contre lui et dit : « *Jag älskar dig.* » Il lui essuya les yeux.

— Au moins ça te rapporte un peu d'argent ?

— Pas grand-chose.

— Le *fight club* des pauvres, en plus.

Andrea tamponna ses lèvres tuméfiées.

Giorgio le fixa.

— Qu'est-ce que j'ai qui ne va pas ?

— Je le faisais avant de te connaître.

Giorgio resta immobile. Puis il empila les quotidiens sur le comptoir, contrôlant sur le bon de livraison que la quantité correspondait et le cochant avec le feutre. Il regarda Andrea. Il lui saisit la main et la lui posa sur la pile de la *Gazzetta dello Sport*, récupéra le feutre avec lequel ils notaient les retours à la fin de la journée, enleva le capuchon et lui traça une ligne de l'index au poignet. Et une ligne du majeur au poignet. Et une ligne de l'annulaire au poignet. Et une ligne de l'auriculaire au poignet. Et une ligne du pouce au poignet.

Andrea observait sa main peinte.

— Tes racines, ton bordel, je les accepte.

D'un coup il lui traça une ligne de l'auriculaire au pouce qui rompait les cinq autres.

— Mais ça, non.

Il pressa le feutre contre la peau.

— La honte que tu as de toi-même me dégoûte.

Andrea regardait sa main et elle lui parut être celle d'un autre. Giorgio la lui lâcha. Andrea replia le bras et caressa les cinq lignes. Plus tard aussi, quand il arriva chez lui, sous la douche, avant de les exposer au jet d'eau, il les caressa, puis les frotta avec l'éponge souple. Il s'interrompit : il voulait en garder le souvenir.

Il finit de se laver, soigna ses blessures et mit de la glace sur ses hématomes. Il appela ses élèves et avertit qu'il lui fallait remettre les entraînements à plus tard. Il alla dans la chambre à coucher, il y avait un renfoncement où ils avaient glissé un petit bureau ; les Stabilo de Giorgio étaient répandus en vrac au milieu de chutes de crayon, il ouvrit le classeur et prit la feuille du dessus. C'était l'esquisse d'une Richelieu en daim pour la collection d'automne, l'étude du talon occupait la partie basse de la feuille, Giorgio y travaillait depuis trois jours.

Andrea prit le crayon et écrivit sur le coin de l'esquisse : *Jag älskar dig.*

Il prit un autre analgésique et se mit au lit, dormit longuement ou très peu, il ne sut pas au bout de combien de temps sonna son portable. Il était abruti de sommeil, il attendit que l'appel s'arrête, se rendormit et fut réveillé par un second appel, dehors il faisait sombre. Il alla à la cuisine et vit que c'était Margherita. Il répondit et elle lui dit que la jambe de sa mère était d'une couleur étrange et lui faisait mal.

— Une couleur étrange, c'est-à-dire ?

— Comme après un coup. L'infirmière affirme que ce n'est rien.

Il répondit de se fier à l'infirmière, lui demanda si Anna avait d'autres symptômes, fièvre, froid, difficulté à respirer, il entendit Margherita poser la question à sa mère, elle n'avait aucun de ces symptômes.

— Je passerai demain après-midi.

Le vent s'était levé, les nuages s'amoncelaient. Il mit ses chaussures et se couvrit bien, n'attendit pas l'ascenseur et descendit par l'escalier, le quadriceps gauche lui faisait mal. Il avertit Giorgio qu'il allait voir la dame du fémur parce qu'il y avait quelque chose qui ne lui plaisait pas. Puis il lui dit :

— Merci pour tout à l'heure.

— Tu vas vraiment chez cette femme qui a un problème au fémur ?

Andrea le rassura et lui dit à nouveau : « Merci pour tout à l'heure. »

Il mit quarante minutes pour arriver, descendit de voiture, le vent était tiède. Margherita lui ouvrit comme si elle l'attendait.

— Mon Dieu, dit-elle quand elle vit sa lèvre et sa pommette.

— Il avait une bonne droite.

— Tu es fou.

Elle le laissait sur le palier.

— Et tu es venu.

— Un petit coup d'œil.

Il pénétra dans le salon en demandant s'il pouvait entrer.

— C'est moi.

Anna ne répondit pas, alors il vint en face d'elle : le sommier était baissé et elle avait la tête tournée vers la bibliothèque.

— Qu'est-ce que tu fais là ? demanda-t-elle sans bouger.

— J'étais dans le coin.

— Comme Onassis qui prenait l'avion rien que pour partager le petit déjeuner de Jackie.

— Margherita m'a dit pour votre jambe.

Anna se tourna.

— Oh, Seigneur, que t'est-il arrivé ?

— La boxe.

— Belle idiotie.

— Vous me faites voir ?

— Donne-moi le numéro de quelqu'un qui t'aime que je l'appelle tout de suite.

Elle tira par à-coups sur le drap pour se découvrir.

Margherita alluma les lumières du salon, Andrea baissa la tête, une odeur de propre lui parvenait. La peau débordait du bandage et avait une couleur olivâtre.

— L'infirmière a desserré l'élastique ?

— Il me semble qu'il est plus serré.

Andrea enleva sa parka en étendant les bras sur les côtés, l'attrapa avant qu'elle ne touche terre, la posa sur le fauteuil.

— Ton chéri t'a déjà vu enlever ta parka comme ça ?

— Pourquoi ?

Il commença à défaire les agrafes du bandage.

— C'est irrésistible.

— N'exagérons rien.

— On dirait Humphrey Bogart.

Anna serra les dents.

— Comment s'appelle-t-il ?

Il s'attarda sur la deuxième agrafe.

— Vous arrivez à soulever un petit peu la cuisse ?

— Pardonne mon indiscrétion.

Il s'arrêta.

— Il s'appelle Giorgio.

— Alors tu dois dire à Giorgio de t'attendre sur le canapé tous les soirs, et tous les soirs tu te mets, aïe aïe, va doucement s'il te plaît.

— Excusez-moi.

— Tu te mets devant Giorgio et tu lui fais le coup de la parka.

— On y est.

Il lui enleva le bandage.

Elle poussa un soupir.

— Quelle délivrance.

Andrea palpa la jambe, Anna répondait par de petits tressaillements, il monta jusqu'à la couche et jeta un coup d'œil sur Margherita dans le coin du salon. Il eut mal à la cage thoracique et se redressa, il regardait ses mains et les revoyait avec les lignes de Giorgio, ses branches qui maintenant grimpaient sur Mme Anna, puis il invita Margherita à le rejoindre.

— Ce mouvement, tu dois le faire toutes les deux heures mais sans lui toucher l'intérieur de la cuisse.

Il lui prit les doigts et les appuya sur sa mère en même temps que les siens. Il guida Margherita jusqu'au muscle raidi.

— Comme ça, entendu ?

Et ils massèrent ensemble ; il avait les jointures rugueuses et elle les entoura de ses doigts, c'étaient encore des jointures d'enfant.

Ils continuèrent, Andrea referma les mains et Margherita se retrouva sur le lit du cabinet de kinésithérapie, avec ces mains remontant des cuisses jusqu'à l'aine, le maillot écarté et la pression qui se répercutait, l'envie, l'absolue nécessité qu'il déplace son petit doigt, comme elle l'avait voulue, cette audace de son petit doigt. Elle avait trompé Carlo avec un homme qui aimait les hommes. Ç'avait été étrange ? Non, ç'avait été humiliant, avoir cédé à un corps qui avait cédé par indécision, ou par charité, ou par distraction – elle s'était longtemps considérée comme un accident de parcours. Puis s'était réévaluée : elle avait été une rareté ; elle avait corrompu une nature incorruptible. Elle en avait retiré un orgasme et une douceur qui perdurait. Une amitié. Un homme qui prenait soin de sa mère.

— Cette nuit, je lui laisse la jambe sans bandage. Mais demain, demandez son avis à l'infirmière. Si la peau fonce, téléphonez au médecin. Elle prend les médicaments pour la circulation ?

Margherita fit signe que oui.

— On a dit qu'il allait neiger.

Anna parla sans soulever les paupières, la tête tournée vers la bibliothèque.

— Il y a un drôle de vent dehors.

Andrea la tira délicatement au centre du lit.

— La neige en mars amène du nouveau.

Anna s'obstinait à ne pas les regarder, elle avait à l'esprit leurs quatre mains sur sa jambe et était en train de remettre en jeu ses certitudes : peut-être sa fille avait-elle eu une petite passade avec lui ; elle en aurait été sidérée. Brusquement, elle en eut assez de penser aux autres : elle était une couturière alitée qui se faisait dessus. Mais elle avait encore ses doigts, elle pouvait les admirer sous le drap, les approcher de son visage : leurs extrémités habituées au chas de l'aiguille, en reproduire le mouvement, couper un ourlet sans bavure en le tenant bien dans l'alignement avec l'index, savourer la texture du damas du bout des doigts. Elle s'imagina juchée sur le tabouret à la cuisine, avec Franco qui lisait dans le fauteuil, l'odeur douceâtre du bouillon sur le feu, le bavardage de Margherita téléphonant dans sa chambre. Ce qui a été est encore.

Elle demanda à Margherita ce que devenait Lorenzo, sa fille dit qu'il était en train de revenir de la piscine. Elle était impatiente quand il s'agissait de son petit-fils, on le lui avait mis au monde tardivement et maintenant elle devait rattraper le temps perdu. Si elle avait pu, elle n'aurait jamais enlevé son plâtre pour lui permettre d'ajouter des détails à son thon porte-bonheur. Elle toucha la nageoire et la queue, recomposa le dessin tout entier du poisson en écoutant Margherita et Andrea chuchoter dans l'entrée. Elle s'assoupit, et en se réveillant trouva Lorenzo devant elle.

— Bonjour mon tout petit, dit-elle d'une voix ensommeillée. Tu as bien nagé ?

Il fit signe que oui et tourna autour du lit, attrapa les coussins sur le canapé et les empila sur la chaise, s'installa sur ce trône.

— Massimo Nicolini est arrivé le premier.

— Qui est Massimo Nicolini ?

— Mon copain.

— Et toi, tu es arrivé combientième ?

— Septième.

— Et vous êtes combien dans la piscine ?

— Huit.

— Il y a un autre sport qui te plaît, mon chéri ?

— L'escrime.

L'enfant farfouilla dans son petit sac à dos, en sortit un cornet de papier avec de la *focaccia*, mordit dedans et mastiqua.

— Mais les épées, maman n'en veut pas.

— Mais tu es un mousquetaire même sans épée. Toi et moi, nous sommes les deux mousquetaires de la via delle… ?

— Leghe.

— Bravo, mon chéri.

L'enfant lui offrit un petit morceau de *focaccia*, elle l'accepta et mangea tout en continuant à observer son petit-fils, ses yeux bleu clair et la mèche qu'il déplaçait comme Margherita. Elle voyait Franco en lui. Quand il allait rire et se retenait, avant d'ouvrir grand la bouche et de se laisser aller, avec cet air déluré qui ne s'accordait pas avec les arêtes de sa mâchoire. Elle lui demanda un autre morceau de *focaccia* bien qu'elle n'en ait guère eu envie, l'enfant en prit un bout et resta à observer sa grand-mère qui mâchait et qui soudain ne mâcha plus.

Anna cracha et essaya de respirer, pressa sur son sternum, étendit sa main libre vers l'enfant et il la laissa l'attraper.

— Grand-maman, grand-maman.

Elle toussa et respira, se rendit compte qu'elle était accrochée à son petit-fils, lui fit une caresse.

— Excuse-moi, mon amour.

Mais le petit ne la lâchait pas des yeux.

— Ce n'est rien, mon chéri.

— Tu as mangé très très vite.

— C'est vrai.

Elle toussa encore et de la salive lui coula dessus.

— Le goûter m'est passé de travers.

Elle fit disparaître entre ses doigts ce qu'elle avait craché. Elle avait de la tachycardie et comme une impression que son cœur était descendu dans sa jambe, elle toucha sa peau durcie là où Andrea l'avait massée.

— Maintenant grand-maman va bien.

— Papa !

L'enfant allait descendre de la chaise.

Anna le retint.

— Pourquoi ne me fais-tu pas un dessin sur le plâtre ?

Lorenzo ne bougea pas.

Carlo arriva de la chambre.

— Que se passe-t-il ?

Margherita était derrière lui.

— Vous avez besoin de quelque chose ? demanda Anna.

— Nous ?

L'enfant se tourna vers sa grand-mère, elle lui fit un clin d'œil et il descendit de la chaise pour ouvrir son sac à dos. Il sortit les pastels.

— Nous voulions…

Anna toussa.

— Nous voulions te souhaiter bonne chance pour demain, à quelle heure est ton entretien ?

Carlo s'approcha, enleva les miettes des draps.

— À neuf heures.

Il les regarda tous les deux.

— Toi, ne fatigue pas ta grand-mère.

— Il ne me fatigue pas, je viens de lui réclamer un dessin et j'allais lui demander de me pousser dans la chambre avec sa force de mousquetaire.

— Tu veux retourner dans ta chambre, maman ?

Anna inclina la tête.

Margherita se pencha et desserra les freins des roues du lit comme si elle attendait cette volonté depuis toujours. Elle saisit la barrière du lit et commença à le manœuvrer avec délicatesse.

Depuis qu'elle avait rencontré Carlo, il y avait en elle quelque chose sur quoi Anna avait cherché à mettre un nom. Un comportement attentionné, peut-être quelque chose de mieux : Margherita soutenait les autres dans leurs contradictions. L'amour conjugal avait fait d'elle une femme capable d'accepter – presque en les protégeant – les incohérences, comme permettre à une mère de s'installer dans le salon avec un gros lit encombrant et de seconder sans attendre sa soudaine requête de retourner dans sa chambre à coucher, accompagner un père désireux de mourir avant l'heure prévue, se laisser traverser par une trahison présumée.

Margherita la poussa au milieu de la chambre, la fit tourner avec soin de façon qu'elle soit à côté de la machine à coudre, baissa un peu les stores et commença à transporter les affaires restées au salon. Puis elle ouvrit tout grand les portes de l'armoire et sa mère put voir les vêtements suspendus.

— Merci.

Anna regarda l'étole qu'elle portait le jour de son mariage. La cellophane laissait filtrer l'éclat discret du tissu.

— Je l'avais mise à l'envers, murmura-t-elle.

— Oui, je sais. Un geste transgressif dans les années cinquante. Mais selon moi, tu t'es trompée et voilà tout.

Anna lui sourit, s'installa mieux sur le coussin et sentit la fatigue arriver. Quand elle s'éveilla, il faisait noir et la seule lumière venait du couloir, l'infirmière avait déplacé le fauteuil et la veillait en lisant une revue avec une lampe de poche. Elle eut envie de tousser mais se retint, son souffle était devenu plus court, elle bougea pour retrouver de la force dans les poumons, la peau de sa jambe était fraîche et elle n'était pas effrayée parce qu'une odeur de propre venait de ses draps. Elle regarda par la fenêtre et remarqua que sous le réverbère, l'air était comme pris dans un nuage de poussière, elle regarda mieux et vit que c'était la neige de mars.

— Elle est arrivée, souffla-t-elle.

— Qu'y a-t-il, Anna ? demanda l'infirmière.

— C'est de la neige ?

— Du grésil, ça a commencé il y a une heure.

Alors elle désira que cette neige s'épaississe, et quand un peu plus tard elle vit que c'était en train d'arriver, elle eut envie de se lever et de se retrouver là dehors : elle était la petite fille de la via Padova qui gagnait le concours des bonshommes de neige, pour faire leur nez elle utilisait une courgette et pour les yeux du papier journal peint en noir, « Il neige ! », Andrea aurait voulu le dire à Giorgio mais il se retint. Il alla à la fenêtre et espéra que la blancheur s'accroche à l'asphalte et au tas de terre sous le noyer, puis il eut peur que César ait froid, avec sa queue en virgule, ses yeux larmoyants, tout ce gel sur sa blessure, sur son flanc, ses pattes, son museau. Il s'accrocha à la poignée de la fenêtre et sentit un bras entourer ses épaules, Giorgio l'enlaça et retint sa joue contre son cou, *Milan n'est jamais prêt pour la neige*, à Margherita cela sembla de bon augure pour l'entretien qu'allait avoir son mari, elle fut tout excitée et traversa le séjour de Concordia et frappa d'un doigt sur la vitre, Carlo se leva du canapé et éteignit la télévision, la rejoignit et lui aussi pensa que ce pouvait être un signe pour l'entretien et pour autre chose. Il étreignit sa femme, il émanait d'elle le même parfum depuis qu'il la connaissait, il avait le désir qu'il n'y ait qu'eux et il savait avec certitude que jamais il n'y aurait qu'eux, « Ma Margherita », il le lui murmura dans le silence de Concordia et sa femme lui saisit un bras et le tint fort, puis lui dit de l'attendre au lit. La neige était fine et tombait en tourbillons, du dehors provenait une lueur qui s'étendait dans le séjour. Elle parcourut le couloir jusqu'à la chambre de Lorenzo, il dormait le pied en dehors de la couette, elle décida de ne pas le couvrir et rejoignit le secrétaire de l'entrée. C'était un meuble du début XXe restauré par son père, sa mère le lui avait offert quand ils avaient déménagé ; elle aussi utilisait le dernier tiroir en haut. Elle l'ouvrit et fouilla, trouva le flacon avec l'antihistaminique, son mari avait oublié de le prendre et elle n'avait plus pensé à le lui rappeler. Elle fit un pas vers le portemanteau, mit la main dans la poche intérieure du pardessus de Carlo et laissa là le flacon, plongea le nez dans le col du manteau.

Dans la poche de la blouse de sa mère, Sofia avait trouvé un vieux ticket de la coiffeuse du largo Bordoni. Elle l'avait emporté à la maison et maintenant le regardait sous l'abat-jour : coupe et mise en plis avaient coûté vingt-huit euros et il datait de quinze ans auparavant, le 13 septembre.

Elle le posa sur la table de nuit et se glissa dans le lit, Tommaso la couvrit. Le matelas était petit et quand ils étaient ensemble elle était gênée parce qu'il ne pouvait s'empêcher de se tourner et se retourner, toutes ces boucles, ce souffle bruyant qui lui ôtait le sommeil. Elle lui saisit une main sous la couette, la noua à la sienne et ça lui sembla bizarre, avec son père deux pièces plus loin qui peut-être ne dormait pas.

Dehors, le vent battait sur portes et fenêtres, elle éteignit la lampe et ils restèrent à observer la lueur qui filtrait dans la chambre, ils s'assoupirent. Tommaso l'éveilla en lui caressant la tête, elle aimait sa façon de poser la main sur ses cheveux courts, puis il lui dit qu'il devait y aller et elle ne le retint pas. Elle l'observa pendant qu'il se rhabillait, son corps massif mais sans lourdeur dans ses mouvements. Elle l'accompagna jusqu'à la porte, revint dans la chambre et rejoignit la fenêtre pour baisser entièrement le store, découvrit le grésil, « Oh », dit-elle, et elle fut envahie par la joie.

On raconte à Milan que le matin de la Saint-Ambroise, vers dix heures, trois clefs sont suspendues à un sapin en face de l'arène du parc Sempione. Ce sapin est celui qui se trouve le plus à l'extérieur au début du viale Malta. La légende veut que les trois clefs mènent à un appartement au-delà de l'Arco della Pace, dans la via Eupili, au numéro 6/A : c'est un immeuble à la façade décorée de stuc et la première clef en ouvre la grille, la deuxième sert pour la porte d'entrée en bois, la troisième pour le logement du dernier étage. C'est un appartement soigné, un petit salon avec une table et un canapé de velours, une bibliothèque bien fournie. Une salle de bains avec une baignoire et des sels parfumés, une petite cuisine avec de la bonne nourriture. Il y a aussi une chambre à coucher avec un matelas confortable, des draps neufs et trois couvertures moelleuses. Quiconque prend la clef du sapin peut rester dans l'appartement jusqu'au matin suivant, en respectant trois règles : ne pas dépasser ce laps de temps ; ne pas chercher à savoir qui est le propriétaire ; l'hospitalité vaut pour une seule personne.

Quand Carlo avait demandé à Franco de se renseigner sur cette légende, c'était la Saint-Ambroise 2005 et ils étaient dans la file d'attente chez Cova pour retirer le gâteau avec ganache de chocolat et framboises. Franco avait fait semblant de ne pas l'entendre, il était resté dans la file et Carlo lui avait dit qu'il était dix heures cinq, ils étaient encore dans les temps.

— C'est trop tard.

— Allez, Franco.

Le père de Margherita n'avait pas bougé.

— Oh, Franco.

— Oui.

— C'est toi qui m'as raconté cette histoire.

— Mais c'est une histoire.

— De qui l'as-tu apprise ?

— On la connaît à Milan.

— Tu es déjà allé au sapin ?

Franco avait secoué la tête et remis son portefeuille dans son blouson. C'était un homme imposant et il l'avait regardé en fronçant ses sourcils de schnauzer.

— Les femmes nous attendent avec le gâteau.

— Combien de temps mettrons-nous, à peu près ? On va à la recherche du sapin et on revient ici.

Franco s'était pincé le nez avec deux doigts, il le faisait toujours quand il se concentrait. Il avait contrôlé l'heure sur sa montre, avait remis son chapeau.

— *'Ndem*[1].

Ils y étaient allés avec la Toyota Corolla et avaient mis vingt minutes pour arriver au parc Sempione, ils n'avaient pas trouvé où se garer et Franco avait dit :

— Vas-y, toi.

— Un gendre ne laisse jamais son beau-père.

— Tu n'as même pas encore épousé Margherita.

— Mais je vais l'épouser.

— Les *gïürament d'amur düren* un jour[2].

— Je vais l'épouser, tôt ou tard je vais l'épouser.

Carlo était descendu et Franco avait mis les warnings, ils s'étaient glissés dans le parc en dessinant un demi-cercle sur le gravier du viale Malta, le sapin était le premier, on le voyait bien du sentier. De la buée sortait de leurs bouches à cause du froid glacial, ils étaient arrivés devant l'arbre, s'étaient arrêtés.

Franco avait enlevé son chapeau.

Carlo s'était approché du tronc : les clefs étaient suspendues à un clou planté à la base de la branche la plus haute. Trois clefs, pour y arriver il fallait que l'un aide l'autre à monter.

Franco s'était approché aussi.

Carlo le regardait.

— On va les prendre, aide-moi.

— Ne dis rien aux femmes.

---

1. « Allons-y. »
2. « Les serments d'amour durent un jour. »

Il s'était frotté les mains comme s'il avait froid.
— On les prend.
Franco avait baissé la tête.
— *Mí son cuntèent insci*[1].
— Je veux aller via Eupili.
— *Mí son cuntèent insci.*
Et il s'était pincé le nez en faisant marche arrière.

Carlo se pinça le nez quand on l'appela pour l'entretien. C'était devenu son geste fétiche – Margherita ne le savait pas, ni Anna –, à chaque fois qu'il le faisait il avait avec lui Franco émerveillé sous le sapin.

On l'invita à s'installer dans une salle avec une table de bois ; des baies vitrées on voyait le carrefour enneigé de la piazza della Repubblica. Il reconnut au mur une affiche de Depero avec un homme en borsalino qui porte un toast en levant un pichet. Carlo se défit de son manteau et posa par terre son sac à dos, s'assit – quand ils entrèrent, il se leva et serra les mains. Ils échangèrent quelques mots sur la météo, puis ils lui annoncèrent qu'ils allaient le soumettre à une batterie de questions, la seconde partie de l'entretien se déroulerait en anglais, ils pouvaient commencer ?

Carlo fit signe que oui.

— Monsieur Pentecoste, vous êtes conscient d'avoir un CV, comment pourrions-nous dire, *en dents de scie* ?

1. « Je suis content comme ça. »

— Vous voulez dire qu'il est varié ?

— Licence en Lettres modernes, job de rédacteur publicitaire, *strategic planner*, enseignant à temps partiel dans un master de Techniques de la narration, rédacteur pour une maison d'édition spécialisée dans le tourisme.

— C'est une combinaison qui m'a convenu.

— Une combinaison qui vous a convenu. Définiriez-vous cela comme de l'indécision ?

— Je le définirais comme de la flexibilité.

— Se porter candidat pour un poste au service marketing d'une entreprise de boisson est un changement conséquent.

— Le marketing rassemble beaucoup de mes intérêts.

— Par exemple ?

— Penser à une histoire, être capable de la raconter.

— Vous parleriez de manipulation ?

Il réfléchit.

— De séduction.

— Même s'il s'agit de bière ?

— L'important est l'effet produit.

— Qu'entendez-vous par effet ?

— La passion qu'on réussit à susciter.

— Vous êtes en train de me dire qu'enseigner à des étudiants ou rédiger un catalogue touristique sur les Maldives ou recommander un double malt signifie pour vous puiser à la même source de passion ?

— Quoi qu'il en soit, le résultat doit être un impact émotionnel.

— Savez-vous que depuis 2010 les consommateurs ont progressivement perdu l'instinct de ce que nous appelons « plaisir d'acheter » ? Un tiers de leur envie est constitué par l'impact émotionnel du produit. Comment agiriez-vous face à ce changement ?

— En les convainquant de régler la question avec une bière ?

Ils sourirent.

— Vous vous définiriez donc comme une personne capable de convaincre ?

— Capable de transmettre.

— Vous faites référence à l'époque où vous enseigniez ?

— Également, oui.

— Je vois que votre activité d'enseignement s'est interrompue.

— C'était très peu payé.

— Donc pour vous la motivation financière compte plus que la motivation, comment pourrions-nous la définir, sentimentale ?

— Elles comptent toutes les deux. Et l'excitation compte aussi.

— L'excitation.

— Vivre.

— C'est-à-dire ?

— S'explorer soi-même.

— Bien, alors je vais vous proposer des situations auxquelles vous devrez répondre sur une échelle de zéro à dix sur la base de votre impact émotionnel, ou si vous préférez sur la base de votre « excitation ».

Impact émotionnel ou excitation inexistants, zéro. Pleine implication ou excitation totale : dix.

— Allez-y.

— Faire un cours sur Shakespeare à quinze étudiants ?

— Je ne connais pas bien Shakespeare.

— Quantifiez, s'il vous plaît.

— Sept.

— Rédiger une notice d'utilisation pour le dernier modèle d'iPhone.

— Un.

— La même notice avec des conseils sur la façon dont l'iPhone peut faciliter la vie de tous les jours.

— Cinq.

— Être guide d'une exposition culturelle ?

— Quelle exposition ?

— Quantifiez.

— Indiquez-moi une exposition.

— Picasso.

— Cinq.

— Une exposition sur le design des bouteilles de Coca-Cola.

— Huit.

— Parler en public du nouveau brevet d'un aspirateur.

— Quatre.

— Faire un speech sur l'avantage psychologique de voyager en première malgré le coût.

— Huit.

— Sur un désherbant non toxique.

— Sept.

— Sept ?

— Ça demeure une nouveauté.

— Sur un désherbant classique.

— Zéro.

— Sur une boisson au goût de fraise avec effet amaigrissant.

— Trois.

— S'occuper d'une page Facebook pour un groupe musical émergent.

— Six.

— Donnez un exemple de ce qui vaudrait un dix pour vous.

— Un dix ?

— Tout à fait.

— Me lever tous les matins pour aller dans un lieu de travail avec des gens qui me plaisent, travailler huit heures par jour sur quelque chose qui ne me pollue pas, recevoir un salaire régulier et juste quant au rapport effort-satisfaction, avoir du temps pour ma famille.

— Qu'entendez-vous par effort-satisfaction ?

— Ne pas me faire exploiter.

— Vous savez que le poste pour lequel vous postulez est senior ?

— Bien sûr.

— Vous savez donc que vous aurez au moins deux superviseurs et deux autres personnes au-dessus de vous.

— Bien sûr.

— Et plus jeunes, aussi.

— Aucun problème.

— *Single*, également.
— C'est-à-dire ?
— Qui n'évaluent pas le temps comme vous le faites. Certains travaillent aussi le samedi.
— Aucun problème.
Lorenzo.
— Vous savez que dans les périodes de campagnes ADV notre siège reste ouvert au-delà de l'horaire classique des bureaux ?
— Ça m'a été spécifié.
— J'ai vu que votre niveau d'anglais est A2.
— Oui.
— De français, B1.
— Je l'ai pratiqué davantage.
— Maintenant, je vous présente quelques possibilités de loisirs et vous continuez à les positionner selon la même échelle que tout à l'heure. Lire.
— Huit.
— Pratiquer le jardinage.
— Je ne sais pas trop. Quatre ?
— Voyager.
— Dix.
— Aller dîner chez des amis.
— Sept.
— Une dégustation de fromages.
— Sept.
— Suivre un cours de sommelier.
— Deux.
— Utiliser les réseaux sociaux.
— Six.
— Nous avons remarqué que vous n'en êtes pas un utilisateur assidu.

— Il vaut mieux pas.

— Il vaut mieux pas ?

— Ils pourraient me happer.

— Ce ne serait pas excitant, de vous faire happer ?

— Ça dépend.

— Je comprends.

— Vous comprenez ?

— Cinq autres questions avant de passer à la conversation en anglais. Jusqu'à quel point vous définiriez-vous comme flexible en ce qui concerne les changements positifs ?

Il sortit au bout de soixante-dix minutes, fit quelques pas dans l'avenue menant à la gare et le parfum de neige lui piqua les narines, il respira doucement et entra dans un bar, demanda un café *macchiato*. Il déboutonna son manteau et sortit son téléphone, appela Margherita et dit :

— Ça s'est bien passé.

— Comment sont les gens ? L'ambiance ?

— Bonne, des gens humains, ça me plaît.

— Que t'ont-ils demandé ?

— Anna ?

— Tout est normal.

— Ça a été une conversation agréable.

— Je suis heureuse, mon amour.

— Tu es heureuse ?

— Oui.

— Tout ira bien, tu vas voir.

Il serra fort le téléphone.

— Ce matin, Lore' m'a dit « Papa va y arriver ».

Margherita dit :

— Papa va y arriver.

Quand il sortit du bar, il avait les jambes flageolantes et le cerveau alerte, il se couvrit les yeux et les dégagea progressivement. Il se dirigea vers la Gare centrale, acheta le billet pour le Frecciabianca de dix heures trente-cinq et sentit qu'il n'avait pas envie et avait envie et en avait besoin : monter dans un train en cachette, s'installer pour trois heures à côté d'une fenêtre donnant sur les champs lombards, et émiliens et romagnols. Il ouvrit son sac à dos et sortit son carnet, comme si le risque qu'il était en train de prendre pouvait lui donner l'inspiration pour écrire. Il lui aurait suffi d'une phrase bien faite pour éprouver de l'étonnement, d'une seule phrase pour croire qu'il allait avoir ce travail dans le marketing, qu'il allait mettre au monde un livre, qu'il ne s'attarderait plus sur un temps où il perdait la tête pour une fille de vingt-deux ans. Le train partit et il regarda dehors, et peu après, la campagne de Piacenza lui parut douce. La neige supprimait les aspérités de la terre avec les vergers surpris par le gel, les cheminées rejetaient une fumée sale. Il avait été à Rimini quand il était adolescent et avec Bucchi et les autres, ils étaient allés danser à la Baia Imperiale, ils avaient dormi dans une pension à Rivabella dont il ne se rappelait rien sauf une enseigne ocre et les canapés avec cendriers incorporés. Que dirait-il à Margherita ? Il appela sa mère et lui demanda si elle pouvait s'occuper de Lorenzo après l'école, il viendrait le prendre pour dîner ; que dirait-il à Sofia ?

Il vérifia les horaires de retour et calcula qu'il avait trois petites heures. Il rangea son téléphone et se laissa aller sur le siège : jusqu'à quel point était-il inconscient, échelle de zéro à dix ? Il sourit, il gardait en tête le visage de l'homme qui l'avait harcelé de questions pendant l'entretien, son crâne brillant et ses lunettes à monture en acétate, son nœud papillon sur la pomme d'Adam proéminente, il l'imagina se promenant en hiver avec un chien, un basset, peut-être – il lui avait été sympathique à cause de ses grimaces contenues, de sa jambe nerveuse sous la table, de la gorgée d'eau à la fin, quand il lui avait dit avec élan : « Nous vous ferons savoir, Carlo. » Nous vous ferons savoir, le fémur d'Anna, Lorenzo qui nage la brasse comme l'été précédent à l'île d'Elbe, les pensées d'un homme de quarante-quatre ans en voyage vers où, vers où ? Sa seule pensée : Sofia dans l'arrière-boutique de la quincaillerie et lui debout derrière elle qui termine ce qu'il n'est jamais arrivé à terminer, tandis qu'elle saisit son bras comme elle le lui avait saisi lors de son adieu dans sa maison de l'Isola. Il regarda par la fenêtre, la neige à Parme était plus fragile et le noir de la terre affleurait, à Bologne l'impulsion le traversa de descendre et de monter dans un train pour Milan. Il roula son écharpe contre la vitre et s'en servit comme d'un coussin, c'est le contrôleur qui le réveilla à Cesena. Carlo lui montra son billet, puis mit son manteau et noua son écharpe, rejoignit l'espace entre une voiture et une autre, ce n'est qu'alors qu'il s'aperçut qu'il y avait quelque chose dans sa poche intérieure. Il tâta de la main et trouva le flacon avec l'antihistaminique, le sortit, le tourna et retourna entre ses doigts pendant que la voiture s'arrêtait, le serra fort, la porte s'ouvrit et il fut à Rimini.

Il se calfeutra dans son manteau, il se souvenait de l'esplanade devant la gare, vingt-cinq ans plus tôt ses amis et lui avaient débarqué d'un train régional au milieu de la foule estivale qui vendait des billets pour les spectacles de Bandiera Gialla et de Lady Godiva, le brouhaha et les lumières du bord de mer ; maintenant il y avait un faible brouillard. Il se retrouva dans une rue qui devenait piétonne, il aperçut à gauche le Duomo, l'ivoire de sa façade s'accordait au grand froid et il se sentit soudain gagné par l'engourdissement. Il longea une file de magasins, la place était un peu plus loin et les gens étaient réfugiés sous les portiques, il s'arrêta sur un dessin en étoile déployé au milieu des *sanpietrini*, vérifia le plan sur son téléphone et vit que la place s'appelait piazza Tre Martiri. Le largo Bordoni était à deux kilomètres dans la même direction, l'Adriatique se trouvait du côté opposé, il aurait voulu la voir et il avait faim aussi, à présent, il prit une grande inspiration, ses narines s'emplirent du parfum salé des embruns et de ce qui flottait encore dans l'air de la tempête de neige maintenant terminée.

— Va maintenant.

Il se le dit à voix haute, et suivit une musique qui venait de petits haut-parleurs suspendus le long d'une rue, il resta près d'une bicyclette qui avançait doucement à cause des passants, un homme moustachu la conduisait.

— Sauro !

D'un kiosque, on salua l'homme de la bicyclette, Sauro salua aussi et Carlo essaya de rester à ses trousses. La bicyclette s'arrêta devant un bar à vin avec l'enseigne *Morri*, le centre de Rimini était derrière lui et il sut ce qu'il faisait : les toilettes de l'université, son bassin à elle pressé contre le sien, l'odeur d'ammoniaque, les lèvres et la langue poreuse, elle qui soupire « On ne peut pas », *Comment vont les choses*, le désir, elle venait de ces rues et de ces arbres et de ces gens, il était certain d'avoir tout vécu et il était certain de n'avoir rien vécu, de quelle façon se dépose le souvenir ? Il traversa une artère passante, la proche banlieue, si rassurante par rapport à celle de Milan, avec ses maisons soignées et les bicyclettes laissées à côté des portes. Il s'engagea dans un boulevard arboré, via Dario Campana, vérifia le plan, il lui donnait douze minutes de trajet, il tomba sur un rond-point de gazon avec une guérite couleur rubis, à deux cents mètres il y avait le largo Bordoni.

Il avait l'impression qu'il avait eue quand il était sur le point de se retrouver dans la chambre 67, ou dans un lit étranger, un sentiment d'obligation. Les maisons populaires un peu plus loin affichaient leur élégance triste et géométrique. Il regarda sa montre : il était deux heures vingt, les magasins devaient bientôt rouvrir ou peut-être la quincaillerie avait déjà rouvert. Il rasa les grilles des maisons, il y avait un supermarché Despar et une poissonnerie, quelques personnes traversaient la rue avec des sacs pleins, se disaient bonjour, s'arrêtaient pour bavarder et repartaient, lui desserra son écharpe. Sofia avait écrit dans son récit qu'elle habitait dans l'un de ces immeubles, il se souvenait d'un premier ou deuxième étage, le jour de l'accident la Punto était garée là devant et sa mère et elle étaient montées dans la voiture et avaient allumé la radio.

Puis il arriva : le largo Bordoni était une sorte d'esplanade. Dans sa partie piétonne, il y avait un portique avec une crémerie, un bar, un kiosque, une blanchisserie, et au-dessus des boutiques s'étendait une terrasse sur laquelle donnaient divers appartements. Il passa devant les magasins, de l'autre côté de la route un fleuriste était en train d'ouvrir, après la bifurcation il remarqua un jardinet avec deux bancs et des chaises éparses, enfin il vit l'enseigne : *Quincaillerie et articles ménagers Casadei.* Les lumières étaient éteintes et il y avait dehors un présentoir avec des arrosoirs suspendus. Il approcha et s'aperçut que d'une vitrine venait une lueur intermittente, pourpre, une lumière de Noël qui courait autour des marchandises exposées. Il se pencha, le froid embuait la vitrine, dedans tout était obscur et il distingua le comptoir avec le bocal de bouchons de plastique coloré, les mousquetons et les anneaux pour les trousseaux de clefs, le mur du fond était tout entier recouvert d'un meuble à tiroirs avec des inscriptions qu'il ne parvenait pas à lire. Il appuya sa main contre le verre, traçant un sillage dans la buée, quelqu'un passa à côté de lui et il se tourna d'un coup, puis remarqua un mouvement au fond du magasin. Une ombre se déplaçait d'une étagère à l'autre : c'était un homme qui lui fit signe d'attendre, donna un tour de clef à la porte et ouvrit.

— Si vous avez besoin de quelque chose, on est là.

— Je jetais seulement un coup d'œil.

— Nous sommes en train de tout arranger. On m'interrompt trop si je laisse la lumière. Nous ouvrons dans pas longtemps.

Il était maigre, chuchotait et ses paupières se resserraient quand il parlait.

— C'est sûr que vous n'avez besoin de rien ?

— Non, merci. Excusez-moi si je vous ai interrompu.

— Je vous en prie, bonne journée.

Ce pouvait être son père. Il regretta de ne pas lui avoir serré la main, c'était l'homme du récit de Sofia qui ne prenait pas de décision et savait prendre soin des autres, trop silencieux, trop poli, décidé seulement avec les clients. Carlo l'observa une dernière fois et recula, se tourna brusquement, comme s'il devinait, et la vit. Sofia était de l'autre côté du largo Bordoni. Il ne la cernait pas bien mais savait que c'était elle ; il attendit d'en être certain, puis il s'écarta de la vitrine et se retira au coin du magasin.

L'homme courut lui ouvrir, lui dit quelque chose, Sofia se débarrassa de son manteau et de son sac, les suspendit au portemanteau, mit avec calme une blouse bleue, s'étira en étendant les bras. Elle était belle, elle était elle-même. Le visage plus osseux, et, oui, les cheveux courts – son cou lui sembla long et flexible. Elle trafiqua quelque chose à côté du comptoir, les lumières de la quincaillerie s'allumèrent et elle se toucha le lobe d'une oreille. Le temps avait rendu ses joues moins enfantines, Carlo reconnut les fossettes qui se creusaient quand elle cherchait à se concentrer pendant les cours, c'était une nostalgie et il sut que la nostalgie entraînait la tendresse. Comme il aurait aimé l'avoir eue avant, cette tendresse, n'avoir été qu'un professeur et elle rien qu'une étudiante, comme il aurait voulu ne pas avoir affaire à d'autres femmes, laisser s'en aller les autres corps et les compter parmi les renoncements douloureux. Il eut froid mais laissa son écharpe lâche, mit son sac à dos et s'appuya d'une épaule contre le mur, épiant par la vitrine sans se faire remarquer. Il vit Sofia relever les manches de son pull, elle portait des bracelets, et alors il éprouva peine et soulagement pour l'excitation qu'il ne parvenait pas à réveiller en lui : elle n'était pas apaisée, elle était maîtrisée. La fille au milieu des étagères d'une quincaillerie, dont il reconnaissait les traits et la façon de bouger et la possible indécence, avait pris une forme précise dans un cadre précis, gérable et pacifié, elle composait la beauté du temps révolu. Il ressentit le désir d'aller lui dire bonjour, la regarda pendant qu'elle parlait avec le vieil homme et fouillait dans un petit tiroir derrière lui.

Sofia monta deux marches de l'échelle, la blouse découvrant ses jambes robustes, puis elle descendit et dit à son père :

— Mange quelque chose.

— *A'no fèma*[1].

Elle lui tendit quand même le récipient de plastique, elle avait préparé du couscous aux légumes.

— Prends quelques cuillerées.

---

1. « J'ai pas faim. »

Son père montra l'une des vitrines.

— Ce n'est plus Noël depuis plus de deux mois.

Il se fraya un chemin parmi les marchandises exposées, attrapa le serpent d'ampoules pourpre et commença à le tirer doucement, l'enleva et l'enroula sur son bras et son épaule.

— Débranche la prise, Sofia.

Mais elle éclata de rire devant son père transformé en arbre de Noël, cet homme tout sec ébloui par la guirlande lumineuse.

— Attends.

Elle sortit son portable de sa poche et prit une photo.

— J'ai une fille pas sérieuse.

— Allez, un beau sourire.

— Arrête !

— Allez papa !

Il se débarrassa du serpent pourpre et alla éteindre l'interrupteur.

— Ne me mets pas sur Internet.

— Je peux ?

— Non.

— Allez, tu es beau, viens te voir.

Son père rangea la guirlande et chercha le registre où il notait les commandes, Sofia lui montra le portable : comme il était devenu vieux, au moins ces lueurs lui donnaient un peu de gaieté.

— *Fa'cum ut pèr*[1].

— Alors je la mets.

Elle travailla sur les ombres de façon que le visage de son père soit un peu caché, comme légende elle

1. « Fais comme tu veux. »

écrivit *Le père Noël s'obstine, le printemps va-t-il arriver ?*, elle inséra sept hashtags et le lieu, partagea sur Instagram.

Margherita vit le post quarante-deux minutes plus tard, pendant qu'elle attendait la réponse pour un trois-pièces haut de gamme dans le quartier Moscova. La photo rigolote et affectueuse, le visage du père à moitié amusé, elle pensa que ce devaient être de braves gens. Elle eut envie d'appeler son mari, se retint, se contenta de la voix de Carlo rassurée après l'entretien, elle savait qu'elle devait laisser passer cette journée. Elle se carra sur son siège, de l'endroit où elle était elle voyait le corso Garibaldi et la promenade, elle adorait quand un jeune couple s'arrêtait pour lire les offres dans la vitrine et puis entrait, elle voulait toujours les accueillir elle-même, elle avait appris à être franche : prévenir de façon voilée s'il y avait des risques, des installations à refaire, des voisins bruyants, des charges de copropriété en cours de réévaluation. Cela provenait de Concordia – elle avait été punie par où elle avait péché – mais aussi d'une prise de conscience à laquelle elle était parvenue : son travail lui apparaissait quasiment comme quelque chose de pénible, un peu, pas tant que ça, mais être dans cette pièce avec sept autres collègues aguerris, facturer pour une société américaine, avoir un bureau avec un kit de fournitures prédéfini, voilà, à la fin de la journée elle voulait avoir donné un sens à tout cela. Elle se tordait les mains à chaque fois qu'elle passait dans les parages de son ancienne agence : dernièrement elle y passait exprès, c'était devenu un bar, mais le parquet était le même et aussi les finitions sur les murs, elle entrait et buvait quelque chose et regardait le parquet et les finitions en se disant que le temps d'autrefois allait revenir.

Elle se leva sans attendre l'e-mail de confirmation pour le trois-pièces haut de gamme de Moscova. Elle expliqua à sa collègue qu'elle devait filer chez sa mère, rien de grave, elle poursuivrait la négociation par téléphone, elle sortit et fit le chemin à pied jusqu'au Monte Napoleone, entra chez Cova et demanda un petit plateau de mignardises, avec pas mal de diplomates, insista-t-elle, et elle imagina sa mère au comptoir, au milieu des dames en manteaux de fourrure, la couturière de la via delle Leghe qui entre dans le bastion de ses clientes, si petite, les mères timides dans les pâtisseries des riches et les gentils vieillards enroulés dans les guirlandes de Noël.

Quand elle arriva chez elle, elle la trouva assoupie, « Regarde ce que j'ai là », lui dit-elle et elle la regarda ouvrir les yeux comme un nouveau-né. Elle posa le plateau de gâteaux miniatures sur son lit. Les diplomates ? Margherita inclina la tête et les lui montra, « Nous les mangerons ce soir avec les garçons, ma chérie, ils les aiment tant eux aussi ».

Puis le père de Sofia empila deux cartons sur ses bras et les chargea dans la Renault Scénic devant la quincaillerie, Carlo s'éloigna de quelques pas de la vitrine, de quelques pas encore, avec cette ultime image de Sofia en haut de l'échelle, sa danseuse sur la pointe des pieds, ses jambes galbées et légères et élégantes, « au revoir Sofia », lui murmura-t-il en quittant le portique du largo Bordoni, et il marchait les mains dans les poches de son manteau, sans ralentir, il gardait l'image du vieil homme avec la guirlande autour de lui et de sa fille ; quand il arriva à la guérite, il sentit qu'il pouvait laisser aller le dernier lambeau de sa jeunesse.

Et maintenant il voulait voir la mer, et pendant tout le temps qu'il mit pour la rejoindre il eut l'impression que Rimini le savait, c'était un adieu, tous ces gens et les bicyclettes et les rues qui s'arrangeaient pour le laisser passer, on lui indiqua la direction de la proche banlieue au pont de Tibère et là tout près le village de pêcheurs, il parcourut le centre historique et prit le passage souterrain de la gare, arriva à une fontaine avec quatre chevaux de pierre qui faisaient jaillir l'eau de leurs narines, au-dessus il y avait le Grand Hôtel, il alla vers lui avec le brouillard qui recommençait à descendre, traversa le front de mer et prit la passerelle jusqu'à la porte d'accès d'une plage, la peinture était décolorée sur la pancarte et on y voyait le numéro 4, il la dépassa et dépassa une dune basse. L'Adriatique était calme et de petites vagues léchaient le rivage, de la vapeur lui sortit de la bouche et il chercha une barque mais ne la vit pas, le brouillard le recouvrit.

Un soir, le téléphone avait sonné via delle Leghe, Anna était en train de manger avec son mari et Margherita. Ils avaient été effrayés parce que personne n'appelait jamais à cette heure-là. Anna avait couru à l'appareil, avait répondu en retenant sa respiration et avait entendu une voix de femme se présenter au nom de l'atelier pour lequel elle travaillait de temps en temps, elle voulait parler avec la personne qui retouchait les vêtements. Anna avait dit que c'était elle, avait demandé de répéter avec qui elle était en train de parler et puis avait écouté la demande avec attention, avait répondu qu'elle ferait ce qu'elle pourrait. Elle avait raccroché et était retournée à table, en annonçant à sa famille que des gens étaient en train de venir pour un travail urgent.

— Maintenant ? avait dit Franco en se mettant à débarrasser.

Anna avait fait signe que oui, et Margherita avait donné un reste de pain à sa poupée Marisa, puis était descendue de sa chaise et s'était pelotonnée sur le canapé.

Les gens étaient arrivés une demi-heure plus tard, deux femmes emmitouflées dans de gros manteaux et un homme qui était resté sur le palier. Les femmes étaient entrées avec une housse suspendue à un cintre et Anna les avait fait asseoir au salon, Franco et Margherita s'étaient enfermés dans la chambre à coucher.

Ensemble, elles avaient ouvert la housse dont elles avaient sorti une robe : Yves Saint Laurent. Anna avait déjà travaillé sur des vêtements de haute couture et connaissait les coupes de Saint Laurent, la difficulté était de l'adapter au corps de la cliente. Elle avait mis un drap de coton sur la table et y avait étendu la robe, elle l'avait regardée comme on regarde une œuvre d'art : la jupe sombre, les matériaux précieux, toutes ces fantaisies sur le tissu.

— C'est inspiré de Matisse, avait dit l'une des deux femmes, elle avait des boucles d'oreilles précieuses et sous son manteau portait une autre robe de soirée. J'ai mis cette robe de rechange au cas où vous n'y arriveriez pas.

— Elle est merveilleuse aussi.

— Mais ils m'ont envoyé celle-là. Et il me semblait, enfin…

Anna acquiesça.

— Quand devez-vous être à cette fête, madame ?

— Dans une heure et demie au plus tard.

Il y avait un nœud de couleur bleutée sur le ventre, le haut à manches longues était en maille noire, légèrement décolleté, elle avait remarqué des incrustations dans le satin. La déchirure se trouvait sur un côté et se prolongeait sur un bout de la jupe.

— Je vais faire mon possible, il faudra que vous l'essayiez pour m'aider.

— Vous êtes tellement aimable. À l'atelier, on m'a dit que vous étiez la seule ici à Milan.

— La seule à cette heure-ci, peut-être.

Elles avaient souri, Anna leur avait offert un café, elles avaient gentiment refusé et s'étaient assises à la table. Elle avait commencé à travailler et ne les avait plus regardées, la déchirure devait être cachée par un double pli symétrique, il lui avait fallu quarante-cinq minutes pour le faire et elle s'était déconcentrée quand la porte de la chambre s'était ouverte et que Margherita était sortie, elle l'avait entendue aller aux toilettes et avait éprouvé de la gêne au bruit de la chasse d'eau et quand Franco lui avait demandé en dialecte de se dépêcher.

— Quel âge a votre petite fille ? avait demandé la femme.

— Quatre ans.

— J'ai un garçon et une fille.

Anna avait approché les yeux de la robe, les dessins en forme de feuille de Matisse étaient rouges et verts et ocre et elle les avait effleurés du doigt, ça l'émouvait toujours parce qu'elle voyait la main du styliste traçant son esquisse, la monture des lunettes et les cheveux avec la raie sur le côté, ils avaient quasiment le même âge et elle retrouvait en lui sa propre discrétion. Elle avait pris quelques minutes encore pour regarder son travail, penchée sur la robe, s'était redressée et avait demandé à la femme de l'essayer.

Celle-ci s'était fait aider pour se déshabiller, était restée presque nue de l'autre côté du salon et Anna avait pu voir à quel point elle était belle, les photos sur les magazines ne lui rendaient pas justice. Puis Anna était allée prendre le miroir qu'elle gardait dans un coin près de la bibliothèque, les quelques livres occupaient une étagère, le reste, c'étaient des bibelots et des babioles.

— C'est mieux que jamais, avait dit la femme.

Anna avait effleuré l'étoffe recousue.

— Faites attention de ne pas trop bouger.

— Elle s'était accrochée à un cintre.

— Ça arrive.

Elle avait fini d'arranger la robe sur elle, lui avait lissé le nœud sur le ventre – comme elle était maigre –, lui avait réajusté son collier et avait remonté le décolleté.

— Voilà.

La femme avait jeté un dernier regard sur sa tenue, s'était tournée vers Anna, lui avait tendu la main et caressé l'épaule.

— Vous êtes une styliste.

— Je suis une couturière, madame.

La femme avait fait signe à l'autre de s'occuper de sa rétribution, glissée dans une enveloppe de papier de riz.

Anna avait tenu l'enveloppe contre elle et les avait remerciées, de sa main libre elle avait aidé ses deux hôtes à remettre leurs manteaux et les avait accompagnées jusqu'à la porte.

— Au revoir.

La femme était restée sur le palier.

— Mon mari m'attend dans la voiture.

— Oh, avait dit Anna, et elle avait détourné les yeux.

— Je lui dirai que maintenant nous avons une couturière à Milan.

Elle lui avait souri et s'était mise en chemin, de son manteau sortait un bout de feuille rouge, Yves Saint Laurent descendait l'escalier de la via delle Leghe.

La feuille rouge de Saint Laurent et le ventre si plat de la femme, elle avait ça à l'esprit quand Margherita, Carlo et Lorenzo entrèrent dans sa chambre pour lui offrir de nouveau les petits gâteaux.

— Un diplomate, ça te va ?

Anna les regarda à peine, elle s'efforçait de se rappeler l'expression de Franchin après qu'elle lui eut donné l'enveloppe de papier de riz et qu'il l'eut ouverte et fut resté effaré – tous ces billets.

— Pas de diplomate ?

— Tu m'apportes le billet de Turin, s'il te plaît ?

— Le billet de Turin.

Margherita plissa le front.

— Le billet de Turin, oui.

Et elle donna l'assiette avec le petit gâteau à Carlo. Lorenzo regardait sa grand-mère et mangeait sa pâte d'amandes. Anna se tourna vers lui.

— Maintenant, grand-maman va te montrer un secret.

Margherita revint et lui tendit un billet ivoire, Anna le tint dans ses doigts qui sortaient du plâtre, l'écriture était nette mais elle ne parvenait plus à la lire.

Carlo lui prit le billet et le lut à voix basse :

— « Pour votre gentillesse et pour votre art, merci. Au nom aussi de Saint Laurent. M.A. »

Lorenzo mordit dans la pâte d'amandes, Anna lui sourit.

— Le coup de chance de ta grand-mère.

— Tu sais que je ne me rappelle rien de cette soirée ?

Margherita lui releva le dossier du lit.

— Tu étais petite, ma chérie.

— Papa disait qu'à partir de ce moment-là, vous aviez dû débrancher le téléphone.

— À partir de ce moment-là, beaucoup de clients sont arrivés, mais nous n'avons jamais débranché le téléphone.

— Franco disait que l'Avvocato[1] était passé pour se faire retoucher un costume.

Carlo posa le menton sur la tête de son fils.

— Franco avait une belle imagination.

Elle s'était laissé envahir par la nostalgie depuis qu'elle faisait semblant que sa jambe allait mieux. En vérité, elle était traversée d'une douleur sourde qui remontait jusqu'à sa tête, ses tempes battaient et elle avait une pierre sur la poitrine. Elle détestait se plaindre, elle avait menti à l'infirmière de nuit et à l'infirmière de jour, elle avait menti à Andrea aussi cet après-midi même. Elle regarda dehors par la fenêtre, elle cherchait les toits couverts de neige mais celle-ci avait fondu. Puis elle eut envie de dormir ; parfois avant le sommeil elle s'adressait à la Vierge, il lui fallait un instant pour trouver le ton de la confidence, c'étaient des propos de femme. Elle lui demandait des faveurs pour les autres, pour elle-même elle demandait seulement de ne pas souffrir. C'était ce qui la rongeait, ces membres douloureux et elle qui ne pouvait rien y faire, être immobilisée et être un poids pour sa famille – comme elle désirait se promener le soir via Monte Napoleone, admirer avec calme les vitrines éclairées. Elle fit un signe à

1. C'est ainsi qu'on appelait en Italie Giovanni Agnelli, patron de la Fiat. Ce qui donne la clef des initiales M.A. : ce sont celles de sa femme, Marella Agnelli – par ailleurs née Caracciolo di Castagneto, fille d'un prince napolitain.

Carlo, à lui, il suffisait d'un signe, elle le vit déposer Lorenzo par terre et lui dire d'aller aider sa maman à la cuisine, quand ils furent seuls elle le prit par le poignet.

— Il faut que tu fasses comme avec Franco si besoin est.

— Anna.

— S'il te plaît.

— Il n'en est pas besoin.

— Ne permets pas que je…

Carlo lui caressa les doigts.

— Qu'as-tu ?

— Je…

Elle lui étreignit les mains.

— J'ai peur.

Carlo resta jusqu'à ce qu'Anna s'endorme. Puis il éteignit la grande lumière, laissa la lampe à côté de la machine à écrire, lui enleva des mains le billet de Turin et le posa sur la table de chevet. Il alla dans le séjour, Margherita était en train de laver les assiettes tout en fredonnant une chanson, il se pressa contre son dos et elle s'immobilisa, ses mains sous l'eau, il lui dit : « Continue. » Margherita donna de nouveau un coup d'éponge, Carlo restait le menton sur son épaule, il dit qu'ils devaient dormir là cette nuit. Elle prit une autre assiette et la rinça, lui demanda si c'était une requête de sa mère et Carlo lui répéta : « Dormons ici. » Elle acquiesça, il lui prit une main, de l'eau en dégoulinait sur le sol, elle se tourna et fut face à lui, en regardant vers la porte-fenêtre elle se rendit compte que dehors il avait recommencé à neiger, « Aujourd'hui j'ai eu peur que tu ne reviennes pas ».

Andrea dégagea sa tête de la capuche de son sweat-shirt et se laissa piquer par le froid, il ferma la voiture et traversa la route, rejoignit l'immeuble et avant d'entrer contempla encore Milan dans l'hiver de mars.

Il frotta ses chaussures sur le paillasson du hall, il avait envie de rentrer et s'en aperçut dans l'escalier, il montait les marches deux par deux. Depuis qu'il ne vivait plus seul il montait souvent les marches deux par deux, parfois il s'arrêtait sur le palier et prenait conscience d'une sorte de soulagement. Il tourna la clef dans la serrure et faillit demander s'il pouvait entrer, l'appartement était plongé dans la pénombre, il n'alluma pas la lumière et s'immobilisa, fit un pas en avant et fut certain qu'il n'y avait personne. Puis il aperçut Giorgio sur le canapé du salon, il dormait, et sa silhouette était longue et recourbée et bleue.

Il referma doucement la porte, il allait le réveiller, il allait le laisser se reposer, il s'arrêta et eut une ébauche de sourire, dans la rue une voix semblait provenir de la neige.

Franchin, je suis un poisson turquoise, Franchin, je suis

La voix résonna depuis l'extérieur et Carlo eut besoin d'un instant pour comprendre qu'il s'agissait d'Anna. Il se leva du fauteuil et alla dans la chambre, le reflet des toits enneigés éclaircissait la nuit et il put la voir endormie. Il attendit sur le seuil pour écouter sa respiration, c'était un sifflement, puis il passa devant la chambre fermée où étaient Margherita et Lorenzo, revint dans le salon. Il se dirigea vers le tourne-disque éteint, Lucio Dalla était resté sur le plateau, il baissa la lumière de la lampe halogène et fit un pas vers la bibliothèque pour toucher le dos des volumes, ils étaient alignés et certains recouverts de plastique ; sur chaque page de titre Anna marquait le mois et l'année de lecture. Il se détacha de la bibliothèque, il était calme, il s'assit dans le fauteuil de l'homme qui lui avait fait connaître cette vie, le sapin et les trois clefs, *Mí son cuntèent inscí*. Une espèce de fidélité.

Il étendit les jambes sur la table, s'enfonça dans le capiton et fit crépiter son revêtement de cuir. Il s'assoupit, la lumière de la lampe lui venait sur les yeux, il ne l'éteignit pas – enfant, il avait toujours dormi avec une lumière au pied de son lit. Puis la voix d'Anna résonna et cette fois lui fut claire, il rejoignit la chambre. Elle était dans la même position, la tête à peine inclinée sur l'épaule droite, un filet de salive coulait sur son menton. Il s'approcha, Anna avait les yeux ouverts, ils regardaient l'armoire, elle ne respirait pas.

Le poisson turquoise la veillait, attentif.

Ils partirent de la quincaillerie et Sofia vit l'Ina Casa avec les jasmins sur les balcons, son père conduisait prudemment et, quand ils furent à la guérite rubis, elle lui demanda si elle pouvait prendre le volant. Il mit le clignotant pour indiquer qu'il se rangeait sur le côté même s'il ne manquait pas grand-chose pour arriver à l'entrepôt de vente en gros, ils échangèrent leurs places et rattachèrent leurs ceintures, ils roulèrent en silence jusqu'aux *bastioni settentrionali.* Puis Sofia alluma la radio et longea le centre historique, déboucha là où on amarrait les canots. L'entrepôt se trouvait avant le bassin militaire du port, elle braqua pour aller dans l'autre sens. Son père lui dit de faire demi-tour, elle continua à rouler vers Rivabella, c'était à deux ou trois kilomètres, il lui demanda où elle allait, elle répondit : « Voir maman. »

Alors son père se tut, il resta le dos droit, sans se laisser aller sur son siège, jusqu'aux virages du cimetière, ils prirent la petite route et tournèrent autour des murs. Ils se garèrent sur l'herbe, c'est elle qui sortit la première de la voiture, son père mit du temps à le faire et à peine dehors alluma une cigarette, il avait des plis sur le front et un sourire incertain, elle comprit qu'elle irait seule et se mit en chemin.

Elle passa à côté de l'étal des fleurs et se retrouva à l'entrée, aperçut le tombeau en forme de proue du Rex, c'était la tombe de Fellini, de Giulietta Masina et de leur enfant, le bronze reflétait le soleil. Elle tourna à gauche et il lui fallut quelques pas pour se souvenir de la bonne direction. Les lumignons des morts l'accompagnèrent jusqu'à sa mère.

La tombe était la troisième à partir de la droite, les roses de son père étaient encore fraîches et elle ôta les mains de ses poches pour redresser les tiges. Puis elle la regarda, les cheveux ondulés sur les épaules, le regard timide, elle était gênée quand on la photographiait mais au fond elle aimait ça, « Je suis là, maman », Margherita entra dans la chambre, il y avait encore le lit médicalisé et la machine à coudre, « je suis là ». Elle ouvrit les portes de l'armoire, l'une d'abord et puis l'autre, ces vêtements, tous ces vêtements, elle toucha le chemisier fantaisie que sa mère mettait aux premières chaleurs et qui pour eux signifiait la belle saison.

Combien de temps allait-elle mettre pour vider l'armoire, pour disposer avec soin les tailleurs et les pantalons et les chaussures, les ranger, en gardant quelque chose pour elle ? Elle voulait lui dire que Carlo entamait sa période d'essai à son nouveau travail et que Lorenzo était certain que grand-maman Anna nageait dans la mer, elle voulait lui dire que dès qu'elle entrait dans l'appartement elle la voyait sur l'escabeau, près du tourne-disque, les pieds sur la table basse, parfois elle lui parlait : « Bonjour », murmurait-elle, et elle restait entre le salon et le couloir, observait dans la salle de bains les gazes et ce dont il avait fallu se servir pour la laver, elle regardait ses mains qui l'avaient lavée, elle aurait pu le faire mieux, le faire avec délicatesse, elle aurait pu être décontractée, ne pas tousser à cause des haut-le-cœur, lui tenir compagnie quand elle ne s'y attendait pas, elle ne l'avait jamais emmenée en voyage, jamais dans son cher Saint-Pétersbourg.

Elle enleva le petit chemisier fantaisie de son cintre et l'étendit sur le lit, fit de même avec le reste des vêtements, les empila doucement, arriva à l'étole du vêtement de noces dans sa housse. Elle la prit, la retira de la cellophane, alla à la fenêtre et remarqua que le tissu était bien conservé, la retourna à l'envers et la posa sur ses épaules, une épouse, une femme libre des années cinquante, me voici.

Du même auteur :

Le Génie de l'éléphant, Rivages, 2012.
Mes impudeurs, Rivages, 2016.

PAPIER À BASE DE FIBRES CERTIFIÉES

Le Livre de Poche s'engage pour l'environnement en réduisant l'empreinte carbone de ses livres. Celle de cet exemplaire est de :
250 g éq. CO_2
Rendez-vous sur www.livredepoche-durable.fr

Composition réalisée par NORD COMPO

Achevé d'imprimer en France par
CPI BRODARD & TAUPIN (72200 La Flèche)
en octobre 2021
N° d'impression : 3045215
Dépôt légal 1re publication : novembre 2021
LIBRAIRIE GÉNÉRALE FRANÇAISE
21, rue du Montparnasse – 75298 Paris Cedex 06

33/9071/9